La memoria

982

Esmahan Aykol, Alan Bradley,
Gian Mauro Costa, Maurizio de Giovanni,
Nicola Fantini e Laura Pariani,
Alicia Giménez-Bartlett, Francesco Recami

La scuola in giallo

Sellerio editore
Palermo

2014 © Sellerio editore via Siracusa 50 Palermo
e-mail: info@sellerio.it
www.sellerio.it

Per il racconto di Alicia Giménez-Bartlett «Tiempos difíciles»
© Alicia Giménez-Bartlett, 2014
Traduzione di Maria Nicola

Per il racconto di Alan Bradley «The Curious Case of the Copper Corpse»
© Alan Bradley, 2014. Pubblicato in accordo con Grandi & Associati
Traduzione di Alfonso Geraci

Per il racconto di Esmahan Aykol «Kız Kuran Okulu'nda...»
© Esmahan Aykol, 2014
Traduzione di Semsa Gezgin e revisione di Walter Bergero

Per il racconto di Nicola Fantini e Laura Pariani
© Nicola Fantini, Laura Pariani, 2014. Pubblicato in accordo con Piergiorgio Nicolazzini Literary Agency (PNLA)

Il racconto di Maurizio de Giovanni viene pubblicato in accordo con Thesis Contents Agency srl, Firenze-Milano

Questo volume è stato stampato su carta Palatina prodotta dalle Cartiere di Fabriano con materie prime provenienti da gestione forestale sostenibile.

La scuola in giallo. - Palermo: Sellerio, 2014.
(La memoria ; 982)
EAN 978-88-389-3256-4
808.839334 CDD-22   SBN Pal0272622

CIP - *Biblioteca centrale della Regione siciliana «Alberto Bombace»*

La scuola in giallo

Alicia Giménez-Bartlett
Tempi difficili

Sinceramente, non capivo per quale motivo quel caso dovesse essere assegnato proprio a noi. Il commissario Coronas ormai mi conosceva bene ed era senz'altro al corrente della mia avversione per i delitti che si tirano dietro una serie infinita di seccature mediatiche. Detesto la passione morbosa che si scatena nelle masse ogni volta che siamo costretti ad indagare sulla morte di un minore, soprattutto quando, per colmo di sventura, il minore è una ragazzina. Lo dissi subito, senza mezzi termini, e nel modo più rispettoso di cui ero capace, pur sapendo che le mie rimostranze non sarebbero servite a granché.

«Le affido questo incarico, ispettore Delicado, perché si tratta di uno di quei casi che reclamano a gran voce l'intervento di una donna».

«Complimenti, commissario, cominciamo bene! Di tutti gli argomenti che poteva scegliere per farmi imbestialire, questo è certamente il più potente, glielo assicuro. Dissento per principio quando mi si dice che è necessaria una donna in un mestiere che, per definizione, non può dipendere dal genere di chi lo esercita».

«Ispettore Delicado, lei ha la lingua più veloce di un serpente. Ma mi faccia finire, per favore. Se le dico che è necessario l'intervento di una donna è perché credo profondamente nelle capacità proprie del gentil sesso, e della sua persona in particolare».

Avrei volentieri battuto le mani in segno di giubilo, ma temevo, tirando troppo la corda, di spezzarla, mentre quel che volevo era che continuasse, era troppo divertente.

«La vittima ha quindici anni, ed è stata assassinata nella scuola dove studia. Basta questo per capire quante complicazioni possono riservare queste indagini: la famiglia, l'ambiente scolastico, i coetanei che possono essere coinvolti, i giornalisti... Un terribile ginepraio, non lo nego. Occorrono diplomazia, sensibilità, cautela, intuito psicologico e... il massimo della discrezione. Tutte doti squisitamente femminili. Quanto a lei, il suo curriculum parla da solo. Ha affrontato situazioni di estrema delicatezza con risultati brillantissimi».

«E se le dicessi che non mi sento di accettare un così grande onore, servirebbe a qualcosa?».

«Temo proprio di no».

«Vorrà dire che farò di necessità virtù, commissario».

«Non mi aspettavo di meno da lei, dalla sua prudenza e dal suo spirito di servizio, ispettore. Le sarà accanto il suo collaboratore abituale, il viceispettore Garzón, che come sempre le presterà un aiuto prezioso. Badi soltanto che non parli con nessuno della stampa, è un ottimo poliziotto, ma la discrezione non è il suo forte. In questa cartella trova tutto quel che c'è da sapere sul caso. Mi tenga informato, ispettore, e che Dio sia con lei».

Santo cielo! Uscendo da quell'ufficio mi sentivo come se avessi ricevuto l'investitura per una crociata in Terra Santa. Quel caso doveva essere davvero diabolico. Guardai la cartellina che avevo fra le mani e decisi di trovare un posto rilassante per aprirla senza troppi patemi. Il bar La Jarra de Oro mi offriva tutto quel che potevo desiderare: un buon caffè per rinfrancarmi, chiasso per non deprimermi, e un certo numero di testimoni per impedirmi di lanciare troppe maledizioni.

Forse fu una coincidenza o forse fu il destino, ma la prima persona che vidi entrando fu il viceispettore Garzón seduto all'unico tavolo libero. Rivolto al televisore, seguiva le cronache calcistiche davanti ai resti di quella che doveva essere stata una ricca colazione. Mi misi accanto a lui e fui accolta con energia:

«Che piacere vederla, ispettore! Giusto in tempo per il caffè, io non l'ho ancora preso».

«Le piace amaro?».

«Nei limiti, ispettore. Una punta di zucchero non guasta mai».

«Mi sa che ce ne vorranno dieci bustine perché quello che sto per servirle sarà più nero del solito».

«Un bell'inizio, stamattina. Prima la mia squadra del cuore mi dà una delusione e poi lei se ne arriva con queste minacce».

«Qual è la sua squadra del cuore?».

«Figuriamoci se lo dico a lei! Sarebbe come darle nuove cartucce per la sua arma».

«Come vuole. Credo che potrò sopravvivere senza saperlo».

Gettai uno sguardo alle briciole e ai tovagliolini macchiati che ricoprivano il tavolo. Pregai il cameriere di ripulire tutto per bene e portarci due caffè doppi.

«Questo è l'incartamento del nuovo caso che ci ha affidato il commissario. Non l'ho ancora aperto. Va bene se le passo i fogli via via che li ho visti e dà un'occhiata anche lei?».

«Benissimo. Però, mi dica: se non l'ha ancora aperto, perché tante storie sul caffè amaro?».

«Ne so abbastanza per essere sicura che quel che leggeremo ci farà storcere la bocca».

Mi immersi nella lettura, sottolineando mentalmente le informazioni essenziali.

La vittima: Noemí Sanz Requejo. Quindici anni. Studentessa del primo anno di *bachillerato* presso un istituto di insegnamento secondario del quartiere di Poble Sec. Morta per un colpo alla testa inferto con una clava per ginnastica artistica, nella palestra femminile della scuola. Trovata dal custode, Leandro López, prima dell'inizio delle lezioni. I primi esami forensi rilevano che la morte è avvenuta intorno alle nove e mezza della sera precedente, nel luogo stesso dove è stato rinvenuto il corpo. Nessun segno di lotta né tentativi di violenza. La ragazza era completamente vestita. Nessuna traccia significativa del possibile assassino sul luogo del delitto né sul corpo della vittima. Impronte molteplici ma compatibili con un luogo molto frequentato. L'arma del delitto era stata ripulita a dovere. Non c'era alcun segno di scasso, ma la sicurezza del luogo era relativa. Il signor Leandro, prossimo alla pensione, e di intelligenza limitata (testuale), ammette che il portone rimane spesso incustodito quando «deve recarsi alla toilette o in un bar poco lontano per consumare generi di conforto». La mattina successiva al delitto aveva aperto il portone prima di compiere il suo giro d'ispezione. Quindi un intruso che si trovasse già all'interno dell'edificio sarebbe potuto uscirne non visto mentre lui andava da un'aula all'altra per constatare che tutto fosse in ordine.

Questo era quanto. Il resto della storia avremmo dovuto scoprirlo noi, e non era poco. Mentre Garzón finiva di scorrere gli ultimi fogli, telefonai ai nostri esperti perché verificassero le chiamate in entrata e in uscita dal cellulare della ragazza.

Garzón alzò la testa, guardandomi con espressione indecifrabile.

«Che gliene pare?» chiesi.

«Un fottutissimo imbroglio».

«Non sia volgare. Che idea si è fatto della faccenda?».

«Stando a quel che c'è scritto qui, chiunque può essere entrato in quella scuola, esserci rimasto oltre l'ora di chiusura e avere ammazzato la ragazza. Chiunque avesse un appuntamento con lei, altrimenti, cosa ci faceva Noemí in palestra alle nove di sera?».

«In teoria è così. Ma quale malintenzionato estraneo all'istituto sceglierebbe uno scenario così complicato per commettere un delitto? Avrebbe potuto darle appuntamento da qualunque altra parte, non crede? In un terreno abbandonato, in una via poco frequentata, in un parco pubblico».

«Vero. Ma non dobbiamo dimenticare che la morte della ragazza può essere il risultato di una sfida adolescenziale. A quell'età si fanno cose strane, si inventano prove, rituali; si oltrepassano i limiti per il solo gusto del rischio».

«Vedo che lei è un esperto in materia. Non c'è da stupirsene, dato che non è mai uscito da quell'età. Ma quella componente di rischio e di trasgressione di cui parla, vale per i ragazzi che frequentano la scuola. Dubito che qualcuno, dal di fuori, possa aver avuto un'idea simile, tanto meno se aveva intenzione di uccidere».

«Ma era quella l'intenzione?».

«La gente non si infila in una scuola solo per dare un'occhiata in giro».

«A meno che non si tratti di un delinquente abituale».

«E che cosa ci fa un delinquente abituale con una ragazza che non cerca di difendersi né di fuggire, alle nove di sera, nella palestra di una scuola?».

«Ben poco, è vero. Allora dobbiamo pensare che l'assassino sia qualcuno dell'istituto. Un compagno o una compagna?».

«Qui non me la sento di azzardare ipotesi. Però immagino che si sia trattato di un maschio. Ha letto della traiettoria del colpo? Dall'alto verso il basso. L'assassino doveva essere leggermente più alto della vittima».

«Non necessariamente. A quell'età le differenze di crescita sono notevoli. Ci sono ragazze spilungone e maschi che rimangono indietro e si sviluppano più tardi».

«Lei non finisce di stupirmi con le sue precisazioni, Garzón. Si direbbe che abbia passato una vita in mezzo agli adolescenti».

«Puro senso comune. Quindi ci orientiamo su un allievo della scuola, indifferentemente maschio o femmina?».

«Per il momento sì. Anche se un elemento a sfavore ci sarebbe».

«E quale?».

«Il colpo mortale è stato assestato nel punto giusto. È bastato quello perché la ragazza crollasse».

«Non capisco».

«Non è difficile da capire. I ragazzi di oggi sono di un'ignoranza spaventosa. È necessario conoscere un minimo di anatomia umana per riuscire a dare una botta del genere».

«Ma la pianti, ispettore! Con questi pregiudizi generazionali farà poca strada domani in quella scuola».

«Domani? Neanche per sogno. Si comincia oggi».

«Ma io oggi devo finire tutti i verbali del caso precedente».

«Rinuncerà a qualche ora di sonno».

«E che cavolo, ho anch'io la mia età!».

«Passare la giornata in mezzo ai ragazzi la ringiovanirà. Non c'è niente di meglio per tenersi in forma. Mi aspetti qua, sistemo due cose e tra dieci minuti si parte».

Cominciammo quella mattina stessa visitando la famiglia della vittima. La trovammo come ci aspettavamo: sconvolta e piangente. I genitori erano più giovani di me. Di quella classe media che oggi fatica a tenersi a galla. Lui, agente assicurativo. Lei, infermiera. Avevano un'altra figlia più piccola, che in quelle tragiche circostanze era stata mandata dai nonni. Forse ai due erano stati prescritti sedativi differenti, o forse lo stesso farmaco aveva effetti diversi su ciascuno di loro. Il padre era in uno stato di calma molto lucida, mentre la madre sembrava instupidita, impacciata nei movimenti e perfino nella voce. Non sapevano niente, non capivano, non avevano la minima idea di quale essere diabolico avesse potuto far del male alla loro bambina, al loro angelo. Così la descrivevano, come un angelo: dolce, premurosa, obbediente, sincera e sempre pronta ad aiutare in casa. Entrambi avevano lunghi orari di lavoro, e lei fin da piccola aveva saputo badare alla sorellina. Negli studi andava bene, insomma, normale, la sufficienza. Amici? Quelli di scuola. Soprattutto due ragazze che erano in classe con lei: Clara e Selena. Uscivano sempre insieme. Ragazzi, niente. «Me lo avrebbe detto» balbettò la madre, facendo uno sforzo per articolare le parole. La sera in cui era morta nessuno si era allarmato per la sua assenza. Aveva detto che andava a studiare a casa di Selena.

«E capitava spesso che rimanesse a studiare fino a tardi in casa dell'amica?».

«Più spesso nell'ultimo anno. Diceva che le materie nuove erano difficili e che Selena la aiutava» rispose il padre.

«Controllavate che si trovasse davvero dove diceva di essere?».

«No». Il padre fu categorico. Poi si giustificò: «Non ne avevamo motivo. Ci fidavamo di lei».

«E neppure la sera del delitto avete controllato».

Lui mi guardò dritto in faccia. I suoi occhi vitrei si erano come risvegliati:

«Mia moglie ed io ci ammazziamo di lavoro per mandare avanti questa casa, ispettore. Non potevamo star dietro a ogni passo di nostra figlia. Non era necessario. Non lo era! Qualcuno l'ha ingannata, qualcuno l'ha convinta a rimanere a scuola per farle del male. Ma perché non vi occupate di cercare l'assassino, invece di venire qui a farci sentire in colpa?».

«Nessuno vuole incolparvi di nulla, credetemi» dissi con estrema dolcezza. «Parleremo noi con i genitori di Selena. Sapete dove abitano?».

«No» disse il padre, annientato.

«Avete il numero di telefono?».

«No». Abbassò gli occhi. La madre scoppiò a piangere.

«Li rintracceremo, non preoccupatevi».

Mi avviai in silenzio verso la porta. Stavamo già uscendo, quando sentii la voce dell'uomo rotta dal pianto:

«Ispettore... noi... le nostre figlie sono la cosa più importante delle nostre vite, e...».

«Prenderemo il colpevole, signor Sanz. Cercate di ritrovare la calma. Avete un'altra figlia che ha bisogno di voi».

Era una mattinata chiara e bella. Sospirai. La parte brutta della vita contrasta in modo incredibile con la bellezza del mondo. Garzón non si trattenne più:

«Ne ha avuta di pazienza con quei due, Petra».

«Che cosa voleva? Che li prendessi a sberle?».

«Se lo sarebbero meritato. È chiarissimo che se ne fregavano delle figlie. Come se per loro contasse più il lavoro della vita».

Rallentai il passo fino a fermarmi. Mi voltai, lo fissai:

«È una critica crudele, la sua, viceispettore. Ed è anche superficiale, non coglie la radice del problema».

«Mi dica, cara collega, mi illumini».

«Oggi tutta la società è così, viceispettore. La gente si ammazza di lavoro, cercando di mettercela tutta, di dare il massimo, facendo propri i successi o i fallimenti dell'azienda. È una società di schiavi, peggio ancora di quando gli operai sputavano sangue per la pura sopravvivenza».

«Peggio?».

«Ma certo! Allora il lavoratore aveva coscienza della sua condizione, sapeva che era senza uscita; per questo ha finito per ribellarsi. Invece adesso tutti si sono bevuti quello che gli dicevano: puoi diventare ricco anche tu, anche tu puoi godere dei privilegi di questa società. Ricevono le briciole di una ricchezza e di un lusso che vedono grazie ai mezzi di comunicazione, e si sentono chiamati alla grande impresa di far prosperare i loro padroni. Non si ribelleranno mai. Trascurano la cura dei figli e anche la propria salute, piuttosto, ma fanno il loro dovere! È una contraddizione spaventosa».

«Bel comizio, ispettore. Ma se lei è così favorevole a un lavoro razionale e a misura d'uomo, allora perché mi costringe a stare alzato di notte per scrivere i verbali?».

«Santo cielo, Fermín! Lei è peggio del Re Sole, il mondo comincia e finisce con la sua persona».

«Mangia, bevi e pensa agli affari tuoi. Mio padre mi ha insegnato che questo è il modo per campare fino a cent'anni».

«Un vero intellettuale, suo padre».

«Cosa vuole? Era un contadino, però è vero che è campato a lungo, anche se con la schiena rotta per il troppo lavorare».

«È un rischio che certamente lei non corre».

Lui se la rideva sotto i baffi, felice di passare per un furbacchione scansafatiche.

Prima di andare alla scuola della ragazza decidemmo di fare una sosta in un bar per un rapido caffè. Mi allontanai per avvertire mio marito che non lo avrei raggiunto per pranzo come promesso. Quando tornai al banco, vidi che il mio collega si era già preso una bella fetta di tortilla di patate. Glielo feci notare:

«Garzón, non crede che sta mangiando addirittura più del solito da un po' di tempo a questa parte?».

«Ah, ispettore, lei non lo sa, Beatriz mi tiene a stecchetto. Frutta e una barretta energetica, questa è la mia triste cena» mi rivelò con aria afflitta. «Capisco che mia moglie si preoccupi del mio peso, ma se mio padre vedesse una cosa del genere approverebbe anche un divorzio. E dire che era così conservatore!».

«Lasci in pace il suo povero papà e rimettiamoci in marcia».

«Che ne dice, ispettore, non le andrebbe un goccetto di whisky, prima di andare? Solo per accompagnare il caffè».

«Un goccetto? Ma lei è matto!».

«A quanto ho capito ci toccherà passarci la giornata in quella scuola. O sbaglio?».

«Non sbaglia».

«Lei lo sa che cosa ci aspetta lì dentro? Professori isterici, mandrie di ragazzini, e forse anche un bel muro impenetrabile di ostilità».

«D'accordo, forse un goccetto non ci farà male».

L'Istituto di istruzione secondaria superiore Rafael Campalans aveva sede in un edificio di mattoni che sembrava una vecchia fabbrica: funzionale, anonimo, antiquato, nulla poteva far pensare che al suo interno le generazioni future si preparassero per un radioso futuro. Sul portone era in attesa un giovanotto che ci venne incontro non appena ci vide.

«Di nuovo quel maledetto giornalista?» disse Garzón.

Lo guardai atterrita.

«Di nuovo?».

«Sì, ha già insistito per parlarmi alla Jarra de Oro, quando lei si è allontanata un attimo».

«Immagino che non gli avrà detto niente».

«Due sciocchezze, sperando che mi lasciasse in pace».

Non fu possibile continuare, il ragazzo ci aveva già raggiunti e chiamava il mio collega per nome.

«C'è qualcosa di nuovo, ispettore Garzón?».

«No, niente di nuovo» intervenni, scostandolo col braccio. Nell'atrio dell'istituto me la presi col mio sottoposto:

«Il commissario si è espressamente raccomandato di non dare informazioni alla stampa se non attraverso i canali ufficiali, è chiaro?».

«Ma erano davvero quattro cazzate, nessuna informazione importante».

«Né cazzate né frasi storiche. Niente, Garzón, silenzio assoluto».

Ci interruppe un uomo di una certa età con l'aria allucinata. Capii subito che era il custode.

«Cosa volete? Cosa ci fate qui?».

«Dobbiamo vedere il preside».

«Il preside non può vedere nessuno. Andate via, per favore».

Capii immediatamente. Mostrai il tesserino.

«Non siamo della stampa, siamo della polizia. Siamo qui per indagare sulla morte di Noemí».

Cambiò espressione udendo il nome della vittima. Si rattristò. Quel pover'uomo doveva sentirsi in colpa. Abbassò gli occhi e disse con voce smorta:

«Venite con me».

Il preside era un uomo sulla cinquantina, alto, magro, molto stempiato, vestito in modo informale ma con un paio di occhiali metallici che gli davano un'aria da prete. Ci salutò affabilmente, ci pregò di accomodarci e, prima che avessimo pronunciato verbo, si mise a parlare lui:

«Signori, ciascuno di noi purtroppo conosce le difficoltà del proprio lavoro, e riguardo al mio posso dirvi che dirigere una scuola superiore è diventata un'impresa titanica: ragazzi poco interessati allo studio, insegnanti demotivati, genitori che prendono le difese dei figli e non ci aiutano nel nostro lavoro... L'ultima cosa che può desiderare un preside è che si commetta un omicidio all'interno del suo istituto. Da quando è avvenuto il fatto, non c'è più niente che funzioni qui dentro. Ho dovuto chiamare i vigili per allontanare cameramen e giornalisti. I genitori sono isterici, vogliono ritirare i figli, minacciano di fare causa alla scuola per violazioni che neanche loro sanno quali sono, i ragazzi sono molto turbati, indisciplinati, non seguono le lezioni. Insomma, un clima impossibile. La domanda che voglio farvi è molto semplice: è proprio indispensabile per le indagini che veniate a investigare qui? Di persona, intendo dire».

«Per fortuna o per disgrazia non sono ancora state inventate le indagini virtuali, signor preside».

«In questo caso, ispettore, devo raccomandarvi la massima discrezione. Se volete vedere la scena del crimine, io stesso mi premurerò di accompagnarvi. E se ritenete necessario fare degli interrogatori, vi assegnerò un piccolo spazio con tavolo e sedie. È il vecchio laboratorio di scienze naturali, un po' ingombro di cimeli inutili, ma andrà bene, visto che non lo usa più nessuno. Adesso ne abbiamo uno molto più moderno. Ovviamente i vostri ingressi e uscite dall'istituto dovranno avvenire in orari diversi da quelli degli studenti. E vi pregherei di non passeggiare per i corridoi e, nei limiti del possibile, di non farvi vedere dai ragazzi. Se desiderate parlare con qualche allievo in particolare, avrete a vostra disposizione Iván, un giovane bidello molto efficiente che lo andrà a chiamare in classe e lo accompagnerà da voi. Iván potrà portarvi qualunque cosa di cui abbiate bisogno, anche il caffè. Sarà un luogo comune, ma ho sempre pensato che i poliziotti facessero largo consumo di caffè».

«E per andare in bagno?» chiese il viceispettore.

«Il laboratorio ha un piccolo bagno comunicante che ho già fatto sistemare».

«Mi sento in piena clandestinità» feci osservare con un sorriso.

«Vi prego di capire, non è un capriccio. È indispensabile che la vita dell'istituto ritorni alla normalità».

«Lo capiamo» risposi, anche a nome del mio collega.

«Un'altra cosa. L'assemblea dei genitori esige che qualunque colloquio con gli allievi avvenga alla presenza di un avvocato che garantisca la tutela dei minori. Ho pensato al legale che ci dà una mano in segreteria. Non sa nulla di procedura penale, ma basterà a tranquillizzare i genitori. E anche voi. Non credo che interferirà nel vostro lavoro, è una persona molto discreta. Sa quanto è importante per tutti noi far luce sull'assassinio di Noemí».

Dopo quella dittatoriale lista di norme e condizioni fummo scortati nella palestra. Percorremmo i corridoi come spie, badando a evitare le porte aperte delle aule dove si stava facendo lezione. Era tutto piuttosto assurdo. Il preside ci mostrò il punto esatto dove era stato trovato il corpo: davanti a uno dei finestroni con le inferriate che davano nel cortile. Intorno, niente di speciale. Materassini ammucchiati, palloni, attrezzi per gli esercizi, tra i quali le famose clave di legno.

Finalmente ci condusse nel nostro ufficio di fortuna. Era uno stanzino mal ventilato, pieno di scaffali carichi di marchingegni antiquati e barattoli di vetro. Garzón si avvicinò a curiosare:

«Venga a vedere, ispettore, che bestiacce!».

In effetti, sotto formalina, c'erano rettili vari, uno scorpione, una triste rana saltatrice.

«Che schifo!» continuò Garzón. «Non avevano altro posto dove metterci? Secondo me vogliono che ce ne andiamo alla svelta da questo istituto».

Come a contraddirlo, comparve in quel momento il bidello Iván, con due tazze di caffè. Sorridendo amabilmente, domandò:

«State comodi qui?».

«E ben accompagnati!» esclamò il viceispettore, indicando i reperti.

«Meglio questa compagnia che quella dei ragazzi, mi creda. Tutti dei delinquenti viziati. Se la situazione non fosse quella che è mi cercherei un altro lavoro anche domani».

«Avremmo bisogno di parlare con due compagne di Noemí. Clara e Selena».

«Ah, certo, la Martorell e la Rodríguez! Solo che prima dice il preside che dovete parlare con la dottoressa Marta Sardà, la tutor dell'istituto. Comunque l'avvocato non c'è ancora. Appena è qui, vi avviso».

Quando richiuse la porta, Fermín ed io ci guardammo.

«Non crede che questo preside si stia impicciando un

po' troppo degli affari nostri? Sembra che le indagini le diriga lui».

«Non ci pensi, Garzón. Conosce l'ambiente e sa quello che fa. Parlare con la tutor può essere un'ottima idea».

Pochi minuti dopo entrò una donna sui cinquant'anni, di statura media, un po' corpulenta. Era la tipica veterana delle lotte studentesche degli anni Settanta: capelli corti e grigi, occhiali di tartaruga, scarpe piatte, camicia ampia e jeans. Non un gioiello né un ornamento a ingentilire l'insieme. Appariva molto seria e non fece il minimo sforzo per sorridere.

«Si accomodi, prego» le disse il mio collega indicando l'unica sedia libera.

Tentai un discorsetto introduttivo che inquadrasse un po' la situazione:

«Sappiamo bene che è un momento tragico per tutti; ma se vogliamo prendere l'assassino dobbiamo farci forza e...».

Non mi lasciò continuare:

«Ditemi che cosa volete sapere. Il dolore per la morte di Noemí è qualcosa che non può essere espresso. Ciascuno lo sente a suo modo dentro di sé».

Era del tipo pratico e sbrigativo, meglio così.

«Mi dica, dottoressa, in che cosa consiste il compito del tutor in una scuola? Non essendo del mestiere, non sappiamo fin dove si estendano le sue competenze».

«Il tutor si preoccupa del processo formativo di ciascun allievo e ha funzioni di orientamento e sostegno. Se necessario incontra i genitori e raccoglie le impressioni degli insegnanti per una migliore valutazione delle attitudini del ragazzo e dei suoi progressi nell'apprendimento».

«E questo sostegno non richiede la conoscenza dei problemi personali, della vita affettiva dell'allievo?».

«Ecco, ispettore, se eventualmente l'allievo dovesse attraversare un momento difficile per questioni di natura personale, può consultarmi. A volte capita che sia il tutor a sospettare qualche problema, a partire dal comportamento o da un calo di rendimento dell'allievo, e allora lo convoca per approfondire. Ma non pensi che le cose vadano come nelle serie televisive americane, dove gli studenti si rivolgono al tutor per raccontare i fatti loro».

«Non vedo serie televisive» dissi con freddezza. «Ma credo di capire. Com'era Noemí come studentessa?».

«Non troppo brillante. Avrebbe potuto fare molto di più. Però aveva sempre la sufficienza e si interessava. Il che è già moltissimo, creda, non potrei dire altrettanto della maggior parte dei suoi compagni. Oggi i giovani non considerano lo studio come un'opportunità, ma come qualcosa di cui farebbero volentieri a meno».

«E che tipo di ragazza era?».

«Molto carina, come si suol dire. Tranquilla, rispettosa, gentile con tutti. Una delle migliori che siano passate per queste aule».

«E non aveva notato niente di strano ultimamente? Qualche distrazione, preoccupazioni, comportamenti anomali?».

«No. Ma è vero che negli ultimi mesi aveva maggiore tendenza a isolarsi. Sembrava più triste, e rendeva meno dal punto di vista scolastico».

«Di quanto tempo fa stiamo parlando?».

«Non saprei, un paio di mesi, forse tre».

«E lei l'aveva convocata?».

«Certo. Le avevo chiesto della sua vita, dei suoi problemi, ma vede...».

«Sì, ho capito, non è come in televisione. E Noemí non le aveva detto niente? Nulla che possa orientarci?».

«Aveva eretto una barriera. Strano, perché avevamo un rapporto splendido».

«Be', nel caso le venisse in mente qualcosa...».

«Non mancherò di farvelo sapere».

Un attimo dopo era sparita. Garzón fece udire la sua voce:

«Se l'avessi avuta io come tutor, quella lì, non le avrei detto neppure buongiorno».

«Si può sapere perché se la prende così tanto da quando abbiamo cominciato queste indagini, Fermín?».

«Perché lei è troppo conciliante, ed è indispensabile mantenere un coefficiente stabile d'incazzatura, altrimenti non funzioniamo».

«Inversione dei ruoli, allora».

«I ruoli sono fatti per questo, ispettore. Per poterli invertire».

«Non la sapevo così saggio, Garzón».

Uscii nel corridoio a telefonare. All'interno della stanza, per qualche strana ragione (secondo Garzón le pessime vibrazioni emanate da tutti quei serpenti in conserva) il telefono non prendeva.

«Sánchez, hai già i dati sul cellulare della vittima?».
«Sì, Petra. Il giorno della morte la ragazza ha ricevuto un messaggio che poi ha cancellato. E ne ha inviato uno, cancellato anche quello. Nei due casi, il telefono inviante e destinatario risulta appartenere a un certo Kevin Fernández Alcaraz. Kevin col cappa. Ti verifichiamo chi è?».
«Forse non sarà necessario, ti dico poi».
Garzón esultò dalla gioia quando gli riferii la novità.
«Me lo sento, ispettore, risolvere questo caso sarà come bere un bicchier d'acqua».
«Mai saputo che le piacesse l'acqua, Garzón. E anch'io, glielo assicuro, preferisco bere altre cose. Quindi andiamoci piano con i trionfalismi».
Il legale scelto dal preside chiese il permesso di entrare. Piuttosto giovane ma già un po' appesantito, poco curato nel vestire, non aveva l'aria di essere stato tra i più svegli del suo corso. E il suo modo di fare non smentì quell'impressione. Dopo aver gettato uno sguardo tinto di ripugnanza ai nostri colleghi sotto formalina, affrontò direttamente la questione:
«Non preoccupatevi per me, non intralcerò il vostro lavoro. Non interverrò nemmeno. Sono qui solo perché i genitori dei ragazzi stiano tranquilli. Mi sono portato il giornale e mi siederò lì nell'angolo. Fuori ci sono due ragazze, potete farle entrare».
Detto questo si accomodò e prima ancora che Clara e Selena fossero davanti a noi aveva già aperto il giornale alle pagine dello sport.
Le due ragazze ci guardarono con qualcosa che assomigliava molto da vicino all'orrore. Tentai un approc-

cio psicologico-didattico e spiegai con calma chi eravamo e che cosa facevamo lì, sottolineando l'importanza del loro aiuto per la cattura dell'assassino di Noemí. Cominciai con una domanda precisa:

«Selena, la sera del delitto Noemí aveva detto ai suoi genitori che veniva a studiare da te. Ma probabilmente non è stato così».

«No, da me non è venuta».

«E sai dove intendeva andare?».

«No».

«Tu sapevi che avrebbe usato quella scusa per uscire di casa?».

«No».

«Però lo aveva già fatto altre volte».

«Non lo so».

La brevità di quelle risposte faceva presagire un mare di cose taciute. Mi rivolsi a Clara, più piccola e nervosa, e anche più terrorizzata.

«E tu? Hai qualche idea di che cosa può aver fatto Noemí la sera in cui è stata uccisa? Sai se doveva vedere qualcuno?».

«No!» si affrettò a rispondere la ragazza in una specie di lamento.

«Capisco. E di Kevin, che cosa mi dite di Kevin?».

I loro corpi sussultarono al solo suono di quel nome. Ci fu silenzio, un silenzio che mi guardai bene dal rompere, e che si prolungò per parecchi secondi, per mezzo minuto, per un minuto... alla fine Clara si voltò quasi implorante verso la compagna ed esclamò:

«Tanto lo sa, lo sa già! Diglielo tu, dài!».
Selena rimase zitta, anche se tremava.
«Che cosa c'è che non va con Kevin? Che cosa mi devi raccontare, Selena?».
Clara ormai piangeva a dirotto, con la faccia nascosta dalle mani.
«Davvero due ragazze come voi sono capaci di coprire un possibile assassino? Qualcuno che può aver ucciso Noemí con una botta in testa, così forte che il suo cervello ha smesso di funzionare, che il suo cuore ha smesso di battere, ed è rimasta lì peggio di un cane?».
La più piccola non resse più la tensione:
«Kevin era il suo ragazzo, il ragazzo di Noemí!».
L'avvocato abbassò il giornale e restò a osservare la scena. Temetti che mi rimproverasse per i miei metodi a effetto, ma era soltanto curioso di sapere.
«E dov'è adesso Kevin?».
«Sono tre giorni che non viene a scuola, non si fa vedere!» sbottò tra le lacrime la ragazza. Bingo! pensai. Un allievo dello stesso istituto! Forse aveva ragione il viceispettore in materia di bicchieri d'acqua.
«E tu, Selena, non c'è niente che vorresti dire?».
Selena stava zitta.
«Lei sa più cose di me perché erano amiche!» riprese Clara accusando la compagna. E questa, di colpo seria:
«Io davanti a loro non dico niente» e indicò col mento i due uomini presenti nella stanza. Li guardai, feci un cenno a Garzón e mi rivolsi all'avvocato:
«So che lei dovrebbe essere presente, ma forse...».
Lui si alzò senza farsi pregare.

«Io? Ma ci mancherebbe, ispettore. Vedo che è tutto sotto controllo. Stia tranquilla, torno più tardi».

Rimasi sola con le due ragazze. Clara continuava a piangere, scossa ogni tanto da singhiozzi. L'altra era bianca come un cencio. Sporsi la testa nel corridoio e dissi sottovoce a Garzón:

«Lei intanto provveda per il fermo di Kevin Fernández. E vada a informare il preside, prima di tutto».

Tornai alla mia scomoda sedia. Pregai le ragazze di sedersi anche loro. Selena non mi lasciò fare domande, si buttò a parlare con la stessa energia che prima aveva messo nel tacere. Sembrava una mitragliatrice:

«Kevin era il ragazzo di Noemí, uno stronzo. Erano mesi che uscivano insieme. Lui è all'ultimo anno, è più grande, chissà cosa si crede. Crede di essere il più maschio, il più figo, che ne so. La trattava di merda, usciva con altre, e poi glielo raccontava per farla star male. E la pigliava per il culo davanti agli altri, la faceva passare per scema. Se prendeva un bel voto, diceva che era secchiona. Se si vestiva bene, diceva che voleva fare la Barbie. Lui rideva, la usava e basta».

«In pratica la maltrattava psicologicamente» precisò Clara, assennata.

«È un bastardo, tutti le dicevano di lasciarlo e di mandarlo affanculo, però lei piangeva, diceva che lo amava, che sarebbe cambiato. E così lui ne approfittava ancora di più e se la faceva quando voleva, tanto lei diceva ai suoi che veniva da me. Le volte che andava bene, perché se si stufava non si faceva vedere, oppure le dava appuntamento e la cacciava via».

«Te l'ha raccontato lei?».

«Certo. Mica si vergognava, aveva bisogno di sfogarsi, poveretta. Solo che quando le dicevo di mollarlo, lei diceva che lo amava, che sarebbe cambiato».

«E secondo te lo sapevano anche altri?».

«Tutti lo sapevano. Noemí era molto aperta, e siccome quel che faceva lo faceva per amore, per lei non c'era niente di male».

«Ma quel ragazzo, che tu sappia, l'aveva mai aggredita fisicamente? Non parlo di aggressioni gravi, anche di uno spintone, uno schiaffo...».

Clara e Selena si guardarono. Poi rispose Selena:

«Non credo. A me non lo ha mai detto, ma magari sì. Non so».

La guardai negli occhi:

«E tu pensavi di non raccontare niente di tutto questo, Selena? Pensavi di non parlare di Kevin?».

«Io non faccio la spia».

«Tu non ti rendi conto della gravità del problema. Noemí è morta. È stata assassinata. Ma se quando era viva tu avessi parlato di questa situazione con qualche adulto, forse l'avresti aiutata».

«Ma io mica mi metto nelle storie degli altri».

«Ci sono storie e storie. E le storie violente riguardano tutti. Spero che adesso tu lo abbia capito».

I suoi occhi lanciavano frecce di odio puro. Clara mi guardava piangendo.

«Lei crede che sia stato Kevin a farle quello?» chiese tra le lacrime.

«Tu che ne pensi?».

«L'ho pensato subito, ma poi mi sono detta che uno come Kevin è un vigliacco, non avrebbe mai avuto il coraggio».

«Potete andare».

«E adesso se la prenderanno con me perché dicevo che Noemí veniva a casa mia quando non era vero».

«Questa è una cosa che sinceramente non mi preoccupa, Selena. Arrivederci».

Se mi fossi lasciata trasportare dai sentimenti le avrei rifilato due sberle. Non tolleravo l'idea che quella ragazzina petulante avesse tenuto nascosti maltrattamenti così gravi ai danni di quella che in teoria era la sua migliore amica. E se lo sapevano anche altri, nella scuola? Che cosa pensavano, allora? Che quel cretino sarebbe cambiato e sarebbe diventato il fidanzatino ideale per la povera Noemí?

Uscii nel corridoio in preda a un feroce attacco di malumore. Ero una tale furia che rischiai di travolgere una malcapitata che si stava avvicinando.

«Buongiorno, lei è della polizia?».

«Ispettore Petra Delicado. Posso aiutarla?».

«Sono Elena Vélez, insegno matematica. Avevo in classe Noemí. Possiamo parlare un momento?».

Tornai al mio posto con riluttanza. Cominciavo a sentirmi sotto sequestro in quella stanza infame, piena di serpenti galleggianti.

«Mi dica».

«In realtà non so se abbia qualche importanza quello che sto per dirle, ma preferisco che sia lei a giudicare. Il fatto è che Noemí si era confidata con me, negli ultimi tempi e... insomma, usciva con un ragazzo più grande che a quanto pare non la rendeva felice, era un po' prepotente con lei».

«Ho appena saputo che quel ragazzo era un maltrattatore psicologico in piena regola. E a lei sembra che la cosa possa non avere importanza?».

Si spaventò:

«Mi riferivo all'importanza per le indagini».

«E io mi riferivo al fatto in sé. Mezzo istituto sapeva che quella ragazza era vittima di vessazioni e nessuno è stato capace di aprir bocca quando era ora. Francamente, professoressa, non so cosa diavolo insegnate ai ragazzi in questa dannatissima scuola. La farò convocare se ha qualcosa da dichiarare davanti al giudice. Tante grazie».

Mi alzai e uscii, lasciando quella donna letteralmente a bocca aperta. I corridoi rimbombavano del chiasso dell'intervallo. Chiamai Garzón al cellulare:

«Si può sapere dove si è ficcato, Fermín?».

«Ha già finito? Dice il preside se possiamo aspettare dieci minuti finché gli allievi saranno tornati in classe, poi vorrebbe che venisse qui anche lei».

«Dica al preside che se ne vada all'inferno».

«Ispettore, io...».

Mi diressi come un treno verso la presidenza. Dai gruppi dei ragazzi che fendevo partiva qualche occhiata curiosa, niente di più. Aprii la porta senza bussare. L'espressione del preside fu di sbalordimento più che di collera. Garzón non si voltò nemmeno, si aspettava una mia irruzione.

«Ma, ispettore Delicado...».

«Caro signor preside, sono stanca e stufa di muovermi da clandestina in questo istituto. Sto facendo il mio lavoro, è chiaro? E lo faccio nel modo migliore di cui sono capace. Se questo può ferire la finissima sensibilità dei suoi studenti, mi dispiace, ma non intendo rispettare le regole vessatorie che lei ha deciso di impormi».

L'uomo si alzò in piedi dando mostra di grande dignità, e mi parlò con calma:

«Lo capisco benissimo, ispettore, ma queste regole che lei crede io imponga in modo del tutto arbitrario sono intese unicamente a preservare la normalità dell'istituto».

«Una normalità fasulla. Qui succedono cose di cui nessuno parla pur di mantenere le apparenze di un ambiente sereno. Lei lo sa che Noemí Sanz usciva con un ragazzo di questo istituto che la maltrattava psicologicamente?».

«Me ne stava parlando ora il viceispettore. No, non lo sapevo. Di queste cose possono semmai venire a conoscenza la tutor, qualche insegnante...».

«Mi sembra molto grave. Simili aberrazioni vanno affrontate, non nascoste. Se questo non fa parte della normalità della sua scuola, mi auguro che provvederà a fare qualcosa a partire da ora».

Me ne andai senza lasciarlo rispondere. Garzón mi venne dietro, mi raggiunse dopo qualche passo.

«Hanno già fermato il ragazzo?» gli chiesi.

«È in commissariato, ispettore».

«Che cosa ci fa in commissariato? Lo faccia portare qui».
«Qui, con le regole del preside?».
«Dove, se non qui, possiamo avere un avvocato che se ne frega? In commissariato ne chiamerebbero un altro, e avremmo le mani legate. Vediamo cos'avrà da dirci il giovane virgulto».

Garzón mi prese per un braccio, mi costrinse a fermarmi, mi parlò con voce serena.

«Adesso no, Petra, adesso lei non interroga nessuno. È troppo alterata, non è il momento giusto. Le dico io che cosa facciamo: cerchiamo una buona trattoria qui vicino e pranziamo tutti e due seduti, senza fretta. Dopo un buon caffè torniamo, e per quell'ora i colleghi avranno già portato il ragazzo. È la cosa migliore, dia retta».

Abbassai gli occhi, respirai profondamente. Garzón aveva ragione. «Un'eccessiva carica emotiva nel lavoro conduce all'errore». Mi ricordai la frase sentita all'accademia di polizia. Anche Confucio o Gandhi dovevano avere detto qualcosa di simile.

Il ristorante dove ci sedemmo era una specie di bistrot. In realtà il viceispettore aveva messo gli occhi su una trattoria familiare a prezzo fisso per muratori e operai, che purtroppo era piena da non poterci entrare. Ma anche il posto che avevamo trovato andava bene. Sul menù c'era un piatto di uova fritte con salsiccia basca pienamente degno di qualunque operaio non specializzato. Rimanemmo zitti per un po', concentrati sul cibo, finché io ruppi il ghiaccio.

«Mi spiace di avere ecceduto, Fermín, ma lei lo sa che ogni poliziotto ha la sua bestia nera. C'è chi odia i violentatori, altri detestano gli spacciatori, e io non sopporto chi maltratta i più deboli, anche solo psicologicamente».

«Certo, Petra; però le cose stanno così e dobbiamo essere professionali. Il ragazzo è stato fermato e se è stato lui confesserà. Vuole che lo interroghi io?».

«Faremo come sempre, un po' io un po' lei».

«Mi prometta di mantenere la calma».

«Glielo prometto».

«E anche l'equità. Quel Kevin sarà anche un poco di buono, ma non possiamo ritenerlo colpevole fin dal principio».

«Questo mi sarà un po' difficile, ma ci proverò».

Tornammo alla scuola carichi di buone intenzioni e di colesterolo. Trovammo due dei nostri agenti ad aspettarci. Ci consegnarono il cellulare del ragazzo in una busta di plastica e un foglio su cui era stampato il traffico in entrata e in uscita. Lo lessi prima di entrare. Il giorno del delitto, Kevin aveva inviato un messaggio a Noemí alle undici del mattino, e un minuto dopo lo aveva cancellato. Poi ne aveva ricevuto uno da Noemí.

La nostra presenza tra gli allievi questa volta non passò inosservata. Sguardi e bisbigli mi fecero capire che le norme del preside non erano poi così fuori luogo. Chiuso nello stanzino dei serpenti c'era il nostro uomo. Era un bulletto di periferia, di quelli che esercitano i muscoli in palestra, ma lo sguardo che ci lanciò era di panico, non di strafottenza. Si alzò in piedi, e Garzón lo fece sedere spingendolo per la spalla senza dir niente. Io partii con la prima domanda:

«Dov'eri la sera in cui Noemí è stata assassinata?».

«Io?» chiese il ragazzo come per guadagnare tempo.

«No, tuo padre» sbottò Garzón.

Bussarono alla porta. Era l'avvocato. Capii che non ci sarebbero stati altri scatti da parte del mio collega. Quel ragazzetto poteva essere uno stronzo o anche un assassino, ma bisognava salvare le forme. Per il pomeriggio l'avvocato aveva sostituito il giornale con un più moderno tablet. Tornò a occupare la sedia in un angolo e partì immediatamente per le sue navigazioni. Disse, già con un occhio allo schermo:

«Continuate, continuate pure. Non vi disturberò».

«Ripeto la domanda?» incalzai rivolgendomi al ragazzo.

«No, l'ho capita. Stavo con una ragazza».

«Dove?».

«Nella macchina di mio padre. In garage».

«E cosa ci facevi nella macchina di tuo padre con una ragazza?».

«Lei cosa s'immagina?».

«Un'altra risposta come questa e ti becchi un ceffone» intervenne il mio collega, indifferente alle forme.

Gettai un'occhiata all'avvocato e constatai che non aveva neppure alzato gli occhi.

«Dimmi il nome della ragazza».

«Non me lo ricordo. Esco con tante».

«Me l'hanno detto. Però eri il ragazzo di Noemí».

«Il ragazzo? Questo lo aveva deciso lei con le sue amiche».

«Di' pure quello che vuoi, però avevate rapporti intimi».

Scosse le spalle. Faceva il duro, ma non avevo dimenticato la faccia di terrore con cui mi aveva accolta poco prima.

«La mattina del giorno in cui Noemí è stata uccisa, esattamente alle undici e cinque, tu le hai mandato un messaggio. Poco dopo l'hai cancellato. Anche lei ti ha inviato un messaggio e tu lo hai eliminato. Che cosa c'era in quegli sms?».

«Io a quell'ora non ho mandato nessun messaggio. Alle undici siamo tutti giù in cortile».

«E questo cosa c'entra?».

«C'entra, perché in cortile non lasciano portare i cellulari. È una regola della scuola. I telefoni in classe, e in classe è proibito entrare».

Guardai l'avvocato, che senza alzare gli occhi dal suo schermo, confermò:

«È vero, è una norma del preside. Serve per incoraggiare la socializzazione tra gli allievi. Si era arrivati al punto che ciascuno se ne stava a messaggiare per conto suo senza interagire con gli altri».

«E nel frattempo le aule sono chiuse a chiave?» chiese Garzón.

«No, però i ragazzi non dovrebbero entrarci. Anche se a volte può capitare».

«Però io ero in cortile con i miei compagni. Chieda a loro!» intervenne Kevin.

«Tanto diranno quel che fa comodo a te».

«No, glielo giuro! Eravamo in quattro, seduti sotto le finestre. Glielo giuro su Dio! Chieda a Cuesta, a Hernández, a Mataró, sono tutti in classe con me. Li faccia chiamare, per favore!».

La sua flemma da bullo era sparita, adesso parlava con foga. Approfittai di quel cambiamento.

«Lo faremo, a tempo debito. E già che sei in vena di fare nomi, perché non mi dici come si chiama la ragazza che era con te quella sera?».

«Ma non c'è bisogno! I miei amici le diranno che ero in cortile. Io non ho mai saputo niente di quei messaggi!».

«Quanti anni hai, Kevin?» chiese il mio collega.

«Diciassette».

«Bene. Se sei fortunato finisci davanti al tribunale dei minori, altrimenti puoi già essere processato come un adulto. Dipende da quel che deciderà il giudice. Se va bene, vai in un riformatorio. Lì l'ambiente è duro, credimi. Ma non è niente in confronto al carcere. In carcere ci sono i delinquenti veri. Non c'è bisogno che ti spieghi che cosa può succedere a un ragazzino come te. Ne avrai visti di film, no?».

«Io non ho ammazzato nessuno, non è giusto! Chiedete ai tre, vi ho detto».

«Se credi di cavartela grazie alla testimonianza di tre ragazzini amici tuoi, stai fresco. Chi era la ragazza che era con te quella sera? Sputa l'osso. È l'unica opportunità che hai».

«Ma mica ero così scemo da ammazzare Noemí proprio qui a scuola!».

«A volte le cose si pensano in un modo e poi finiscono in un altro. Te lo dico io cos'è successo: le hai mandato un messaggio per darle appuntamento qui a scuola. Lei ti ha risposto di sì. A te piaceva far le cose complicate e metterla in difficoltà, non è vero? Me l'hanno detto che razza di stronzetto sei. Dov'ero rimasta? Ah, sì! Noemí è venuta all'appuntamento ma qualcosa è andato storto. Lei non ha voluto fare quello che volevi tu, o si è ribellata, o ti ha offeso... ce lo dirai tu com'è andata, e allora hai preso quella clava di legno e, con freddezza e determinazione, gliel'hai data sulla testa».

La storia della freddezza e determinazione è un piccolo trucco che funziona quasi sempre, perché a quel punto l'interrogato, se non ha i nervi saldi, può mettersi a gridare: «No, lei mi è venuta addosso, io non ci ho più visto, mi sono difeso, è stato senza volerlo...». Ma con Kevin non funzionò, anche se si comportò come un pesce preso all'amo. Protestò, si alzò in piedi, si mise a camminare per la stanza, ruggì come una bestia in gabbia. Garzón lo fermò.

«Basta! Siediti o dovremo chiamare gli agenti per farti immobilizzare».

Guardai l'avvocato e rimasi stupefatta nel vedere che malgrado il chiasso era rimasto curvo sul suo aggeggio elettronico come un monaco su un libro di preghiere.

«Devi dirci il nome, il nome di quella ragazza, Kevin. O forse non ti va di dirlo perché non esiste, questa è la pura verità» tentò il mio collega ancora una volta.

«Il fatto è che non posso dirlo!» gridò il ragazzo sul punto di mettersi a piangere.

«E perché non lo puoi dire? Chi è questa ragazza, la figlia di un boss della mafia?».

«No. È la Lori. Loreto Santaollalla».

Il rumore che fece la sedia cadendo ci immobilizzò. L'avvocato era scattato in piedi, attonito. Si avvicinò e gli disse:

«Stai scherzando».

«No, non scherzo affatto. Ogni tanto ci vediamo, è una tipa tranquilla. Facciamo quel che dobbiamo fare e basta».

L'avvocato era sconvolto. Lo guardammo perplessi. Finalmente, senza aspettare una domanda, si voltò verso di noi e disse:

«Loreto Santaollalla è la figlia del preside».

«Che casino» sospirò il viceispettore con gli occhi al cielo.

«Può dirlo forte» rispose l'avvocato, come se in frangenti così spiacevoli ci fosse da scherzare.

Tutto quel che seguì fu grottesco e insieme tragicamente reale. L'innominabile Loreto confermò l'alibi dello sciupafemmine in erba, e lo fece con una franchezza che era un chiaro atto di ribellione contro il padre. Quanto a lui... aveva un'aria molto abbattuta e preoccupata. Probabilmente, come prima o poi capita a tutti i genitori, si poneva la domanda di don Sigismondo nella *Vita è sogno*: «Che peccato ho commesso io nascendo?». Ma questi erano aspetti privati che non ci riguardavano. Per noi il punto era che Kevin Fernández restava fuori dal delitto. Tanto più che i tre moschettieri da lui citati come testimoni confermarono che quella mattina, durante l'intervallo, non aveva mai abbandonato il cortile. Così come stavano le cose, era il caso di fidarsi.

Tornammo in commissariato a mani vuote. E lì trovammo ad aspettarci il commissario Coronas per una lavata di capo con i controfiocchi. Chi era stato il cretino che aveva parlato con la stampa? Ci mostrò sul suo tablet l'edizione online di un giornale locale. Dopo una brevissima ricapitolazione dei fatti si leggeva: «Alla polizia non piace occuparsi di un delitto avvenuto all'interno di una scuola, dove "bisogna andare con i piedi di piombo per non ferire la suscettibilità di insegnanti e genitori" dichiara uno degli ispettori incaricati delle indagini». E visto che questa volta la cretina non ero io, chiesi il permesso di ritirarmi e mi chiusi nel mio ufficio a meditare.

Che strana sensazione: da una parte mi sentivo frustrata per non essere riuscita a dare una lezione allo stronzetto. Dall'altra ero scandalizzata con me stessa perché l'indignazione mi aveva impedito di considerare che quel ragazzo poteva essere innocente. È sempre rischioso giudicare in base all'emotività e alle convinzioni personali. Ma in un lavoro come il mio certe reazioni vanno lasciate a casa. Solo che ora, per proseguire nelle indagini, quali elementi avevamo? Praticamente niente. A chi può venire in mente di uccidere una ragazza come Noemí all'interno di una scuola? Nessuno può avere motivi per odiare una giovane così tranquilla, docile, remissiva... Una rivale che voleva portarle via il ragazzo? Ma se il ragazzo andava con tutte! Qualcuno che voleva far ricadere la colpa proprio su di lui, attribuendogli un crimine che non aveva commesso? Eccessivamente macchinoso. E poi ci saremmo trovati di fronte al classico ago nel pagliaio. Noemí non aveva nascosto a nessuno la sua storia infelice con Kevin. Lei cercava gente con cui condividere le sue pene d'amore. Quindi chiunque avrebbe potuto voler... Ma volere cosa? Ucciderla per dare una lezione a lui? Assurdo. Se è vero che gli adolescenti fanno cose poco meditate e assurde, come diceva Garzón, qui l'assurdità era sproporzionata.

L'unica possibilità era scendere di un gradino: chi poteva essere entrato in classe la mattina del delitto per mandare quei messaggi? Toccava tornare all'istituto. Ne eravamo usciti in modo troppo precipitoso, forse per via della situazione imbarazzante che si era creata con il preside. Pover'uomo, pensai, non deve essere simpatico scoprire che tua figlia, educata nel migliore dei modi, se la fa con un elemento simile. In quel momento entrò il viceispettore:

«Certo che lei, Petra, è una vera campionessa di solidarietà! Appena ha visto che le cose si mettevano male se l'è data a gambe».

«Avevo bisogno di pensare».

«Al comunicato stampa?».

«Come?».

«Guardi che ce n'è per tutti, non creda. Ha detto il commissario che deve immediatamente scrivere un comunicato sull'andamento delle indagini. Lo rivedrà lui personalmente e lo passerà all'ufficio stampa prima della chiusura dei giornali».

«Ci metto due minuti».

«Ne dubito».

«Si sbaglia. Dirò che siamo sulla buona strada e che non scartiamo nessuna possibilità».

«È quello che si dice sempre, no?».

«E che cosa vuole che scriva, che non ci stiamo capendo un accidenti? Le figuracce con la stampa le lascio volentieri a lei».

«Molto simpatica».

«Se ne vada a casa, Fermín. Domani ci alziamo presto per andare a scuola. E abbiamo ancora i compiti da fare».

Il mattino dopo il preside non era nel suo ufficio. Ci ricevette Marta Sardà, la tutor, che a quanto capimmo svolgeva anche le funzioni di vicepreside. Lei stessa tenne a spiegare:

«Povero Luis, c'è rimasto così male. Un uomo come lui, così per bene, così attento e preparato, sapere che la figlia frequentava un ragazzo come quello...».

«Forse la cosa peggiore è che l'abbia saputo in questo modo» dissi, tanto per dire qualcosa.

«Lo avrebbe saputo comunque» rispose lei con acredine. «Ultimamente questa scuola si è trasformata in un posto invivibile. Nessun senso dell'etica, nessun impegno, nessun amore per lo studio, solo pettegolezzi e chiacchiere. Comunque immagino che ora invierete Kevin Fernández in qualche struttura, no?».

«Noi non inviamo nessuno da nessuna parte. È il giudice a decidere, e non mi pare che quel ragazzo abbia commesso alcun reato».

«Magari quello che fa non è punito dal codice penale, ma non negherete che...».

La interruppi spazientita:

«Abbiamo cose più importanti di cui occuparci».

«Ah, sì? Che cosa, per esempio?».

«Per esempio scoprire chi ha ucciso Noemí Sanz».

«Ciò non toglie che prevenire il delitto sia più importante che punirlo».

«Trasmetteremo questa sua idea al nostro commissario perché la faccia pervenire al ministro dell'Interno».

La sua faccia si trasformò in una maschera dagli occhi inespressivi.

«Dottoressa» le dissi, «ora noi faremo un giro per l'istituto. Abbiamo qualche domanda da fare qua e là. Spero che a nessuno venga in mente di ostacolarci».

«Fate quello che volete, ma vi prego di non entrare nelle aule a lezione iniziata».

«Certo che no».

Lasciammo la presidenza con un saluto gelido. Garzón sbuffò.

«Quella donna è una vera idiota».

«Dev'essere una specie di talebana dell'istruzione».

«Sarà, ma si contraddice. Si lamenta che qui non si fa altro che spettegolare, e ieri sembrava l'unica a non sapere che Noemí usciva con lo stronzetto. Dice che dovremmo mandarlo in un riformatorio, e poi sostiene che la legge non dovrebbe punire ma prevenire. Lei ci capisce qualcosa?».

«No, ma si sa che la gente dogmatica è piena di contraddizioni».

«E adesso dove stiamo andando, Petra?».

«Torniamo nell'atrio, voglio parlare col signor Leandro, il custode».

Il signor Leandro se ne stava nel suo gabbiotto con una noia di decenni scritta in faccia. Subito non diede segno di riconoscerci, ma poi sorrise tristemente e annuì più volte quando gli dissi che avevamo qualche domanda da fargli.

«Signor Leandro, in questa scuola è proibito salire in classe durante la ricreazione, non è così?».

«Sissignora».

«E gli allievi rispettano questa norma?».

«Sì, di solito sì. Sanno che se scopriamo qualcuno lo mandiamo dritto dal preside».

«E gli altri invece possono entrare?».

«Quali altri?».

«Non saprei: le donne delle pulizie, i bidelli, i professori...».

«Le donne delle pulizie no, perché vengono molto presto, prima dell'orario scolastico. Iván e io nemmeno, perché siamo giù a tener d'occhio il cortile. Qualche insegnante sì, può capitare che salga, per compilare il registro, o correggere i compiti, cose così».

«Lei ricorda se la mattina della morte di Noemí qualcuno era salito nelle classi?».

«Oh, signora, non lo so! Di sicuro non stavo badando a questo».

«E lei crede che Iván avrebbe potuto notare qualcosa quella mattina?».

«No, Iván era con me nel cortile quella mattina».

«Ed è sicuro che nessuno dei ragazzi si fosse allontanato per qualche motivo?».

«Be', abbastanza sicuro. Per me tutti i ragazzi erano lì».

«Grazie, questa era l'unica cosa che volevo sapere».

Garzón corse subito alle conclusioni:

«Bisognerà pensare che è stato un intruso a uccidere Noemí».

«Neanche per sogno. Non dimentichi i messaggi sui cellulari».

«Un professore, allora?».

«Bisogna fare un tentativo in questa direzione».

Marta Sardà oppose mille obiezioni quando le spiegammo che cosa volevamo. Era ovvio che stava cercando di far pesare il suo potere assoluto sulla scuola. Ma poi cedette, e alle sei del pomeriggio, alla fine delle lezioni, tutti gli insegnanti che erano nell'istituto la mattina del delitto si ritrovarono intorno a un tavolo in sala professori. Erano quattordici. Uomini e donne di varie età e appartenenti alle più diverse tribù urbane: giovani contestatori, signori di mezz'età, massaie, trentenni sexy con la french manicure. Riconobbi la professoressa di matematica, la salutai con un cenno del capo, lei mi rispose con un sorriso.

«Professori» cominciai, «vi ho riuniti qui per farvi una domanda molto semplice: Qualcuno di voi è salito nelle aule della Prima e della Terza B, durante la ricreazione, il giorno in cui Noemí è stata uccisa? Vi prego di fare uno sforzo di memoria».

Ci fu un istante di perplessità e poi tutti cominciarono a scuotere la testa.

«Vi ricordate di qualcuno, chiunque fosse, che vi abbia detto di dover salire in classe per qualche ragione, o avete visto qualcuno salire ed entrare in una di quelle aule?».

La reazione fu nuovamente negativa. Annuii, guardai Garzón. Lui alzò un dito per chiedere la parola. Acconsentii. Il suo vocione riempì tutta la sala.

«Vorremmo sapere se per caso Noemí avesse confidato a qualche insegnante che usciva con Kevin Fernández. Basterà che alziate la mano».

Contai le mani alzate: undici. Non potevo crederci. Allora chiesi:

«E tutti voi sapevate che quella relazione era, diciamo... distruttiva per lei?».

Si moltiplicarono i segni di conferma. L'insegnante di matematica chiese la parola:

«Noemí era una ragazza molto sincera, di quelle che ancora si fidano dei professori, per questo raccontava il suo problema».

Li lasciammo andare. Uscimmo a prendere un caffè. Ero ansiosa di scambiare le mie impressioni con il viceispettore. Appena ci sedemmo al tavolino di un bar, fu lui a cominciare:

«Senza prove materiali, la vedo dura, ispettore. Qui bisogna andare a naso. E il mio mi dice che è molto strano che mezzo corpo insegnante sapesse vita morte e miracoli della vittima mentre quella tutor dei miei stivali non sapeva un beneamato cavolo di niente».

«Il suo naso si esprime in modo un po' colorito, ma devo dire che ha ragione. È molto strano».

«Non crede che dovremmo tornare a interrogarla proprio su questo?».

Immersi lo sguardo nelle profondità della mia tazzina. «Era venuto in mente anche a me, però... Fermín, quale movente poteva avere quella donna per uccidere una ragazzina di quindici anni?».

«I moventi sono tanti quante sono le persone, Petra. Tutti possiamo avere una ragione per uccidere, solo che non lo facciamo. Senza contare che forse l'intenzione non era quella e le è scappata la mano. Forse lei non c'entra niente, ma il dubbio io vorrei togliermelo».

«Sì, però dobbiamo andare cauti. Niente domande che possano metterla sull'avviso. Torniamo all'istituto».

Il bidello Iván ci aprì e ci chiese se avessimo bisogno di qualcosa. Gli risposi decisa:

«Ci chiami la professoressa di matematica e le dica che dobbiamo parlarle. La aspettiamo nel laboratorio di scienze».

Nel giro di un quarto d'ora la professoressa era lì, tranquilla, solo avvolta da un velo di curiosità. La pregai di sedersi.

«Lei è una donna molto discreta, vero?».

«Veramente non me lo sono mai domandato».

«Se lo domandi, allora».

«Sì, credo di esserlo».

«Discreta e sensibile. Di fatto, lei è stata l'unica tra gli insegnanti a informarci dei problemi di Noemí. E questo ci piace, ci pare che fosse la cosa giusta da fare».

«Grazie».

«Vorrei sapere alcune cose che forse non sono troppo rilevanti per le indagini, ma che possono servirci. Però le chiediamo la massima riservatezza su questo colloquio».

«Può stare sicura che non aprirò bocca».

«Mi dica, che tipo di persona è Marta Sardà?».

Non poté o non volle evitare di mostrarsi stupita e anche leggermente delusa. Doveva essersi aspettata una domanda di ben altro tenore.

«La dottoressa Sardà? Non posso dire di essere una sua amica, però abbiamo sempre lavorato bene insieme. È una buona tutor, molto attenta».

«E dal punto di vista personale?».

«Non lo so. Vive sola, è una donna indipendente, ecologista, femminista, riservata... Ci sono molte persone come lei nel mondo della scuola».

«Ma essendo, come lei dice, molto attenta, com'è possibile che non sapesse di quel che avveniva tra Noemí e Kevin?».

«Vi ha detto lei che non lo sapeva? La cosa mi stupisce. Aveva molta simpatia per Noemí. Diceva che quando si fosse decisa ad avere più fiducia in se stessa quella ragazza sarebbe arrivata molto lontano. Ma... aspetti; non è possibile che non sapesse. Un giorno ero con lei in biblioteca ed è passata Noemí. Aveva gli occhi rossi, si vedeva da lontano un miglio che aveva pianto. E mi ricordo che Marta mi ha detto: "Chissà cosa le avrà fatto stavolta quello stronzo". Avevo pensato subito che lo stronzo, mi scusi l'espressione, fosse Kevin».

«E non vi siete dette altro?».

«No, come le dico, eravamo in biblioteca, non si poteva parlare».

«Mi dica, lei ha il numero di cellulare di Marta Sardà?».

«Mi pare di sì. Mi lasci controllare... Sì, ce l'ho».

«Può darmelo?».

Rimase immobile, non sapeva cosa dire.

«Preferirei...».

«Posso averlo anche attraverso i nostri canali; se lo chiedo a lei è per una questione di rapidità; e perché so che lei non riferirà a nessuno che me lo ha dato».

«Be', io...».

«Stia tranquilla, la prego. Non sta danneggiando la sua collega, si tratta solo di una verifica che vorremmo fare in via del tutto confidenziale».

«E va bene, ispettore».

Mi lesse il numero, che Garzón digitò all'istante. Poi uscì. Il viceispettore mi guardò.

«E adesso cosa facciamo?».
«Andiamo in commissariato. Le spiegherò là».

Garzón sgranò gli occhi quando gli esposi il mio piano. Mi oppose le obiezioni di sempre, legalitarie e improntate a un'idea molto alta di serietà ed etica professionale. Ma era chiaro che moriva dalla voglia di unirsi alla mia iniziativa.
«E che cosa pensa di scrivere nel messaggio?».
Mi alzai e feci qualche giro per l'ufficio. Garzón era incuriosito.
«Che cosa fa?».
«Penso allo stile da usare. Dobbiamo farci passare per un allievo, per un genitore, per un estraneo? Ogni sms, nella sua brevità, rivela un mondo».
Alla fine mi decisi per un volgarissimo stile da ricattatore di telefilm. Non tutti seguono le serie televisive ambientate nelle scuole, ma quelle poliziesche raccolgono una larghissima audience. Avrebbe fatto il suo effetto. Presi un foglio e scrissi:

SO COSA HAI FATTO A NOEMÍ. VIENI AL BAR LA PALMERA DI CALLE ROSELLÓ DOMANI ALLE SEI. SE NON TI PRESENTI PARLO.

Garzón approvò il mio parto letterario-telematico. Fu lui a mandare il messaggio alla Sardà, con l'impostazione «numero privato».
La giornata successiva era cruciale. Dovevamo andare all'istituto come se niente fosse e fare in modo

che la tutor ci vedesse. Nulla doveva far sospettare che al bar La Palmera potesse incontrare qualcuno di noi.

E così ci presentammo alla scuola di primo mattino, ci aggirammo per i corridoi, effettuammo una nuova e del tutto inutile ispezione oculare della palestra e andammo a chiuderci nel nostro ufficietto a sorseggiare tutti i caffè che Iván volle portarci. Nel pomeriggio ripetemmo l'operazione, e alle sei meno un quarto Garzón chiese a Iván:

«Potremmo parlare un momento con la Sardà?».

«È appena andata via. Oggi è uscita prima».

Partimmo di corsa. Eravamo già in macchina quando suonò il mio cellulare. Era l'agente Yolanda, dal bar La Palmera:

«Ispettore, secondo la descrizione fisica che mi avete dato, l'indiziata è già dentro il bar. Si sta guardando intorno e sembra che voglia sedersi a un tavolo. Che cosa faccio?».

«Mostrale il tesserino e fermala. Noi arriviamo».

Mi voltai verso il viceispettore, che sorrise mentre metteva in moto.

«Il gioco sporco ha funzionato».

«E non sarà l'ultima volta».

«Lei qualche volta mi spaventa, Petra».

«Il mio ideale sarebbe spaventarla tutte le volte».

Marta Sardà ci stava aspettando, indignata, più che impaurita. Scattò senza darci il tempo di parlare.

«Posso sapere che cosa sta succedendo?».

«Esattamente quello che sembra. Questa giovane

agente l'ha tratta in arresto. Adesso siamo arrivati noi e la portiamo in commissariato per interrogarla».

«Per quale motivo?».

«Per l'assassinio di Noemí Sanz».

Scoppiò in una risata da pessima attrice e mi fissò.

«È impazzita?».

«Non credo. Venga con noi, per favore. Ha un avvocato?».

«No».

«Ha il diritto di averne uno quando verrà interrogata».

«Vedrò se mi servirà. Tutto questo è talmente assurdo che non so cosa pensare. Siete sicuri di quello che fate?».

«Dottoressa, può dirmi perché si trova in questo bar?».

«Sono venuta per un ridicolo messaggio sul cellulare. Volevo vedere chi aveva avuto il coraggio di farmi uno scherzo di pessimo gusto».

«Andiamo».

Adesso tutto dipendeva dalla nostra abilità. E anche dalla sua capacità di resistenza.

Nella sala degli interrogatori la pregammo di sedersi e le offrimmo un caffè. Dalle varie strategie possibili era escluso l'uso della violenza o qualunque genere di pressione diretta. Tutto doveva essere lento, noioso, ripetitivo. Non stavamo cercando contraddizioni, ma il crollo psicologico e la successiva confessione. Dovevano trascorrere le ore.

E trascorsero, o meglio, si trascinarono. Facevamo domande generiche, a volte assurde, ripetute fino alla nausea. Dov'era la sera del delitto? Chi aveva visto, con chi aveva parlato? Aveva scritto lei, e poi cancellato, i messaggi di testo che erano corsi tra i cellulari di Kevin e Noemí? Aveva dato appuntamento a entrambi con quei messaggi? Lei era sempre convinta di non volere un avvocato, ma la sua capacità di resistenza cominciava a cedere. Erano passate tre ore quando diede i primi segni di nervosismo.

«Per quanto ancora pensate di continuare? Lasciatemi andare. Io non c'entro niente con questo crimine orrendo e voi lo sapete».

Ritenni giunto il momento per il mio sparo a salve.

«Marta, abbiamo cercato di fare in modo che confessasse spontaneamente. Sarebbe stato molto meglio per lei. Ma non lo ha fatto e la mia pazienza è arrivata al limite. Le dirò la verità: qualcuno l'ha vista quella sera entrare nella palestra prima del delitto. Questo qualcuno in un primo tempo ha taciuto, ma adesso ha deciso di parlare».

Feci una pausa. Garzón e l'interrogata mi guardavano con identico sbalordimento. Cercai di mantenere la calma. Avevo deciso di giocare forte e non potevo più tornare indietro.

«Lei aveva una relazione di tipo sessuale con Kevin. Noemí l'aveva saputo e minacciava di raccontarlo a tutti. È stato questo a spaventarla al punto che ha pensato di ucciderla».

Reagì come una furia. Mostrò il bianco degli occhi, si mise a gridare, si afferrava i vestiti come se volesse strapparseli di dosso. Si piegò su se stessa e cadde a terra in ginocchio. Mi spaventai veramente, e Garzón più di me.

«Chiami un medico!» gli gridai.

Marta Sardà si tirò un po' su, scosse la testa, indicò con la mano qualcosa che aveva accanto.

«La borsa» disse debolmente.

Gliela avvicinammo e lei tirò fuori un blister di pastiglie. Garzón mi sussurrò all'orecchio:

«Stavolta mi sa che ha esagerato».

«Non vuole che la veda un medico?» dissi rivolta alla donna.

«Acqua» mormorò.

Prese un paio di pastiglie. Mi guardò.

«Lasciatemi riposare una mezz'ora».

«Se non si sente bene continuiamo domani».

«No, oggi. Voglio parlare. Lasciatemi un momento da sola. Adesso mi riprendo».

Mi bastò chiudere la porta per essere assalita dai rimproveri del mio sottoposto.

«Santo Dio, ispettore! Ma come pensa di cavarsela adesso? Come li giustifica tutti questi trabocchetti, queste testimonianze fasulle?».

«Se funziona, l'avremo in pugno. E se no, è la sua parola contro la nostra. Le ho ricordato due volte che aveva diritto a un avvocato e non ha voluto darmi retta. Che si arrangi».

«E adesso lei crede che dopo questo attacco di nervi confesserà? Io non lo so, ispettore, a me sembra molto pericoloso».

«Ma vada al diavolo, Fermín! Mi trova nel mio ufficio. Mi avvisi quando l'isterica sarà in condizioni di parlare».

Mi rifugiai nella mia tana. Ero furibonda. Avevo mentito, avevo imbrogliato le carte, e mi ero ficcata in una situazione assurda. Ero convinta che quella donna avesse ucciso, ma non avevo la minima idea del perché. Dovevo calmarmi. E dato che non ho mai avuto la pazienza di imparare lo yoga o altre tecniche di rilassamento, mi misi a navigare su internet alla ricerca di scarpe all'ultima moda. Ho sempre pensato che le scarpe sono piccole opere d'arte da ammirare. Cominciarono a sfilare davanti ai miei occhi: tacchi, zeppe, décolleté, francesine, sandali, stivaletti, ballerine, mocassini... Perfino i nomi erano belli, carichi di suggestioni. Dopo un po' mi sentii meglio e passato qualche minuto Garzón socchiuse la porta.

«Adesso può parlare. Venga».

Era vero che poteva parlare, ma aveva i gesti e la voce di una lentezza irreale. Sorrise quasi, quando entrai.

«Si sieda, ispettore. Anche se mi vede un po' esitante, sto bene. Da molti anni prendo farmaci che mi permettono di fare una vita normale. L'episodio di poco fa è dovuto a un eccesso di stress, ma adesso è passato. Il medico che mi segue mi ha dato queste pastiglie per i casi d'emergenza che grazie al cielo funzionano abbastanza bene».

«Di che cosa soffre?» domandai.

«Di niente, di avere sbagliato tutto nella vita».

Ci fu un silenzio fatto per metà di diffidenza e per metà di curiosità. Lei continuò, tranquilla, quasi serafica:

«Non le racconterò la storia della mia vita, capisco che non è la sede adatta. Però non ho paura di dire che perfino la mia nascita è stata uno sbaglio. Di lì in poi, io stessa sono stata la responsabile dei miei errori: mi sono scelta gli amici sbagliati, mi sono innamorata di chi non dovevo, ho abbracciato la solitudine senza domandare aiuto a nessuno né aprirmi agli altri. Non mi chieda di continuare. Ma due cose positive mi sono rimaste: le mie idee e la scuola. Grazie a questo sono riuscita a vivere fino adesso». Si guardò intorno, aveva la bocca impastata. «Posso avere dell'acqua?». Garzón si affrettò a passarle una bottiglietta non ancora aperta. Lei si schiarì la gola e riprese quel racconto che non si sapeva dove sarebbe andato a parare. «Prima, quando lei mi ha accusata di avere una relazione con Kevin, per poco non mi sono messa a ridere. Non è stato un bell'argomento per provocarmi. La sola idea di avere il minimo contatto fisico con quel ragazzo... lasciamo perdere. Eppure in quel momento mi sono resa conto che di qui in poi tutto cambia. Voi avete sospettato di me, mi avete arrestata: l'aspetto pubblico della questione non è più sotto controllo. La gente comincerà a parlare, e chissà quante falsità possono venire fuori, insinuazioni sordide, cattiverie gratuite. Io non ho lottato tanti anni per le mie idee perché adesso chiunque, e penso soprattutto i miei allievi, debba sentire simili aberrazioni su di me».

Garzón mi fece un cenno con gli occhi. Credetti di capire che mi chiedeva di riportarla in argomento. Ma non ce n'era bisogno, ora ci avrebbe detto la verità.

«Noemí l'ho uccisa io». La voce le mancò e cercò il coraggio per continuare. «Potete anche non credermi, ma è stato un incidente. Voglio dire, non c'è stata premeditazione. Noemí era una delle ragazze a cui tenevo di più. Non che fosse straordinariamente intelligente, ma aveva forza di volontà, si impegnava, si dava da fare. Dopo le medie diceva che voleva fare studi tecnici, di breve durata, per mettersi subito a lavorare. Poi, grazie ai miei consigli, aveva cambiato idea e si era decisa a prepararsi per andare all'università. E aveva un carattere stupendo, era solidale, allegra, educata... Finché un giorno tutto è cambiato».

«Si era innamorata di Kevin» la interruppi.

«Quel Kevin, che rovina! Aveva dovuto dirmelo lei, perché tra le tante condizioni che lui le imponeva, c'era quella di non farsi mai vedere insieme quando erano a scuola. Non la riteneva alla sua altezza. Basta questo per capire che razza di disgraziato era. La calpestava, la disprezzava, la umiliava, e un trattamento simile era deleterio per la sua personalità, per non parlare del rendimento scolastico. Ma perché perdere tempo a spiegarlo? Ormai è chiaro a tutti che era un maltrattatore. Eppure lei sopportava ogni cosa! Mille volte l'avevo esortata a lasciarlo, a rendersi conto del danno che lui le stava facendo, ma non c'era verso. "Lo amo" mi rispondeva. "Cambierà". Ridicolo! L'unica a cambiare era lei, e di male in peggio. Stupide ragazzette! Ho passato metà della mia vita a lottare per i diritti delle donne. E che cosa sono costretta a vedere adesso che si avvicina l'età della pensione? Delle teste vuote che sognano il principe azzurro, il matrimonio, un ruolo subalterno pur di avere qualcuno che le porti a letto. E come si vestono, poi, come prostitute, dimenticando ogni ideale di emancipazione o di uguaglianza! È patetico, credetemi, patetico!».

«Per favore, si calmi» intervenni, temendo un nuovo attacco che allontanasse la confessione.

«Sono calmissima, e salda nella mia decisione: dire la verità. Ora vi spiego quello che è successo. Non sapendo più cosa fare per convincere Noemí a lasciare Kevin, avevo ideato un piano: durante l'intervallo sono entrata nella classe di Kevin, sapevo già qual era il suo banco, e ho scritto a Noemí dal suo cellulare: "Alle nove di sera giù in palestra. Ti prego vieni". E poi dal cellulare di Noemí ho inviato a Kevin lo stesso messaggio. Dovevano venire tutti e due. Una volta in palestra, avrei parlato con entrambi e avrei cercato di far paura a Kevin perché non si azzardasse più a fare sciocchezze. Ero certa che entrambi avrebbero cancellato il messaggio subito dopo averlo letto, come infatti è successo. Ma naturalmente il disgraziato non si è fatto vedere, e nemmeno ha pensato di mettersi in contatto con Noemí, oltraggiandola ancora una volta e andando con un'altra. Con la figlia del preside, santo cielo! E lei invece è venuta. Ho cercato di intavolare un dialogo profondo, di farle capire che poteva giocarsi il suo futuro accettando appuntamenti come quello. Lei si è arrabbiata. Mi ha detto che dovevo smetterla di cercare di separarla dal suo ragazzo, che non ero nessuno per giudicare il loro rapporto, che non dovevo immischiarmi nella sua vita. Le ho risposto a tono. Lei ha dimostrato tutta la sua immaturità. Mi ha insultata, mi ha dato della zitella frustrata, e ha detto esattamente quello che ha detto lei, che volevo portarle via Kevin, che volevo "trombarmelo", questa è stata l'espressione che ha usato. Lì non ci ho più visto, le ho tirato una sberla, lei si è messa a gridare come se avesse perso la ragione. Allora ho preso una delle clave che erano lì e gliel'ho data sulla testa con tutte le mie forze, volevo che smettesse...».

Si interruppe, tremò. Credevo che scoppiasse a piangere, ma non lo fece. Si riprese e aggiunse:

«Sono fatti tragici, ma non sordidi. Almeno c'è un fondo di dignità».

«Non c'è nessuna dignità nell'uccidere una ragazza di quindici anni che ha tutta la vita davanti, mi dispiace».

Lei abbassò la testa.

«La sua dichiarazione...» ripresi, ma lei, già meno rallentata dai tranquillanti, mi interruppe:

«Sì, ripeterò tutto davanti al giudice. Quanti anni credete che mi daranno?».

«Sinceramente, non lo so. Costituendosi subito, avrebbe potuto sperare in qualche attenuante».

«Già. Ma mi ero illusa che per uno strano scherzo del destino la colpa ricadesse su Kevin. Non potevo sapere che aveva l'alibi della figlia del preside».

«Davvero avrebbe lasciato che a pagare fosse il ragazzo?».

«Sì» disse senza esitazioni, e scoppiò in una grottesca risata. «A proposito» riprese: «perché avete sospettato di me? Non penserete che abbia creduto a quell'assurdo messaggio sul cellulare? E poi sono sicura che nessuno può avermi visto quella sera».

«Abbiamo sospettato perché ci è parso strano che una persona coscienziosa come lei ignorasse i problemi di Noemí, quando invece tutti ne erano al corrente».

«Non pensavo certo che quella sciocchina andasse a sbandierare ai quattro venti la sua umiliazione. Ma sapete cosa vi dico? Sono contenta che sia stato questo a mettervi sull'avviso. Significa che ho una buona reputazione, anche se ho commesso un errore, e che la mia fama di persona integerrima rimarrà intatta».

Uscimmo molto tardi dal commissariato quella sera. Proposi a Garzón di prenderci una birra prima di andare a casa. Poiché lo vedevo meditabondo e silenzioso, gli chiesi:

«A che cosa pensa, Fermín?».

«Sa che non lo so? Sono confuso. Non capisco se quella tizia è una martire della sua causa o è completamente fuori di testa».

«Tutte e due le cose».

«Ma forse non è questo che importa. Quel che mi preoccupa è che può venirle in mente di raccontare del messaggio che le abbiamo mandato. Una cosa del genere può metterci in grossi guai».

«Non succederà. Come ha detto lei, si sente una martire. Tacerà qualunque cosa pur di andare fino in fondo nel suo martirio».

«È strana la gente, vero, Petra?».
«Se non lo sa lei».

Il commissario ci ordinò di recarci un'ultima volta all'istituto per informare le autorità scolastiche degli sviluppi della vicenda. Avvertii seriamente il viceispettore:
«Vediamo chi ci riceverà, adesso, ma sia ben chiaro che dobbiamo parlare solo col preside o con chi ne fa le veci. Non una parola con nessun altro».
La raccomandazione non fu vana. Era evidente che dentro la scuola correvano voci, anche se nessuno era stato informato ufficialmente. Ci abbordarono i bidelli, Iván e il signor Leandro, e anche l'insegnante di matematica, e quando arrivammo in presidenza avevamo lasciato al nostro passaggio una lunga scia di sguardi interrogativi. Il preside era tornato al suo posto. Ci fissò con aria grave, ci invitò ad accomodarci e ascoltò tutta la storia di Marta Sardà con costernazione. Alla fine si tolse gli occhiali e si strofinò gli occhi più volte. Poi ci guardò:
«Che tragedia. Sapevo che Marta era seguita da uno psichiatra, ma arrivare fino a questo punto... Dio mio. Ve l'avevo detto che la scuola è un ambiente complicato. L'incontro tra mondi e sensibilità diverse può creare situazioni molto critiche. Io stesso ho potuto vivere questa drammaticità sulla mia pelle».
«Se non altro questo la aiuterà a essere più consapevole dei problemi e a cercare soluzioni appropriate».
«È duro ammetterlo, ma è così. Anche mia figlia ha ca-

pito di avere sbagliato, e adesso sono convinto che... Scusatemi, non siete qui per le mie vicende personali. Purtroppo abbiamo perso una buona allieva, e una buona insegnante. Questa vicenda ha scosso gli animi di tutti».

«Noi comunque la ringraziamo per la collaborazione. Siamo rimasti colpiti dall'efficienza con cui dirige questo istituto, continui così».

«Sono tempi difficili per l'insegnamento, signori, e anche se oggi la scuola non gode di grande prestigio, qui si gettano le basi per il futuro della nostra società. Per questo vale la pena lottare ogni giorno».

Uscimmo toccati dalle parole del preside, ma anche contenti che il caso si fosse risolto così rapidamente. Come mettemmo piede fuori dalla porta, trovammo, oh gioie della vita moderna!, il giornalista con cui aveva parlato Garzón il primo giorno.

«Salve, come mai da queste parti?» dissi, con un entusiasmo che lo lasciò interdetto.

«Be', ho saputo che questo pomeriggio ci sarà una conferenza stampa sulla vicenda; ma magari potreste anticiparmi qualcosa, sarebbe un'esclusiva incredibile per l'edizione online del mio giornale».

«Eh, già, incredibile davvero. Ma certo! Perché non dare una mano ai giovani? Scrivi, ragazzo, che adesso ti racconto».

Il ragazzo in questione tirò fuori un taccuino da cronista degli anni Cinquanta, mentre il viceispettore mi guardava sempre più stupefatto.

«Dunque, il colpevole della morte della ragazza è stato un ginnasta che si è introdotto da una finestra travestito da gallinaceo. Lo faceva per potersi esercitare gratuitamente con gli attrezzi della scuola, essendo disoccupato e non avendo i mezzi».

Smise di scrivere e mi guardò dispiaciuto:

«E va bene, ispettore. Vedo che mi serbate rancore per quello che ho pubblicato».

«Rancore, dici? Rancore? Noi ignoriamo il significato di questa parola. Noi siamo esseri angelici, praticamente eterei, e per dimostrartelo ti offriamo anche una birra spumeggiante e fresca come acqua di fonte. Lei è d'accordo, viceispettore Garzón?».

Garzón rideva come un matto.

«Pienamente d'accordo, ispettore Delicado».

Passai le braccia intorno alle spalle di tutti e due, e trasformati in uno strano terzetto ce ne andammo alla ricerca di un bar dove sciogliere in un boccale di birra le nostre divergenze, soluzione che per fortuna ancora funziona in questo nostro disgraziato paese quando ci sono ferite da sanare.

Vinarós, agosto 2014

Gian Mauro Costa
Un colpo in canna

Uccellacci. Altro che creature poetiche e odorose di schiuma marina, come volevano far credere i versi imparati a scuola. Enzo Baiamonte assisteva sbigottito al banchetto dei gabbiani tra i rifiuti del mercato alimentare di corso Olivuzza. Non avrebbe mai pensato che un giorno potessero diventare ospiti della città, del suo quartiere addirittura, pascolare indisturbati tra foglie di broccolo, frutta marcia, pomodori schiacciati, maleodoranti teste di pesci, rigagnoli di acqua fetida. Porci, porci con le ali, ecco cos'erano, pensò con ribrezzo. E quella definizione gli fece venire in mente un libro molto spinto che circolava ai suoi tempi tra i ragazzi dell'Istituto Tecnico per periti elettronici Thomas Edison. Eh sì, adesso doveva tornare tra i banchi. Non per andare a ripetizione di fisica applicata o per soprassalti nostalgici di una stagione che per lui, nonostante porci e bandiere rosse, era stata incolore e rassicurante, come quasi tutta la sua esistenza. No, aveva tra le mani un'indagine da compiere. Certo, roba piccola. Ma del resto cosa poteva aspettarsi un investigatore privato, fresco di patentino a cinquant'anni suonati da un pezzo e con alle spalle una placida carriera di elettrotecnico? È vero, avrebbe potuto aspirare a qualcosa di più eccitante: lo aveva già dimostrato anche e soprattutto alla sua Rosa, la sarta del quartiere che aveva conosciuto proprio grazie al suo primo incarico da detective, e che in lui e nelle sue capacità aveva sempre creduto. Ma se con questo nuovo mestiere, che aveva improvvisamente colorato a tinte forti se non le sue giornate di sicuro le sue fantasie, doveva pur camparci, non poteva permettersi di fare lo schifiltoso.

E poi, si rincuorò, un vero professionista deve occuparsi di tutto. Forse che, quando faceva l'elettrotecnico, si rifiutava di riparare le radioline a transistor o i ferri da stiro per accettare solo lavatrici di lusso o interventi sugli impianti elettrici dei grandi alberghi?

Biciclette, doveva occuparsi di biciclette. Anche di motocicli, sì, ma i furti riguardavano principalmente le care, vecchie duepedali che, stranamente, sembravano essere tornate di moda tra i ragazzi. Baiamonte si allontanò dal baccanale dei gabbiani e risalì lungo via Imera per raggiungere casa. Magari avrebbe trovato ancora aperta qualche bottega per rimediare il prezzemolo indispensabile per la sua pasta con le vongole.

Doveva dunque incastrare ladri di biciclette. E anche questa frase gli fece venire in mente qualcosa, decisamente più remota, che stavolta si riferiva a un film di cui doveva avere una copia in videocassetta tra le centinaia della sua collezione, composta perlopiù da pellicole western e polizieschi. Chissà se, dandovi un'occhiata, non potesse ricavarne qualche dritta utile alla sua indagine.

Le cose erano andate così: mentre stava armeggiando in cucina pregustandosi i frutti di mare avanzati dalla sua cena con Rosa, si era ricordato di essere a corto di sigari. E aveva deciso di fare un salto dal suo amico, e compagno di scopone, Mariano, titolare della tabaccheria di via Lascaris. Lì, dopo aver acquistato due scatole di toscani extravecchi e chiacchierato della prossima giornata del campionato di Eccellenza B di calcio (quello prediletto da Enzo), si era imbattuto nel nipote di Mariano. Michele Giammancheri, figlio di una sorella del tabaccaio, Baiamonte lo aveva visto nascere. Prometteva bene già dai suoi cinque chili pesati dall'infermiera del Civico tra l'orgoglio di tutta la famiglia, e adesso era un ragazzone muscoloso dalla faccia simpatica, due occhi scuri e febbrili, e un sorriso disarmante. Sembrava che stesse aspettando Enzo all'uscita della tabaccheria. E infatti gli si era avvicinato, con inconsueto imbarazzo, e lo aveva salutato con una rispettosa baciata di guance.

«Zio Enzo, ti dovrei parlare di una cosa delicata» aveva esordito, rivolgendosi a lui con l'appellativo guadagnato sul campo dagli amici più stretti del fratello di sua madre. Michele non era soltanto dotato fisicamente, ma aveva dimostrato sin dalle elementari anche un'intelligenza vivace e una sorprendente predisposizione per gli studi. Tanto che, dopo i brillanti risultati ottenuti agli esami delle medie, il padre aveva solennemente dichiarato: «Michelino si merita il meglio. Si iscriverà alla scuola delle persone perbene, al classico Garibaldi. E mi diventerà dottore».

Ma il ragazzo non si era montato la testa. Nonostante frequentasse, a detta del padre, il corso di studi riservato alla crema della società, manteneva rapporti di intimità con i compagni di gioco del quartiere e mostrava rispetto e affetto per le persone di famiglia. L'inusuale timidezza del suo approccio aveva quindi destato in Enzo qualche preoccupazione. Ma l'investigatore aveva scelto, con il suo solito stile, di sdrammatizzare: «Vuoi una mano per la versione di greco?».

Michele si era fatta una bella risata ed era tornato subito serio, decidendosi a vuotare il sacco. La «questione delicata» riguardava un suo compagno di classe, anche lui del quartiere Zisa, tale David Morello. Professori e alunni del Garibaldi lo accusavano, più o meno apertamente, di essere complice, se non autore, di una serie di furti di bici e moto che si erano verificati nelle ultime settimane con una regolarità impressionante nonostante gli accorgimenti presi dai ragazzi e una maggiore sorveglianza predisposta dal preside. David era sospettato in base a una presunzione di colpevolezza: era stato coinvolto, un paio d'anni prima, in un «fermo finito a schifìo».

«Un fermo?» aveva chiesto delucidazioni Baiamonte. «Un posto di blocco della polizia? Un arresto degenerato in rissa?».

Niente di tutto questo, aveva spiegato pazientemente Michele. Il fermo era solo una simpatica consuetudine che aveva preso piede soprattutto nei dintorni delle scuole meglio frequentate di Palermo. Un gruppetto ogni volta diverso di bulli, armati di arroganza e talvolta di un coltello, circondava uno studente isolato e ben vestito e lo convinceva rapidamente a consegnare ora lo zaino firmato ora le scarpe griffate ora il telefonino ultima generazione. Se un episodio del genere fosse avvenuto nel nostro quartiere, pensò rapidamente Baiamonte, altro che «fermo», si sarebbe chiamato senza mezze misure «rapina a mano armata» e magari sui giornali si sarebbe adombrata anche la regia delle più feroci cosche mafiose. Con il fermo, comunque, Michele ci avrebbe messo la mano sul fuoco, David non c'entrava. La sua unica colpa era stata quella di accompagnarsi a dei conoscenti della Guadagna, una delle borgate della città, pochi minuti prima che entrassero in azione. E siccome la vicenda era appunto finita a schifìo, con l'intervento di una volante che si trovava nelle vicinanze e l'identificazione dell'intero gruppetto, su David pendeva la spada di Damocle dell'affidamento ai servizi sociali, o di non meglio precisate misure di sorveglianza speciale.

«Ma che ci fa uno come lui in un liceo classico, e per giunta al Garibaldi?» gli era scappato detto a Baiamonte.

«Ma cosa credi, zio?» aveva ribattuto con un sorriso furbetto Michele. «Alle fantasie di mio padre? Che per iscriversi al Garibaldi chiedono la tessera di Forza Italia o la raccomandazione delle dame di San Vincenzo? Oggi il classico è considerato roba di secchioni e di palliati, di sfigati insomma. O di ragazze che nella vita saranno schiffarate, senza bisogno di lavorare. Se ne vanno tutti allo scientifico o agli istituti tecnici, per avere, dicono, un posto sicuro. Non lo disse un politico che con la cultura non ci si mangia?».

«Vuoi vedere che sono nato negli anni sbagliati?» era stato il pensiero divertito di Baiamonte. «Magari oggi all'Edison sarei compagno della figlia della contessa Giardina o del figlio dell'avvocato Scardamaglia. Mi sarei sposato con una ragazza di buona famiglia, e oggi saremmo tutti e due felicemente disoccupati e camperemmo di rendita». Poi Enzo aveva frenato la fantasia e riportato la sua attenzione su Michele: «Perché ti preoccupi tanto dei sospetti su David?».

La risposta del ragazzo lo aveva disarmato: «Ma perché non è giusto! David non c'entra niente. E già dagli atteggiamenti dei professori si capisce che lo vogliono fottere. Lo tartassano di interrogazioni, e durante i compiti in classe lo controllano tutto il tempo. Insomma, rischia sul serio di perdere l'anno. E non solo: finora ha potuto continuare a studiare grazie a una signora che aiuta la sua famiglia. E suo padre che fa il muratore, anzi lo faceva, perché adesso è senza lavoro da sei mesi, non aspetta altro che la bocciatura: lo manderebbe di corsa in Venezuela dove c'è un posto di cameriere pronto per lui nel ristorante di alcuni parenti emigrati...».

«Come posso aiutarti, io?» era stata la domanda un po' ingenua e un po' ironica di Baiamonte.

E qui Michele aveva compiuto il suo piccolo capolavoro. Era diventato rosso in viso e aveva tirato fuori dalla tasca una busta spiegazzata.

Enzo rischiò di scottarsi il dito mentre scolava gli spaghetti. Il ricordo di quella busta gli suscitava imbarazzo e vergogna: aveva accettato un compenso da parte del nipote di Mariano, da quel Michelino che aveva tenuto sulle ginocchia durante le partite di scopone. Il ragazzo, però, era stato irremovibile. E anche convincente: «Abbiamo fatto una colletta nel quartiere e tra i nostri amici a scuola e abbiamo raccolto mille euro. Non la devi prendere come un'offesa, zio Enzo, ma come una prova di serietà. Si tratta di lavoro e vogliamo avere un professionista. Rivolgerci alla polizia è inutile. Non hanno tempo per queste cose e poi esporremmo ancora di più David».

Ragionamento ineccepibile, concluse tra sé Baiamonte, mentre addentava gli spaghetti. Si sentiva inorgoglito e responsabilizzato dalla fiducia dei ragazzi nella sua abilità. E commosso dalla prova di amicizia e solidarietà che aveva originato il suo incarico: «Ci sono ancora picciotti di cuore» sentenziò, rivedendo alcuni luoghi comuni in cui anche lui era caduto di recente. Aveva comunque ottenuto da Michele la promessa di accettare indietro la somma, a parte un piccolo rimborso spese, qualora la sua indagine non fosse approdata a nulla.

«Ma già domattina farò un primo sopralluogo al Garibaldi» si disse mentre cercava di ammazzare il sapore dell'aglio sgranocchiando un finocchio.

Si presentò al liceo nell'orario che aveva giudicato ideale per un colpo d'occhio d'assieme: poco prima dell'intervallo. Michele, tra l'altro, gli aveva riferito che bici e moto scomparivano nel lasso di tempo tra il rientro in classe dopo la ricreazione e la campanella di fine lezioni. L'appuntamento con il preside era stato fissato a mezzogiorno. Non gli era stato difficile ottenerlo: in segreteria, al Garibaldi, lavorava uno dei mille parenti collaterali di Rosa, il cognato di un cugino della sorella... Lo avevano raggiunto telefonicamente la sera prima, quando Enzo, dopo la cena a casa della sarta, le aveva parlato del suo nuovo incarico. Gigi Barresi, il segretario, gli aveva confermato di buon mattino che Martino Agnello, il capo d'istituto – a cui era stato spiegato il motivo della presenza di Baiamonte – lo avrebbe potuto ricevere a quell'ora.

Per andare al Garibaldi aveva scelto un abbigliamento il più possibile anonimo senza però risultare sciatto. Aveva scartato il suo Burberi (l'impermeabile taroccato, comprato a una bancarella, che considerava ormai la sua divisa da lavoro) nel motivato timore di apparire ridicolo e si era limitato a un giubbotto di finto camoscio scelto da Rosa a una svendita dell'Oviesse di corso Olivuzza. Tra le mani, solo un giornale locale, per darsi un contegno.

Via Canonico Rotolo, la breve strada a ridosso del Giardino Inglese dove si trovava la sede dello storico liceo classico di Palermo, non era cambiata dai tempi remoti in cui Enzo aveva partecipato alla sua prima e ultima assemblea generale studentesca. Stesso bar, stessa giungla di auto lungo entrambi i marciapiedi, stessa fauna in attesa dell'intervallo: perdigiorno, fidanzati universitari delle ginnasiali, allievi impreparati che si erano imbucati e attendevano con trepidazione notizie interne dai compagni di classe, giovani con mucchi di dépliant pubblicitari con strabilianti offerte di tariffe telefoniche che avevano preso il posto dei volantini ciclostilati con gli annunci di assemblee e cortei, panellari, spacciatori vestiti da poliziotti, poliziotti travestiti da fricchettoni, venditori di libri usati, genitori apprensivi e forse anche qualche pedofilo. Baiamonte si guardò in giro, si rassicurò di non dare nell'occhio in mezzo a quella gente («casomai mi possono notare proprio perché sono il più normale di tutti») e si incamminò seguendo una scia olfattiva che aveva sollecitato ricordi e languori. Raggiunse la lapa trasformata in friggitoria ambulante e ordinò un coppo di panelle e crocchette. Il panellaro dispose le fritture su un foglio di carta oleata, le avvolse con il coppo creato con una mezza pagina di giornale e gliele consegnò. Mentre Enzo assaporava, dopo avervi abbondantemente soffiato sopra, la prima bollente crocchetta di patate, echeggiò la lunga scampanellata che sanciva la tregua dalle lezioni.

Nel giro di qualche secondo Baiamonte fu circondato da due fiumi in piena: uno, il più consistente, che esondava dalla porta dell'istituto, l'altro, ridotto ma non meno impetuoso, formato dal flusso di persone che, terminata l'attesa, si precipitavano verso i ragazzi. Temette di finire dentro l'olio bollente del panellaro, poi ritrovò l'equilibrio e individuò un corridoio libero tra la folla schiumante di sudori e invettive, che gli permise di raggiungere la scalinata del liceo. Fatto qualche gradino si fermò e, dall'alto, studiò la situazione.

L'età era quella, sì, che c'era anche ai suoi tempi. I brufoli che si imponevano tracotanti sui volti degli adolescenti di entrambi i sessi erano gli stessi. E gli stessi, dunque, erano gli ormoni in circolazione, responsabili di approcci e conflitti. Così come i cespugli di peli sulle braccia e sulle poche gambe scoperte, i gesti di stizza e di gioco, le risate delle ragazze, gli istrionismi dei ragazzi. Ma le tinte dei vestiti, il colore complessivo della folla era differente, irriconoscibile. Ognuno di loro sfoggiava acconciature e abiti diversi, non c'erano caratteristiche dominanti, non si distinguevano scelte condivise, fossero anche un tipo particolare di cappellino o di sciarpa. Forse, ad analizzarli da vicino, si sarebbe scoperta la tendenza all'acquisto di una determinata marca al posto di un'altra, la preferenza per un tipo di cellulare o di auricolari piuttosto che un altro. Ma poteva essere compito di un'indagine di mercato, non certo oggetto di interesse per una persona pragmatica e poco incline alle seduzioni del consumo come Baiamonte. Forse era segno di una maggiore libertà e promiscuità, rifletté l'investigatore utilizzando in realtà espressioni meno roboanti. Però, stranamente, la constatazione non sollecitava un sorriso compiaciuto. No, nella loro cromatica diversità, nel loro variegato apparire, questi ragazzi componevano tutti assieme una massa uniforme e grigia, suggerivano un appiattimento e una accondiscendenza che Baiamonte, pur immune da ogni nostalgia per una stagione politica nella quale non era certo stato tra i protagonisti, non riscontrava tra i compagni di allora.

Le voci, poi, suonavano in tutt'altro modo. Enzo avvertiva adesso un brusìo aspro, uno schiamazzare privo di reale allegria, un clangore carico di aggressività, come quello di uccelli che lanciano il loro verso per marcare il dominio su un territorio. Li vedeva disposti a gruppi, l'uno accanto all'altro eppur visibilmente estranei tra loro, a far cerchio animato e scomposto. Davano l'impressione che in ogni gruppo ci fosse in palio la conquista di un oggetto o di una persona. Come fossero... gabbiani su una preda. A Baiamonte si ripresentò l'immagine degli uccellacci che gozzovigliavano tra i rifiuti di corso Olivuzza. E provò un brivido. Poi cercò di allontanare la fastidiosa associazione. Cosa gli stava succedendo? Come gli veniva in mente di paragonare quegli adolescenti arruffati ai ripugnanti porci con le ali? Non stava cadendo nuovamente nel baratro dei luoghi comuni, nella descrizione deformata di una realtà giovanile piena di violenze gratuite, bullismo, spietata competizione, sopraffazione dei più deboli? Erano così cambiati, degenerati, i tempi? Ed era così diversa la scuola che aveva frequentato? No, la situazione di sicuro non era questa. Lo dimostravano ragazzi come Michele Giammancheri e i suoi amici. E lui era solo un modesto investigatore privato che doveva occuparsi di furti di biciclette. Si richiamò all'ordine e pensò che sarebbe stato più proficuo darsi da fare con la sua indagine invece di improvvisare vaneggianti analisi sociologiche.

Aveva ancora qualche minuto a disposizione prima del suo incontro con il preside. Decise dunque di ispezionare l'area nella quale agivano i ladri. Michele gli aveva detto che bici e moto venivano lasciate dagli studenti dentro il recinto dell'istituto, il cui giardino si ricongiungeva alla Villa Gallidoro, che ospitava la vecchia palestra e i locali di una vicina scuola media. Baiamonte perlustrò passo per passo la zona, senza incontrare né ragazzi né bidelli o professori: l'intervallo, da sempre, calamitava ogni attività e ogni attenzione.

L'investigatore catalogò il campionario che gli si offriva davanti agli occhi. C'era di tutto, dalle biciclette ultraleggere in carbonio, a pesanti e trasandate dueruote senza cambio, da fiammanti motocicli elettrici a vecchi motorini con il sellino sventrato e le marmitte arrugginite. Le bici erano in sorprendente maggioranza, segno di una moda di ritorno forse incoraggiata dalla generale crisi economica. I ragazzi non si erano però risparmiati sull'uso di catene e lucchetti, forse accentuato dai recenti episodi. Enzo sapeva comunque che difficilmente quei marchingegni di ferro avrebbero resistito all'intervento preciso e professionale di un paio di cesoie.

Una cosa era comunque evidente: i furti erano opera di professionisti ben attrezzati e non certo di ladruncoli improvvisati. E avvenivano dentro il recinto scolastico. Dunque con la complicità, o la colpevole distrazione, di qualcuno interno all'istituto. Enzo completò il suo giro di perlustrazione. A pochi passi dalla porta principale della scuola, in un corridoio laterale non visibile dalla strada, gruppetti di ragazzi aspiravano con lunghe boccate sigarette dall'aspetto malconcio. L'odore che si avvertiva nell'aria ricordava a Enzo quello del muschio di certe sue giornate d'infanzia nel bosco vicino alla casa di paese dei nonni. Ma sapeva di cosa si trattava in realtà, anche se, in un istituto tecnico come l'Edison, la pratica, ai suoi tempi, non era certo diffusa.

«Si stanno facendo le, come le chiamano... canne, ecco. Be', non devo però occuparmi di questo tipo di canne, adesso, ma di quelle delle biciclette...».

In quel momento sentì la doppia scampanellata che annunciava il rientro in classe. Aspettò che si placasse l'ondata di ritorno, controllò il suo orologio e finalmente superò l'ingresso per presentarsi da Gigi Barresi, in segreteria, come convenuto, per essere condotto in presidenza.

«Vieni, vieni, ti aspettavo» lo accolse senza formalismi il lontano parente di Rosa, un uomo che non doveva aver superato di molto i quarant'anni ma che con i suoi baffi spioventi e folti sembrava essere uscito se non dai tempi di Garibaldi da quelli umbertini. «Ti porto subito dal preside, poi ti aspetto per un caffè».

Martino Agnello, il capo d'istituto, era invece un uomo basso e dalla testa lucida e a palla, perfettamente rasata. Emergeva a malapena da un'enorme e austera scrivania piena di carte e faldoni. Portava una montatura metallica davanti a due occhi azzurri ma non acquosi, un vestito intero carta da zucchero non stirato a dovere, una cravatta rossa allentata. Le sue mani armeggiavano faticosamente su una sorta di registro e sembrava che lo sforzo si trasmettesse a tutto il corpo.

«Si accomodi» disse, per poi immergersi di nuovo nel suo registro. Baiamonte, in attesa di un invito a parlare, perlustrò con gli occhi l'ambiente. Sembrava che in quello stanzone gli schiamazzi dei gabbiani si spegnessero, che dalle fessure delle imposte scrostate, e bisognose di verniciatura, non fossero mai penetrati spifferi oltraggiosi. Un odore di carta stagionata, un palpabile strato di polvere su vecchi documenti, coppe ingiallite, vetrine con medaglie, almanacchi, foto datate. Enzo si sentì intimorito dal corredo austero della cultura, dal monito autorevole che si sprigionava da quegli oggetti carichi di citazioni di greco e latino, di inchiostri ufficiali, di pergamene liturgiche. E gli piombò addosso tutta la sua inadeguatezza. Pensò per un istante di prostrarsi davanti al preside, di chiedere scusa per il suo curriculum privo di allori e di erudizione, di impegnarsi in un severo corso di recupero intensivo... Agnello si soffiò rumorosamente il naso e frantumò ogni fisima reverenziale in Baiamonte.

«Mi dica pure, signor...» poi, senza attendere una risposta, continuò: «So che la sua presenza qui è legata allo spiacevole susseguirsi di furti che... Noi abbiamo fatto quanto nelle nostre possibilità...».

Il preside, chissà per quale acquisito automatismo, spezzettava ogni frase, lasciandola incompiuta. Come se avesse di fronte una classe di studenti distratti. O come se ormai, dopo tanti anni di insegnamento e di rispettive delusioni, fosse lui ad avere la testa altrove.

«Vabbè» tagliò corto Agnello, rinunciando allo sforzo di rendere completo il suo pensiero. «Mi dica in che cosa posso... possiamo esserle utili... La polizia, sì, l'ho informata io... è venuto un vicequestore, più di un mese fa... Non è tornato, cosa vuole che possa fare la polizia per questo genere di... Ma lei cosa intende... perché non penserà di circolare nel mio istituto... di far domande in giro... lei non ha un ruolo ufficiale... e poi, io...».

Baiamonte capì che era arrivato il momento di prendere in mano la situazione: «No, signor preside. Non penso certo di chiedere il mandato di entrare nelle classi e di perquisire i ragazzi. Né di sostituirmi ai professori per le... interrogazioni». Fece una pausa, per vedere se la sua battuta fosse servita a sdrammatizzare la situazione: niente. Agnello non abbandonava la sua espressione assente e velata di tristezza. Quindi riprese: «Venire da lei era innanzitutto un atto di cortesia. Cercherò di lavorare in modo discreto, senza dar fastidio a nessuno. Del resto, come lei ha accennato, è vero, non ho alcun ruolo ufficiale. Sono soltanto un investigatore privato».

«Ma lei per conto di chi agisce?» sembrò risvegliarsi il preside. «Come mai un investigatore si occupa di furti di biciclette che, tra l'altro, hanno proprietari diversi?».

«Lavoro per conto di un cliente che preferisce restare anonimo. E il cui interesse va al di là dell'individuazione del ladro o dei ladri...». Baiamonte aveva decisamente conquistato l'attenzione di Agnello. «Ma, mi permetta, preside, di farle una domanda. Voi della scuola ve la siete fatta un'idea? Cioè: avete sospetti su qualcuno, pensate di aver individuato l'autore, o gli autori, dei furti?».

«Be', certo, qualche ipotesi è stata fatta. Vede, una scuola è una famiglia allargata dove convivono individui differenti tra loro, ciascuno con la propria storia alle spalle, con le proprie esperienze... Quindi, qualcuno magari più fragile, diciamo, dal carattere difficile... non dico asociale, no, ma...».

«Si riferisce a una persona in particolare?».

«Sì, no... come si fa a dire una cosa del genere senza prove?».

In quel momento, senza alcun preavviso, la porta della presidenza si spalancò ed entrò una signora matura, dai capelli tinti di biondo, un viso lentigginoso che mostrava ancora i segni di una bellezza antica. Si avvicinò alla scrivania e, guardando Agnello dritto negli occhi, gli chiese: «Hai saputo, Martino?».

Il preside avvampò in viso, sbirciò imbarazzato Baiamonte e dalla sua bocca uscì una voce incerta e querula: «Cosa dovrei sapere, Ina?».

«Che ieri hanno rubato la bici di mia figlia».

«Ma io, io...» cominciò a balbettare Agnello, alzandosi dalla scrivania e cercando con un movimento goffo la mano della signora, che subito la ritrasse. «Mi dispiace... Cosa possiamo fare?».

«Era la mia bicicletta del liceo. La conservavo da allora» continuò la signora guardando il preside con uno sguardo che sapeva di rammarico e di rimprovero. «Teresa aveva insistito tanto, non ne voleva una nuova, le piaceva l'idea di arrivare sulla stessa bici usata tanti anni prima da sua madre nella stessa scuola. Te la ricordi, forse. Quella con il telaio dipinto di rosa e i freni a bacchetta. L'ho avuta sott'occhio poco prima del furto. Rientravo in classe dalla parte di Villa Gallidoro e quando è suonato il terzo squillo della campanella la bici era ancora lì. Poi, all'uscita...».

«Ai nostri tempi queste cose non succedevano, Ina, no...» disse Agnello cercando di riguadagnare un contegno adeguato, anche alla presenza di un estraneo. «C'erano baruffe, un paio di episodi di violenza, politica naturalmente, magari anche qualche innocente rissa goliardica... Non so che dire, non la riconosco più, questa scuola, e neanche questi ragazzi. Manco fosse criminalità organizzata... Mi sto facendo quest'ultimo anno prima della pensione con l'amaro in bocca... Ma tu, Ina... Come posso rimediare? Mi permetti di fare un regalo a Teresa? Posso comprare, con i miei soldi, non certo con quelli della cassa scolastica...» e qui il preside osò abbozzare un sorriso.

«Ma che dici, Martino?» lo gelò Ina. «Non essere ridicolo».

Questa volta fu Baiamonte ad avvampare di imbarazzo. E gli venne voglia di sprofondare sotto terra.

«Eh, l'hai capito anche tu che c'è del tenero tra il preside e la professoressa di scienze Alfonsina Callari?» disse in tono ammiccante pochi minuti dopo il segretario Gigi Barresi, sorseggiando il caffè a uno dei tavolini interni del bar, ormai vuoto, di fronte all'istituto.

«Del tenero... non mi è sembrato proprio» precisò Baiamonte, che di fronte alle insistenze del lontano parente di Rosa aveva dovuto raccontare per filo e per segno l'incontro con il preside. «Si capiva che Agnello era molto a disagio davanti a quella signora... alla professoressa».

«Disagio...» infierì Barresi. «Quello è innamorato cotto dai tempi del liceo, che frequentavano assieme. Erano tutti e due "rivoluzionari"... e si racconta che, durante un'occupazione, una notte, accadde quel che doveva accadere. Lei era bellissima, si capisce ancora oggi, e lui uno studente brillante. Ma le loro strade si sono ben presto separate. Figurati, sembra che ci siano stati problemi... ideologici. Lui di un gruppo extraparlamentare, lei di un altro. I contrasti, allora, per le scelte da fare in nome della rivoluzione, diventavano personali... Agnello si iscrisse a Filosofia, lei a Scienze. E da qualche anno, neanche a farlo apposta, si sono ritrovati di nuovo assieme, qui al Garibaldi. Lui come preside, lei come insegnante. La Callari si sposò che manco aveva finito l'università, l'ultima figlia l'ha avuta a quarant'anni suonati, quella Teresa che frequenta il liceo da noi, quella a cui hanno rubato la bicicletta. Il marito le è morto poco dopo l'assegnazione della cattedra al Garibaldi. Lui, invece, non si è mai sposato. E ogni volta che la vede, sembra che sia appena reduce da quella occupazione...».

«Sì, ma a me, di tutto questo, che me ne fotte?» si spazientì Baiamonte mentre girava e rigirava la tazzina. Ma non lo disse ad alta voce e cercò di riportare la discussione sui furti di biciclette.

Da Barresi, però, non riuscì a ricavare informazioni utili sull'argomento. Solo qualche conferma sugli orari, sulle modalità, sui sospetti a carico di David Morello, e un quadro superficiale sul personale dell'istituto, bidelli e insegnanti, più farcito di maldicenze e dicerie che di possibili indizi.

«Guarda, ci metterei la mano sul fuoco che con i furti c'entra il professor Siragusa» disse a un certo punto Barresi, guadagnandosi un lampo di attenzione di Enzo. «È un complessato, dà voti alti alle ragazze che gli accavallano le gambe davanti e stanga invece i ragazzi che con quelle ci riescono... Non mi stupirei che, per frustrazione e vendetta...».

Baiamonte capì che era arrivato il momento di togliere le tende. Se voleva venire a capo di quella faccenda, doveva aggirare il Garibaldi e proseguire la sua indagine altrove. E una mezza idea, per fortuna, ce l'aveva.

Nel pomeriggio fece una capatina dal signor Fiorino, il suo meccanico di fiducia, l'unica persona al mondo ad aver carta bianca sulla Punto che Baiamonte si ostinava a tenere stretta. Durante le lunghe ore trascorse in officina, ora per un consulto sull'olio del motore ora per il puro piacere di una chiacchierata, Enzo aveva avuto occasione di entrare in confidenza con tutti i picciotti che ci lavoravano. E tra questi c'era Nanni, un ventenne con la passione per le moto e qualche trascorso un po' burrascoso con la giustizia. Era la persona giusta a cui Baiamonte potesse chiedere: «Dove vanno a finire le moto e le bici rubate?».

«Per le biciclette non so con precisione, non è giro mio» rispose Nanni, per nulla scandalizzato, mentre trafficava al tornio su una candela incrostata. «Però le posso dire che quando io sono alla ricerca di qualche ricambio per le mie moto, vado alla piazza di Ballarò, di mattina che è ancora scuro, e ci trovo la qualsiasi. Sì, capace che sono pezzi rubati. Mi spiego meglio: una moto arraffata mica viene offerta così com'è. Troppo pericoloso... viene smontata tutta e venduta pezzo a pezzo. Ci si può anche ricavare di più. Di biciclette, ripeto, non so parlare. Ma niente di strano che a Ballarò, se le interessa, le trova pure. E magari intere».
A Palermo, da sempre, e nell'ultimo periodo con maggior vigore, era fiorito un attivo mercato parallelo. Alle spalle dei grandi centri commerciali, sorti come funghi in ossequio a interessi pressanti e spesso non del tutto limpidi, si erano diffusi mercatini en plein air che offrivano ogni genere di mercanzia di provenienza imprecisata. Venivano allestiti e smontati in quattro e quattr'otto e difficilmente subivano inopportuni controlli da parte delle forze dell'ordine. Volevi comprare un frigo o una tv d'occasione? Dovevi trovarti a una certa ora allo Zen. Cellulari e computer? A Pallavicino. Stock di polo e jeans di marca? In certi anfratti di via Sant'Agostino. E così via. A Ballarò, uno dei regni delle bancarelle di alimentari, c'era un po' di tutto. E, a quanto pare, all'alba, una parte degli affari si indirizzava sulle moto. E, forse, anche sulle bici. Inevitabile per Baiamonte decidere di puntare la sveglia molto presto l'indomani mattina. Si servì a casa una

cena leggera a base di pastina condita con olio e parmigiano, dopo aver comunicato a Rosa che per quella sera avrebbe disertato il consueto appuntamento del loro ménage a mezzo servizio, e andò a coricarsi con un paio di Tex Willer.

Alle cinque e mezza, dopo due tazze di moka, attraversava corso Alberto Amedeo alla guida della sua Punto, con i finestrini rigorosamente abbassati per respirare quel po' di aria pulita che Palermo poteva ancora dispensare. Insieme ai primi odori di pane caldo che si sprigionava dai forni già in attività. L'ora in cui puttane, malacarne, sbirri dei turni di notte riponevano i loro attrezzi di lavoro, dandosi il cambio con meusari, baristi, pescivendoli che cominciavano ad allestire i loro baracchini. L'ora in cui Baiamonte si sentiva in piena pace con se stesso e con la città e gli veniva voglia di canticchiare o, addirittura, di improvvisare una poesia. Lasciò l'auto nelle vicinanze dell'oratorio di Santa Chiara e percorse a rapide falcate i vicoli che dalla vecchia università portano a Ballarò.

Nella lunga strada tortuosa che sfocia nella piazza centrale del mercato, risuonavano lo sferragliare delle saracinesche e il cigolio degli infissi di magazzini e botteghe stipati all'inverosimile di suppellettili e mercanzie. Polvere e spezie, frammenti incantati di notte e crisalidi chiassose pronte a schiudersi ai primi albori, panni sporchi, sangue di tonni e sudore di lenzuola, sospiri di stoffe e sbadigli rancidi, pianti tardivi di neonati e lamentele precoci di vecchi, tosse secca di donne, ruggiti raspi di uomini, gargarismi muscolari di picciotti. Ballarò viveva per strada le proprie intimità, offrendo con naturalezza una nuda complicità, una connivenza sensuale di tanfi, prelibatezze e orrori. Questo era il suo vero, grande spettacolo. Il resto, poi, sarebbe stata solo messinscena. Questo, ancora per poco, no, non era un paese per turisti. Per stranieri, sì. I volti scuri di fatica e tenebre agitate di senegalesi, ghanesi, magrebini portavano le stesse, germane, espressioni di chi da generazioni viveva nel quartiere, esprimevano una muta solidarietà con i corpi, le cicatrici, i respiri, gli spasmi degli altri. Sembravano tutti egualmente schiavi e padroni, marinai e nostromi di un vascello senza capitano, destinato con temerarietà e rassegnazione a cavalcare i flutti di tempeste aliene.

Nel giro di qualche minuto, Baiamonte lo sapeva, un unico tappeto di tende e ombrelloni avrebbe sfidato il cielo, lanciando invettive sotto una cappa asfissiante di odori e frastuoni, e un unico formicaio umano avrebbe riempito ogni spazio a disposizione, strusciandosi in una grottesca orgia di massa, disseminandosi su cibo e utensili, contendendosi senza astio indumenti e prime scelte, barattando sorrisi e promesse. Enzo capì che doveva sbrigarsi. Arrivato nella piazza, dove lo sparuto verde degli alberi stava per miscelarsi ai colori della grande rappresentazione, notò subito, negli angoli più lontani, verso corso Tukory, un certo fermento.

Una schiera di lape era disposta strategicamente all'imbocco dei vicoli. Intorno a ognuna di loro, un piccolo drappello di persone. Alcuni motofurgoni avevano la capote abbassata e i proprietari ne sollevavano un lembo per far dare agli interessati un'occhiata all'interno, altri mostravano invece l'intero vano posteriore su cui era disposta la merce. Enzo si avvicinò a un primo gruppo. La lapa apparteneva a un robivecchiaro, uno di quei personaggi – ce n'erano, eccome, anche nel suo quartiere – che vagano nella notte rovistando intorno ai bidoni della spazzatura, dove vengono abbandonati tavoli zoppi, poltrone sventrate, pezzi di armadi, o nei grandi contenitori di abbigliamento usato. Una donna di colore stava contrattando sul prezzo di un paio di ballerine color argento. La trattativa si concluse rapidamente sull'accordo di due euro. Dietro la capote di un altro motofurgone c'era in offerta un'attrezzatura da giardinaggio completa – motozappa, decespugliatore, impianto di irrigazione elettrico – che doveva essere stata prelevata con grazia pochi giorni dopo l'acquisto da parte del legittimo proprietario. E ancora: mattonelle di maiolica antica in quantità sufficiente a pavimentare un'intera stanza, testine di angioletti, collanine, dipinti a olio, condizionatori d'aria, pentole di rame, stoviglie, coperte di lana, manicotti, rubinetti, poggiatesta di auto... la fantasia più sfrenata di uno scenografo non avrebbe potuto partorire un bazar così stravagante.

«Ed è tutta roba, nel migliore dei casi, riciclata. Per non dire rubata» rifletté Baiamonte con una punta di ammirato stupore.

«Se cercava i tappetini, venne tardi» gli disse ammiccando con aria di familiarità un signore basso e sdentato. Baiamonte si accorse di essersi fermato, preso dai suoi pensieri, davanti alla lapa di un rivenditore di copertoni e tappezzerie per auto. «Se ne portarono via un'ora fa un'intera partita quasi nuova».

«Tardi?» gli venne istintivo replicare. «Non sono manco le sei...».

«Appunto» insistette quello. «È già ora di smontare... Lei, se ci interessa la roba migliore, deve venire non oltre le cinque. A 'st'ura sinni vanno tutti, che poi qui ci fanno solo le bancarelle di cose da manciari. 'Unnu viri c'un c'è cchiù nuddu?».

«Non c'è più nessuno?» ripeté Baiamonte. «Io veramente vedo una folla...».

Lo sdentato si mise a ridere: «Ma lei è forestiero? È la prima volta che vene cca? 'A ruminica ci stanno almeno cinquecento lape...». E se ne andò divertito, battendosi la gamba con la mano.

Enzo vide davanti a sé la prospettiva di un'ulteriore sveglia precoce. E si rassegnò all'idea di cercare in giro un bar per una tazzina di caffè. Magari fatto con una miscela appena rubata ai Caraibi. Dopo pochi passi, si imbatté nuovamente nell'interlocutore di prima. E decise di provarci: «Non cercavo tappetini. Si fece tardi pure per le biciclette?».

«Magari magari no» rispose pronto lo sdentato. E senza essere ulteriormente sollecitato gli indicò con due cenni della mano un breve percorso da fare.

Baiamonte girò a destra di una grande bancarella dove stavano disponendo formaggi, poi virò a sinistra e dopo una cinquantina di metri scorse una lapa coperta, a bordo della quale un paio di giovanotti stavano caricando una mountain bike. Sventolò la mano per farsi notare e i due cessarono le operazioni.

«Ce le avete solo di questo tipo?» chiese, con il fiatone.

«Dipende» rispose enigmaticamente uno dei due picciotti. E l'altro sollevò senza complimenti la capote, precisando con malcelata sopportazione: «Lei non si deve presentare a 'st'ura».

«Un altro ce n'è che mi rimprovera il ritardo... E che siamo tornati davvero ai tempi di scuola?» borbottò Baiamonte, rammentando la sofferenza dei suoi risvegli da studente e l'insopportabile visione della tazza di latte con il pane inzuppato. Ma il ricordo si sbriciolò in un istante: aveva notato, sul fondo della lapa, un telaio di color rosa, sovrastato da un paio di bici e dal serbatoio di una moto di grossa cilindrata.

«Mi piace quella» disse, senza incertezze. E non osò contrattare sul prezzo, trenta euro, che gli fecero i due picciotti, visibilmente infastiditi di dover risistemare l'assetto della merce. Baiamonte strinse con soddisfazione i due freni a bacchetta per saggiarne l'efficacia e per avere, chissà come, un riscontro della sua ipotesi. E ci provò: «Bella, è una di quelle che si usavano una volta. Un po' pesante, certo, ma... elegante, e pure comoda, col cestino... Ma dove l'avete presa... voglio dire, dove si possono trovare...».

I due picciotti, che già lo avevano preso per finocchio visto il suo entusiasmo per una bici rosa e con tanto di cestino di vimini, passarono a un'espressione più truce, come per dire: «non solo frocio, ma pure sbirro...». E lasciarono cadere nel vuoto l'ingenua esca del detective.

Baiamonte capì che non era il caso di insistere. Per quelle che erano le sue conoscenze sulla filiera della microcriminalità, gli autori di un furto non coincidevano mai con coloro che si impegnavano poi a vendere la merce rubata. Se la bici che aveva appena acquistato era davvero quella di... come si chiamava, della figlia insomma della professoressa del Garibaldi, si trovava comunque davanti a un punto fermo della sua indagine. Cosa avrebbe dovuto fare adesso? Seguire i due della lapa? Presentarsi alle quattro, no, alle tre del mattino per capire attraverso quali canali arrivavano i mezzi sottratti? Avrebbe scoperto che magari c'era di mezzo un'altra lapa con il compito di rifornire i rivenditori, lapa che a sua volta attingeva da un camion che... Frenò le fantasie e diede una spinta ai pedali per raggiungere, in bici, la sua Punto. Ora il suo unico pensiero era quello di far entrare la bicicletta nell'auto senza danneggiarne la tappezzeria. Ci provò, dopo aver studiato a lungo forma e misure. Nell'inclinare la ruota anteriore, dal cestino si rovesciò sul sedile della Punto una mazzetta di fogli di giornale, tagliati con cura ma dall'aspetto poco pulito. Si affrettò a raccoglierli e, nel toccarli, avvertì una sensazione di unto. Forse, pensò, erano serviti per togliere qualche macchia di grasso. Cercò un foglio meno sporco per pulirsi a sua volta le mani ma qualcosa gli scivolò addosso: due panelle sbocconcellate. No, non si trattava dunque del grasso della catena. Ma di olio di frittura. L'associazione fu immediata.

Dopo aver portato la bici sin dentro casa, ed essersi abbondantemente rifocillato al bar Milleluci con un caffè doppio e una iris alla ricotta, Enzo si ripresentò in via Canonico Rotolo poco prima dell'intervallo. Intorno a sé, lo stesso, identico copione dell'altra volta, pusher in più, genitore apprensivo in meno. Aveva mandato un sms a Michele Giammancheri (più precisamente si era fatto aiutare dal ragazzo del bar, perché la sua idiosincrasia nei confronti delle nuove tecnologie lo rendeva quasi del tutto impotente) per dargli appuntamento davanti all'ingresso del garage all'angolo della strada. Il ragazzo non si fece attendere: «Zio, ci sono novità?» gli chiese subito, con una certa eccitazione.

«Forse sì» rispose Baiamonte cercando di frenare un eccesso di entusiasmo che gli sembrava poco professionale. E poi, rifletté, sono proprio sicuro che la bici che ho per ora a casa sia davvero quella? E se prima non avremo comunque incastrato il colpevole, non rischiamo di restare con un pugno di mosche in mano?

Enzo sapeva però che, per non compromettere il suo piano, doveva evitare ulteriori perdite di tempo. Quindi si avvicinò a Michele e gli bisbigliò: «Poi ti spiego tutto. Ho bisogno che tu e qualche tuo amico teniate d'occhio il panellaro alla fine della ricreazione. Cercate di seguire i suoi spostamenti...».

Michele si allontanò dopo aver fatto un cenno d'intesa, compenetrato nel ruolo da servizi segreti che zio Enzo gli aveva appena affidato. Baiamonte, da parte sua, si avvicinò al panellaro e si fece preparare un altro coppo di fritture. Non sapeva ancora come, ma quell'uomo dal maglione sudicio e la barba incolta, doveva avere a che fare con i furti. Tutto lasciava pensare che i fogli di giornale utilizzati per i suoi coppi fossero finiti, più o meno casualmente, nel cestino della bicicletta durante il «trasferimento» dentro la lapafriggitoria.

Baiamonte tenne d'occhio il suo uomo sino a quando non si sentirono i due, no, i tre squilli della campanella. Il panellaro, con collaudata rapidità, rimise a posto i suoi attrezzi e avvolse la capote. Dopo qualche istante, la lapa lasciava via Canonico Rotolo. Enzo rimase in attesa. Trascorso un paio di minuti, apparve Michele in sella a un motorino guidato da un suo compagno: «Il panellaro si è spostato davanti all'Ucciardone. E ha ricominciato a friggere».

Baiamonte salutò rapidamente Michele, che doveva rientrare in classe. Il primo tentativo di incastrare il colpevole era andato a vuoto: ma che poteva pretendere? Di avere una seconda botta di culo nella stessa giornata, dopo aver con buona probabilità trovato a primo colpo a Ballarò la bici della professoressa Callari? Eh, no. Ci volevano pazienza e altri appostamenti. Del resto, mica i furti avvenivano ogni giorno... Decise di aver lavorato fin troppo. Cominciava a sentire il peso dell'alzataccia. Si ripromise un sonnellino, dopo aver comprato un po' di pesce fresco in corso Olivuzza per la cena a casa della sua Rosa. Dormì almeno tre ore, si fece una doccia e stava per uscire quando suonò il telefono.

Era Michele: «Zio, non so di preciso qual è la tua idea. Ma devo dirti che alla fine delle lezioni un ragazzo di quinta ginnasio non ha più trovato il suo motorino elettrico. Lo aveva legato con una doppia catena a un albero. Ho cercato di informarti subito, ma non rispondevi al telefonino...».

Baiamonte farfugliò qualche rassicurazione e chiuse la conversazione. «Non so qual è la tua idea...». Be', a quanto pare si trattava di un'idea sbagliata, rifletté. E, mogio mogio, si diresse a casa di Rosa.

La sarta lo ricevette con il solito, accogliente sorriso che inteneriva Enzo, ma nello stesso tempo gli instillava una goccia appena distinguibile di apprensione. Come se si trovasse di fronte a qualcosa di inespresso, a un rimprovero velato. L'investigatore ogni tanto cercava di dar forma a questa percezione, pensava, con qualche senso di colpa, ai suoi silenzi, alle sue reticenze sul futuro della coppia che avevano già formato da tempo. Ma gli sembrava che parlare di convivenza bastasse già a rompere un incanto, a spezzare un equilibrio perfetto fatto di complicità, sentimento, passione consumata con crescente trasporto fra le lenzuola odorose di gelsomino e basilico. Una complicità innanzitutto di gesti intimi e quotidiani, di stoviglie, aromi, riparazioni domestiche, passeggiate semplici e intense. E fondamentale per il suo nuovo lavoro. L'appoggio di Rosa, le sue intuizioni, le sue rassicurazioni, la sua fiducia in lui, gli avevano permesso di imboccare più di una volta la strada giusta per risolvere un caso. Degli sviluppi di quest'ultima indagine sui furti di biciclette, però, non aveva più parlato dopo il contatto avuto, proprio grazie a lei, con il segretario del Garibaldi. Più che discrezione, si trattava di pudore. Temeva di sminuire, data la banalità dell'incarico, il patrimonio di punti conquistati grazie al brillante esito di alcune recenti, e ben più impegnative, investigazioni. Ma sapeva anche che mai e poi mai Rosa lo avrebbe deriso o avrebbe mostrato delusione. Anzi, quella sera, Enzo ebbe la netta sensazione che la sarta volutamente portasse altrove la conversazione, come se l'indagine a scuola non meritasse la loro attenzione, rientrasse in una routine così normale da risultare secondaria rispetto alla cena che si apprestavano a consumare.

Enzo le fu grato e ascoltò con insolita attenzione il resoconto di alcuni piccoli screzi condominiali intercorsi tra Rosa e la cugina omonima che abitava al piano inferiore. Mentre parlava, la sarta si affaccendava ai fornelli nella preparazione dell'intingolo che avrebbe accompagnato il pesce. Avevano entrambi deciso che la morte migliore dell'orata, quella sera, sarebbe stata tra il pomodoro pelato, i capperi e le olive.

«Con questi sapori così forti» chiese a un tratto Rosa, «secondo te è necessario mettere il prezzemolo?».

«Be', per me il prezzemolo, come dice il nome, ci sta bene dappertutto. Anche solo a vedersi» rispose senza esitazione Enzo. E un istante dopo intuì che ancora una volta, del tutto inconsapevolmente e proprio per questo grazie chissà a quale malìa, Rosa gli aveva indicato la strada giusta. Ecco cosa non tornava nella storia del panellaro: il prezzemolo. Le panelle che aveva mangiato davanti al Garibaldi ne erano prive. Quelle trovate tra i fogli del cestino della bici, invece, ce l'avevano, e ben visibile. Il segno di due preparazioni differenti, di due diverse scuole di frittura.

«Sarà come dici tu, ma io sento solo il cappero» si pronunciò qualche minuto dopo Rosa, a tavola. Ma Baiamonte era ormai talmente concentrato sulle sue elucubrazioni, da aver la sensazione di mangiare solo foglie di prezzemolo con un retrogusto di pesce.

Poi, quando Rosa si pulì le labbra arrossate dal sugo con un lembo del tovagliolo di stoffa che pretendeva a tavola al posto di quelli di carta, fu costretto a pensare ad altro. La sarta gli rivolse uno sguardo carico di una malinconia penetrante e sensuale. Ed Enzo si sciolse nel desiderio. Parlarono pochissimo, quella notte, sino a un commiato sussurrato tra lingue e briciole di sonno.

Gli bastarono poche ore, trascorse nel suo letto, per svegliarsi riposato ed efficiente. Dunque, doveva ripartire dal particolare del prezzemolo. Era sufficiente la presenza di quell'ingrediente per scagionare il panellaro? Le panelle che gli erano scivolate addosso erano state allora acquistate altrove, da un consumatore occasionale? Ma quei fogli di giornale tagliati non facevano pensare invece a qualcuno che con le fritture ci avesse a che fare come lavoro? O invece sbagliava a ritenere che il prezzemolo dipendesse da una scelta gastronomica precisa e venisse invece inserito estemporaneamente a seconda della fretta e della disponibilità? Ad alcune di queste domande, rifletté Enzo, poteva trovare una inoppugnabile risposta. Rivolgendosi alla massima autorità in materia.

Nino 'u Ballerino, così soprannominato per la sua capacità di trasformare in movenze da danza classica le fasi di creazione di una frittura, era uno dei re indiscussi del quartiere Zisa. Davanti alla sua friggitoria di corso Olivuzza si radunava a qualsiasi ora del giorno una folla da stadio. Si era fatto le ossa da solo, Nino, partendo dai lavori più umili nel quartiere, e adesso era diventato un imprenditore affermato e la versione casereccia del sogno americano incarnato da Rockefeller. Era stato addirittura invitato a tenere una lezione in una delle università italiane più prestigiose, la Bocconi («mah, adesso per friggere panelle e cazzilli ci vuole pure la laurea» era stato il commento di Baiamonte spinto al malinteso anche per colpa della casuale assonanza tra nome dell'università e settore dell'attività di Nino) e qualcuno, alla Zisa, aveva messo in giro la voce che i broccoletti in pastella della sua friggitoria erano all'esame dell'Unesco per essere dichiarati patrimonio dell'Umanità.

Enzo conosceva Nino 'u Ballerino da prima che cominciassero i valzer delle sue panelle e dei suoi sfinciuni. Sin dai tempi in cui il futuro Artusi della cucina povera siciliana faceva il ragazzo di bottega in un panificio e portava nel laboratorio da elettrotecnico di Baiamonte due pagnotte appena uscite dal forno.

A Enzo non risultò così difficile scavalcare le orde di oliodipendenti e accedere dietro le quinte del regno del Ballerino, e cioè nelle cucine. Dopo un untuoso abbraccio (non certo in senso metaforico) Baiamonte aprì, con la delicatezza dovuta a un prezioso reperto, l'involucro che aveva portato da casa e mostrò al Ballerino il malconcio corpo del reato, le due panelle sbocconcellate. E gli chiese di confrontarle con quelle contenute nel coppo che si era appena fatto confezionare dal suo indiziato davanti al Garibaldi proprio al suono della seconda scampanellata di fine ricreazione.

Il verdetto fu immediato: «Nonsi, non li fece la stessa persona». Gli era bastata un'occhiata, al Ballerino, ma la sua precisione accademica lo spinse ad assaggiare un frammento delle une e delle altre: «Le prime, chidde scafazzate, erano di prima qualità. Quelle del coppo, che sono ancora mezze cavure, sono invece 'na purcaria» sentenziò. Enzo spiegò dove aveva acquistato il suo coppo e osò: «Ma dato che quelle schiacciate ti sembrano opera di un professionista, avresti idea di chi può averle fatte?».

Sì, Nino 'u Ballerino, una vita passata a mangiare panelle e poi a fare il gran sommelier delle fritture, un'idea ce l'aveva. E l'argomentò con tanto di particolari sui dosaggi di farina, su qualità dei ceci, quantità di sale e taglio e distribuzione del prezzemolo. Di sera Enzo – e stavolta fece tutto da solo – inviò un altro sms a Michele Giammancheri.

L'indomani, nel solito luogo d'appuntamento, il ragazzo si presentò in sella a un motorino, seguito da un compagno su un vespino: «Tieni, lo sai guidare, vero?» lo stuzzicò Michele.

«Ci proverò» rispose Baiamonte. «Voi aspettate all'angolo. Pronti a entrare in azione appena vi telefono». E consegnò al ragazzo due sacchetti.

Enzo cercò di ingranare la prima, poi si ricordò che i motorini moderni sono sprovvisti di marce e, con qualche apprensione («Vuoi vedere che ha ragione Michele, che io questi affari non li so guidare?») si portò alle spalle del Garibaldi, all'ingresso di Villa Gallidoro, il giardino che abbracciava nella sua area, oltre che il liceo, l'omonima scuola media e la palestra utilizzata da entrambi gli istituti. Superò il cancello senza incontrare resistenza da parte dei bidelli e si piazzò vicino a un albero in posizione strategica, in modo da tenere sotto osservazione una lapa. La lapa di un altro panellaro, quello che, seguendo le indicazioni del Ballerino, poteva essere l'artefice del corpo del reato.

«Sono precise a quelle che mangiavo io alle elementari al Colozza» aveva detto il reuccio di corso Olivuzza. «Le faceva Rino Ruvolo. Per quanto ne so è ancora in attività, e proprio nella zona che ti interessa. Ho sentito dire che vende davanti alla scuola di Villa Gallidoro».

Eh già, aveva tirato le ovvie conseguenze Baiamonte, se non è zuppa è pan bagnato, se non è la panella del liceo, è quella delle medie. Rino Ruvolo aveva già completato il suo lavoro. L'intervallo degli studenti più piccoli delle medie scattava infatti mezz'ora prima rispetto a quello dei compagni del vicino istituto superiore. Il panellaro, un sessantenne dal corpo massiccio e tarchiato sormontato da un testone di capelli ricci maldestramente tinti di nero, sistemava con flemma i suoi attrezzi di lavoro. Mostrava di non aver alcuna fretta.

Baiamonte guardò l'orologio: tra poco sarebbe scoccato il momento della prova del nove. Dopo qualche secondo sentì echeggiare alle sue spalle una campanella, quella della ricreazione del Liceo Garibaldi: la distanza in linea d'aria era inferiore al centinaio di metri. Ruvolo era già a bordo della sua lapa ma si era messo a leggere la «Gazzetta», come se aspettasse qualcuno o qualcosa. Trascorsa una ventina di minuti ecco il primo, il secondo... e anche un terzo scampanellio per sancire il rientro in classe. Ruvolo si liberò del giornale e si mosse in gran fretta. Baiamonte lo seguì con il motorino, mantenendo una debita distanza. La lapa del panellaro si diresse verso il carcere dell'Ucciardone, poi, imboccando un budello, si riportò alle spalle di Villa Gallidoro, lungo la strada che costeggia il retro degli edifici scolastici. Lì, a un certo punto, si fermò, con il motore acceso. Enzo si tolse dalla visuale degli specchietti retrovisori e la tenne d'occhio. Dopo una manciata di secondi, proprio accanto alla lapa, si aprì un portoncino, occultato dai rampicanti che coprivano il muro di cinta. Ne uscì un uomo alto, segaligno, con un maglione rosso. Ruvolo scese rapidamente dalla lapa, entrambi varcarono la soglia e ne uscirono subito dopo con una bicicletta con la canna bassa. La bici venne issata a bordo e subito nascosta dalla capote. L'uomo dal maglione rosso sparì dietro il portoncino e Ruvolo partì a tutta birra con la sua lapa. Baiamonte lanciò il segnale convenuto con il cellulare. E stavolta si gettò all'inseguimento del panellaro senza accorgimenti di sorta.

La fuga della lapa terminò all'angolo di via del Giardino. Il muro costituito da cinque o sei motorini messi di traverso da Michele e dai suoi compagni rappresentava una barriera invalicabile. Per completare l'opera, i ragazzi lanciarono sul parabrezza del motofurgone il contenuto dei due sacchetti portati da Enzo: farina e cemento, che impedirono ogni visibilità al guidatore. Il resto fu questione di pochi minuti. I ragazzi circondarono minacciosamente a braccia incrociate il panellaro, le cui invettive si spensero all'arrivo di Baiamonte che, con gesti decisi, alzò la capote e inchiodò Ruvolo alle sue responsabilità.

Poi toccò agli agenti della volante, allertati da una telefonata al 113 sollecitata da Enzo a uno dei ragazzi.

«Basta che non si tratti di panelle e fritture di ogni genere...» mise scherzosamente le mani avanti Baiamonte quando, nel tardo pomeriggio, Michele Giammancheri lo invitò a un festeggiamento con amici e compagni per il buon esito della vicenda. Decisero di prendersi un cono gelato nel locale aperto dall'ex proprietario del mitico chiosco a due passi dal Tribunale. C'era anche David Morello, dapprima un po' intimidito dalla situazione, poi commosso e infine perfettamente a suo agio. Lì, tra colate zuccherine di fragola e cioccolato e frizzi e lazzi goliardici, vennero fuori altri particolari raccontati dai ragazzi, uno dei quali, nella fattispecie, aveva ricevuto qualche dritta da un parente che lavorava nel commissariato Zisa. Ruvolo, colto in flagranza, aveva dovuto confessare i suoi traffici. Era d'accordo con alcuni ricettatori che poi piazzavano i mezzi rubati al mercato di Ballarò. Aveva già deciso di cambiare raggio d'azione «perché ormai in quella scuola la corda era stata tirata troppo». Finora al Garibaldi era andato tutto liscio perché aveva potuto contare sull'aiuto interno di un bidello, l'uomo dal maglione rosso, che gli comunicava con un terzo squillo di campanella se c'era una bici o una moto da portar via. Così Enzo ebbe la risposta che cercava al significato dei due diversi scampanellii che aveva già notato. Il bidello individuava il mezzo più agevole da rubare, tranciava le catene approfittando del momento favorevole di fine ricreazione e aspettava il suo socio. Non lo aveva fatto per soldi, aveva raccontato agli investigatori ritenendo così di appellarsi a una nobile giustificazione, ma per odio nei confronti del preside e delle istituzioni che «lo avevano obbligato, lui, precario della provincia, a far le pulizie dentro la scuola». Aveva però dovuto ammettere che una congrua percentuale dell'affare, la metà, finiva nelle sue tasche.

La polizia aveva potuto recuperare solo in piccola parte la refurtiva. I mezzi rubati venivano smontati, nel caso dei motorini, o subito smistati al mercato nero. Soltanto qualche bici, in attesa di riparazioni che ne avrebbero aumentato il valore di vendita, si trovava ancora in un magazzino di Ruvolo nei pressi della stazione centrale. L'identificazione dei proprietari sarebbe stata agevolata da un espediente utilizzato dai ragazzi negli ultimi tempi: inserire dentro la canna della bicicletta, sotto il sellino, un foglio con le generalità del proprietario, valevole come una sorta di artigianale libretto di circolazione.

Alla fine, dopo un saluto collettivo, un affettuoso abbraccio con il nipote del suo amico Mariano e una vigorosa stretta di mano, priva di parole ma molto eloquente, con David Morello, Baiamonte – che aveva pagato il conto per tutti sostenendo che rientrava nelle voci di spesa della sua indagine – si avviò verso casa con una sensazione di leggerezza. Questo caso, decisamente meno impegnativo e cruento di altri già affrontati nella sua comunque non lunga carriera di detective, era forse quello che gli aveva dato più soddisfazione. La stretta di mano di quel ragazzo, David, ai suoi occhi, in quel momento, valeva più della soluzione di un omicidio. Anche Rosa lo avrebbe capito, ne era sicuro. Quella sera le avrebbe raccontato tutto.

Salendo le scale di casa, si ricordò che aveva ancora una cosa da fare: restituire la bici rosa alla professoressa Callari. Sempre che fosse davvero la sua. La tirò fuori dallo sgabuzzino e la rimirò in sala, pregustandosi lo stupore e la gratitudine che avrebbe riscosso l'indomani al Garibaldi. Poi fu preso dallo scrupolo di controllare. Si armò di una pinza e smontò il sellino. Sì, c'era un foglio in canna. Lo tirò fuori e capì subito che non si trattava di una misura precauzionale della figlia della prof. Era una lettera di due pagine. E su che genere di lettera si trattasse non c'era da avere alcun dubbio: *Martino, amore mio*, cominciava la missiva. Enzo cercò la firma: *tua per sempre, Ina*.

Tornò alla prima pagina e cominciò a leggere:

Martino, amore mio, posso parlarti liberamente perché so che quello che ti scrivo non potrai mai leggerlo. Sappiamo bene entrambi che, questi nostri, non sono tempi adatti per indulgere a sentimentalismi borghesi e pattume romantico. E mi sento un po' ridicola nel provare dentro di me una tempesta di sensazioni che mi sembra tanto pericolosamente simile alla letteratura che ci hanno propinato a scuola o alle canzoni di Sanremo. So che concetti come verginità, amore, cuore, appartengono alla morale retriva, alla gretta visione del mondo dei nostri padri che noi stiamo combattendo. A quell'egoismo piccolo borghese e reazionario che sarà spazzato via dai venti della rivoluzione che stiamo preparando. Ma quello che è successo l'altra notte fra di noi, in mezzo ai compagni che dormivano nei sacchi a pelo, non riesco a considerarlo come un semplice episodio fisiologico, come un gesto di liberazione sessuale contro la repressione dello Stato borghese. Nel «nostro» sacco a pelo, nelle ore che abbiamo condiviso, nelle ore in cui mi sono data a te – oddio, mi sembra di parlare come mia madre – ho vissuto una condizione di totale abbandono, di fuoco sereno che partiva dal basso per avvolgermi interamente, di fiducia incondizionata in te, in noi, nella vita che a partire da quei momenti sarebbe potuta cominciare assieme. È stata solo una notte, lo so, ma qui lo voglio scrivere, per poi distruggerlo: ho visto con chiarezza e tenerezza che avrei voluto restarti sempre accanto, condividere per un'intera vita le nostre battaglie nel mondo, ma stringendo sempre forte la tua mano, per ricevere forza e per dartene. Ho giurato che saresti stato l'unico uomo della mia esistenza. Sì, ecco, l'ho scritto. E adesso me ne vergogno. Io, la compagna degli interventi più duri in assemblea, quella che condanna ogni sbandamento e ogni incertezza nel cammino verso la rivoluzione, che disprezza i cedimenti alle mode della musica americana, alle letture dei classici borghesi, ai falsi miti della famiglia e del consumo, io, proprio io... voglio dichiararti amore eterno. Voglio annunciarti la mia fedeltà assoluta.

In questo momento ti vedo pigliarmi in giro, dirmi ridendo che avevi ragione nel sostenere che la mia durezza era solo una maschera. Che per fare la rivoluzione ci vuole anche un po' di leggerezza, che la felicità non è solo un concetto borghese, che può esistere anche una felicità come valore «nostro» e «a modo nostro». Che la creatività, l'arte, la letteratura possono essere sovversive e non soltanto strumenti del potere. Che anche farsi una canna non è per forza individualismo controrivoluzionario. Che la musica dei Rolling Stones è meravigliosa e libera energie della mente e del corpo.

Sì, sono le cose che ci hanno diviso, che ci hanno fatto litigare. Sino... sino a quello che è successo l'altra notte. Sì, forse hai ragione tu.

Perdonami, Martino, se non leggerai mai quello che ti sto confessando. Perdonami se da oggi, tra poco, quando ci incontreremo in assemblea, attaccherò nuovamente i tuoi interventi. Perdonami se tornerò a indossare la mia maschera di durezza. Perdonami se non stringerò la tua mano. Hai ragione tu, forse, ma per noi due. Io sento che il dovere della rivoluzione, per tutti, sia prioritario su tutto il resto. Prioritario sui miei sentimenti singoli. Dobbiamo lottare subito perché i nostri figli possano nascere in una società senza le catene dello sfruttamento, perché gli operai non abbiano più padroni, gli studenti non subiscano più l'autoritarismo dei professori, perché tutti possiamo volare liberi come gabbiani.

Forse, allora... ci potremo incontrare nuovamente. Adesso piango come una cretina...

Tua per sempre, Ina

«E invece, cara professoressa Callari, questa lettera non te la sei più sentita di distruggerla» commentò Baiamonte che, per combattere un impertinente groppo alla gola, si era bevuto mezza bottiglia di acqua frizzante. «Anzi, hai infilato un colpo in canna, nella tua bici, sperando che esplodesse nella tua vita futura, per lanciare un messaggio... be', non proprio ai gabbiani, direi...».

Baiamonte rimise al suo posto il sellino, si infilò la lettera in tasca e immaginò la scena dell'indomani mattina: «Preside Agnello, mi scusi, torno a importunarla. Il caso dei furti è stato risolto, come di certo saprà. Ma vorrei parlarle di un altro caso, più importante. Un caso, ecco, personale. E forse... rivoluzionario. Mi sono permesso di portarle una lettera riservata...».

Alan Bradley
Lo strano caso del cadavere di rame

*In cui l'undicenne Flavia de Luce, intenditrice
di chimica, si trova nel suo elemento*

Stavo scrutando al microscopio il dente di una vipera catturata proprio quella mattina dietro la rimessa, di ritorno dalla chiesa, allorché qualcuno bussò delicatamente alla porta del laboratorio.

«Mi scusi, signorina Flavia» disse Dogger, «c'è una lettera per voi. La lascio sulla scrivania».

E ciò detto, se ne andò. Se c'è una qualità del factotum del babbo che mi va a genio più di ogni altra, è il suo soprannaturale senso della discrezione: Dogger sa sempre, istintivamente, quando arrivare e quando andar via.

La curiosità, beninteso, ebbe il sopravvento. Spensi l'illuminatore e afferrai il coltello da burro requisito in cucina, che adoperavo tanto per le focaccine che per la corrispondenza.

La busta, priva di scritte di sorta, era del tipo comunissimo che in qualsiasi cartoleria si trova a undici penny il centinaio. Non c'era nemmeno il timbro postale – d'altronde era domenica – il che stava a indicare che l'avevano direttamente cacciata nella buca delle lettere all'ingresso.

La annusai un po', infine mi decisi ad aprirla.

All'interno c'era una lettera scritta a matita su di un foglio di carta a righe: il che, unitamente all'orribile calligrafia, suggeriva che l'autore fosse un giovanissimo studente.

Omicidio! diceva la lettera. *Vieni subito. Greystone School, Residenza Anson, Scala 3*; ed era firmata qualcosa come *J. Haxton*, oppure *Plaxton*. La pressione esercitata sulla punta della matita al momento della firma era stata così forte da farla spezzare: e il mio corrispondente aveva completato il proprio autografo stringendo un frammento di grafite tra pollice e indice.

Omicidio, emergenza, parossismo e paura: chi poteva resistere? Io no di certo.

Gli pneumatici di Gladys sibilavano allegramente lungo la strada bagnata dalla pioggia. Il mio frenetico pedalare aveva trasformato l'interno del Macintosh giallo che indossavo in una tenda surriscaldata: ed io ero talmente zuppa di sudore che avrei preferito di gran lunga beccarmi la pioggia.

La Greystone School era avvolta nella foschia. Acri ed acri di prati all'inglese, una nebbia spettrale, brevi, inquietanti scorci di pietra antica e di finestre che ti guardavano fisso.

La scuola frequentata a suo tempo dal babbo pareva esistere simultaneamente nel passato e nel presente: come se tutti gli ex alunni, a partire dall'anno della fondazione, si aggirassero tuttora per i suoi meandri. Più pericolosa di quella dei fantasmi, tuttavia, era la presenza di Ruggles, l'omiciattolo ivi impiegato in qualità di portiere, con il quale avevo avuto a che fare in occasione della mia ultima visita in loco. Io non l'avevo dimenticato, ed era improbabile che lui si fosse dimenticato di me.

Parcheggiai Gladys sotto la scritta *Riservato al Corpo Insegnante* e feci il giro dell'edificio. Ricordavo infatti che le scale delle residenze degli studenti erano accessibili soltanto dal retro.

La Scala 3 – scura, stretta e senza finestre – si trovava all'altra estremità dell'edificio. Iniziai a salire, cercando di non far rumore. Al primo piano, tre porte erano contrassegnate da dei cartoncini: *Lawson, Somerville, Henley*. Una quarta porticina si apriva su di un w.c., munito di vasca da bagno. Al secondo piano, sulle porte si trovavano i nomi *Wagstaffe, Baker* e *Smith-Pritchard*.

Ricominciai la mia ascesa, viepiù avvolta in una nuvola di odori: stivali, marmellata, inchiostro, camicie non lavate, brillantina, lubrificante per oggetti in pelle; ma il sottofondo generale era dato dal tabacco.

In cima alle scale l'oscurità era quasi assoluta. Soltanto schiacciando il naso contro le rispettive porte riuscii a leggere i nomi degli ultimi tre occupanti della Scala 3: *Cosgrave, Parker* e *Plaxton*.

Avevo trovato il mio uomo... per così dire.

Prim'ancora che potessi bussare, l'uscio si schiuse di quel tanto da consentire ad un arrossatissimo bulbo oculare di squadrarmi da capo a piedi. «Flavia de Luce?» chiese una voce strozzata e malcerta; ed io annuii. L'apertura si allargò per permettermi di entrare nella stanza, poi la porta venne immediatamente richiusa alle mie spalle.

Ne ho vista di gente spaventata in vita mia, ma mai nessuno altrettanto terrorizzato del ragazzo che mi stava davanti in quel momento. La sua faccia aveva lo stesso colore della farina ammuffita, gli tremavano le mani e pareva proprio che avesse appena smesso di piangere. «T'ha visto nessuno?» volle sapere.

«No».

«Sei sicura?».

«Ho già detto di no!».

Annuì, evidentemente afflitto. Silenzio. D'altro canto, intavolare una conversazione in merito a un omicidio non è la cosa più semplice di questo mondo; ed io mi rendevo conto di doverci andar piano con questo ragazzo, che in fin dei conti non era tanto più grande di me. «Dov'è il cadavere?» chiesi.

Per un attimo quello parve indietreggiare; poi raggiunse di scatto la porta e uscì sul pianerottolo. Sulla porta del w.c. era affisso un cartello con su scritto a mano: «GUASTO! VIETATO L'ACCESSO!» che pareva un tantino enfatico, per una ritirata fuori uso.

Tenendosi a debita distanza, Plaxton gesticolò come un mimo per indicare che quella porta toccava aprirla a me. Trattenni il respiro e feci ruotare il pomello.

Il w.c. era illuminato soltanto da una finestrella di vetro colorato, i cui pannelli a rombo color viola e giallo conferivano alla scena che mi si parava davanti un'aria bizzarramente carnevalesca. Sotto la finestra, c'era una vasca da bagno, dentro la quale stava quella che a tutta prima mi sembrò una statua. «Che cos'è, uno scherzo?» domandai. Ma la faccia di Plaxton, nonché il gesto con cui si coprì la bocca con una mano – non per celare un ghigno birichino, bensì per trattenere il vomito – resero superflua ogni risposta.

La cosa che stava nella vasca da bagno non era una statua: era un uomo, un uomo *morto*, e se è per questo pure nudo. A parte la faccia, pareva l'avessero scolpito in un blocco di rame.

«Mi dispiace...» fece Plaxton, distogliendo lo sguardo. «Questo non è un posto adatto a una ragazza, probabilmente».

«Ma che ragazza e ragazza!» sbottai. «Sono qui per via del mio cervello, non del mio sesso».

Plaxton arretrò di un passo.

«E questo chi è?» domandai, tuttora piuttosto incredula.

«Il signor Denning» rispose lui. «Il direttore del convitto».

Aprii il mio taccuino mentale e incominciai a prendere appunti.

Il morto giaceva reclinato sulla schiena come se si fosse appisolato nel corso di una lunga, piacevole immersione. A diversi pollici di distanza dal bordo della vasca c'era come un anello ininterrotto, di colore blu; notai peraltro che il tappo di gomma si trovava inserito nello scolo. Ma quale che fosse il liquido che aveva riempito la vasca da bagno, ne era poi fuoriuscito senza lasciare altra traccia che quel residuo bluastro. Ci misi un dito sopra e lo annusai. *Solfato di rame: $CuSO_4$*. Inconfondibile.

Un'occhiata alle spalle della vasca mi mostrò proprio quello che m'aspettavo di vedere: una batteria di automobile. Al polo positivo era collegato un cavo nero, di gomma, la cui estremità era scoperta e si attorcigliava a spirale sul fondo della tinozza, come un serpente addormentato. Al polo negativo era collegato un analogo cavo alla cui estremità stava un connettore a coccodrillo, che stringeva nella propria morsa il naso del cadavere.

L'azione elettrochimica aveva sottoposto il tizio a galvanostegia. A *galvanoplastica*, per esser più precisi.

Pur sapendo che era perfettamente inutile, posi le dita lateralmente al pomo d'Adamo di Denning, per verificare l'eventuale presenza di pulsazioni della carotide. Niente di niente. Il signor Denning era decisamente deceduto.

«Dammi una mano» dissi, afferrando una spalla del cadavere per scostarlo dalla porcellana della vasca da bagno. Un rapido esame della superficie cutanea, per quanto placcata di rame, mi confermò l'assenza di fori da proiettile e ferite da coltello.

Plaxton non aveva mosso un muscolo.

«Morto?» domandò balbettando. Avrei potuto scegliere la mia risposta tra un numero imprecisabile di spiritosaggini, ma qualcosa mi suggerì di trattenermi.

«Sì» decisi di rispondere: e tanto bastava.

«Lo immaginavo» disse Plaxton. «Per questo ti ho scritto». Che pareva un'affermazione bizzarra, a non considerare il fatto che il ragazzo era tutt'ora sotto choc.

«Ma perché proprio a me?» domandai. «E perché hai

scritto, anziché telefonare? Anzi, perché non hai chiamato la polizia?».

Plaxton si fece ancora più bianco, se possibile. «Penserebbero che l'ho ammazzato io. Avevo bisogno di qualcuno che potesse provare la mia innocenza, per questo ti ho scritto».

«E l'hai ammazzato tu?».

«Ma certo che no!» sibilò Plaxton, iniettandosi finalmente un po' di colore nelle gote.

«E allora chi è stato?».

«Non lo so. Per questo ti ho mandato a chiamare».

Plaxton cominciava a ricordarmi un fonografo scassato. Diedi un'altra bella guardata al corpo dentro la vasca.

«Potremmo parlare in camera tua?» domandai. Intrigante per quanto possa essere, discutere dei particolari di un omicidio al cospetto del cadavere non mi pareva il massimo del buon gusto. E poi volevo dare una sbirciata allo studiolo di Plaxton.

«Raccontami un po'» dissi, una volta insediatami nella migliore poltrona di vimini della stanza, «degli altri ragazzi della Scala 3, cominciando da Parker e Cosgrave».

«Cosgrave è un tipo a posto» fece lui. «Capitano della prima squadra. Suo padre è professore di chimica a Cambridge».

«Non sarà mica Harrison Cosgrave?» domandai. «L'autore di *Nuovi ragguagli sui tiocarbonili*?».

Si parlava di uno dei miei *livres de chevet*.

«Potrebbe darsi. È uno strano vecchiaccio. Viene sempre per il Giorno dei Fondatori».

«E quand'è, il Giorno dei Fondatori?».

«Il 17... giusto ieri».

«E Harrison Cosgrave era presente anche stavolta?».

«Sì».

Al diavolo! pensai. Avrei venduto il fegato, per poterlo incontrare.

«E Parker?» chiesi.

«È uno che si fa i fatti suoi. Ascolta jazz americano in piena notte».

Presi mentalmente nota: la musica del grammofono poteva esser servita a coprire i rumori collegati all'omicidio.

«E perché mai dovrebbero pensare che il signor Denning l'hai ammazzato tu?» gli chiesi, sperando che la domanda a bruciapelo gli facesse scappare di bocca la verità.

«Per via della litigata furibonda che ci siamo fatti un paio di giorni fa».

«E vi ha sentito qualcuno?».

«Tutti quelli della Scala 3, immagino. Abbiamo fatto un gran baccano. Alla fine della discussione lui mi ha schiaffeggiato. Temo d'aver perso la testa».

«E perché avete litigato?» domandai.

Plaxton si torceva le mani così forte che quasi m'aspettavo che cominciasse a colarne fuori dell'acqua.

«Per il bagno...» disse. «Anziché utilizzare il suo, preferiva venirsene quassù, per starsene a mollo in santa pace. Metteva un cartello sulla porta, s'infilava nella vasca e ci restava ore ed ore, a leggere».

«E stavolta l'aveva appeso lui, il cartello, o sei stato tu?».

«Sono stato io» ammise Plaxton. «Ma ho scritto le stesse precise parole che adoperava lui. A buon intenditor...».

«Ah!» replicai. «Sicché adesso temi che la polizia riconosca la tua scrittura e immagini che l'hai appeso per impedire che altri scoprissero il cadavere».

«Qualcosa del genere».

«E perché non l'hai tolto?».

«Si tratta pur sempre di un indizio...» disse Plaxton. «E – che tu ci creda o no – io non sono un assassino».

«Capisco...» dissi, come se la sua affermazione fosse del tutto irrilevante. «E chi è, l'assassino?».

Plaxton aveva l'abitudine di corrugare la fronte quando pensava intensamente: e adesso la corrugò.

«Be'» disse infine. «Il padre di Lawson è farmacista, a Leeds. Per lui non è un problema, mettere le mani sul solfato di rame. E poi è talmente grande e grosso che sollevare uno come il signor Denning per lui sarebbe uno scherzo».

«Cosa ti fa pensare che c'entri il solfato di rame?» chiesi con nonchalance. Per dirvela tutta, mi dava parecchio fastidio che fosse più avanti di me nel ripercorrere la catena deduttiva.

«Fa parte del corso di studi» rispose lui. «Creiamo i cristalli blu nell'acqua calda e facciamo un altro esperimento, con le aste di carbonio e una batteria».

«E chi sarebbe il vostro insegnante di chimica?» domandai.

«Il signor Winter. È un brav'uomo, il vecchio Winter. Ci lascia guidare la sua Jaguar, quand'è di buon umore».

«E quando è di cattivo umore?».

«Allora è peggio di un vandalo! Si accapiglia con chiunque gli capiti a tiro».

«Ivi compreso il signor Denning?».

Plaxton corrugò la fronte un'altra volta. Ma prima che potesse rispondermi, si sentì un gran frastuono per le scale: poi la stanza si riempì di facce rosse e di blazer blu.

«Che cos'è?» gridò una delle facce paonazze, appartenente ad un ragazzotto la cui mole faceva subito pensare alla frequentazione dello spaccio e alla regolare ricezione di cestini spediti da casa. «Una ragazza nella tua stanza? Tu ci sorprendi, Plaxton!».

Ilarità generale. Circondato dai compagni di scuola che gli davano di gomito, Plaxton mi rivolse uno sguardo derelitto. D'improvviso mi ritrovavo nel mondo dei maschietti, e toccava parlare il dialetto locale.

«Ah, ma vedete un po' di crescere!» ribattei. «Sono sua cugina. Mi chiamo Veronica».

Il paffutello tese la mano. «Io sono Smith-Pritchard» disse. «Ma chiamami pure Adrian».

Ignorai la mano tesa. «Questo nome l'ho già sentito» gli dissi. «Alla radio, forse. Per caso tuo padre è... qualcosa, o qualcos'altro, nel governo?».

«È Membro del Parlamento. Rappresenta...».

«... non ha importanza» lo interruppi. «Non m'interesso di politica. Se corresse al volante di una Aston Martin, allora sì che m'andrebbe di approfondire l'argomento...».

«Senti, senti!» disse il ragazzo alto e di bell'aspetto alla sinistra di Smith-Pritchard. «Ti piacciono le automobili?».

Lo riconobbi immediatamente: era il ritratto sputato di suo padre, George «Taffy» Wagstaffe, il pilota che ai tempi della Battaglia d'Inghilterra aveva abbattuto un velivolo nemico lanciato all'attacco dell'Abbazia di Westminster, era stato abbattuto a sua volta dal mitragliere di coda del bombardiere tedesco, si era paracadutato nel giardino dell'Abbazia e poi aveva preso il tè con il decano. Adesso, cinque anni dopo la fine della guerra, dirigeva l'azienda di famiglia, la Wagstaffe Chemicals.

«Eccome...» risposi. «Mi nutro di benzina e tracanno l'olio del motore».

Seguì un momento di silenzio.

«Che te ne pare della Maserati 4CLT/50?» mi chiese qualcuno, in tono un pochino minaccioso.

Capii che mi si metteva alla prova.

«Non malaccio» dissi, ringraziando il cielo per aver tenuto le orecchie aperte mente mi aggiravo per l'autofficina di Bert Archer, in paese. «Ma vuoi mettere, la ferocia del motore dell'Alfa 158?».

L'autore della domanda era un ragazzo magro e talmente pallido da far pensare ad un negativo fotografico. Perfino il ciuffo che gli copriva la fronte era bianchiccio. Rabbrividii interiormente di fronte al suo sguardo spettrale.

«Chi è quello?» sussurrai a Plaxton.

«Wilfrid Somerville» sussurrò lui di rimando. «Dicono si diletti di occultismo».

«Ed è vero?» domandai.

«Non lo so. Io mi guardo bene dal frequentarlo».

«Sai qualcos'altro, di lui?».

«Non molto. Il padre è un pastore anglicano di Hastings: so che è appassionato di fotografia».

«Di che bisbigliate?» volle sapere Somerville, facendosi largo con i gomiti in mezzo agli altri e avvicinandosi a noi.

«Veronica mi stava giusto dicendo» rispose Plaxton senza fare una piega, «che il suo papà partecipa al Gran Premio di Monza, quest'anno».

«Eh?» fece Somerville, sbigottito. «E come si chiama?».

«È un nome che non ti è ancora familiare» dissi io altezzosa, «ma che lo sarà ben presto, stanne pur certo».

Una risata collettiva allentò la tensione.

«Ben detto, Veronica» fece Wagstaffe. «L'hai messo al suo posto. Puoi anche ritirarti in buon ordine, Somerville».

Somerville, aggrottando orribilmente le sopracciglia, si girò da un'altra parte, a simulare chissà quale animata discussione con Smith-Pritchard.

Un silenzio un po' imbarazzato calò sul resto della compagnia. Io feci spallucce – o per meglio dire, sollevai le spalle fino all'altezza delle orecchie – e gesticolai come a voler dire: «Non me ne importa un fico secco». Quelli come Wilfrid Somerville non mi spaventavano. Era uno spaccone: ce l'aveva scritto in faccia.

Stavo per pronunziare una battuta di spirito allorché la porta si spalancò e un altro ragazzo si fece strada all'interno della stanza ormai affollata, lavorando di gomiti.

«Ciao, Plaxton» salutò, protendendo al contempo un pollice in direzione del pianerottolo. «Il vecchio Denning s'è barricato in latrina un'altra volta. Ha appeso il suo sudicio cartello sulla porta. Io dico di farlo sloggiare. Forza, Lawson, tu che sei figlio di farmacista: dico, una bella puzzolina saprai fabbricarla, no?».

Lawson si guardò intorno con l'aria di chi cerca un'uscita laterale.

«Ah, e lascialo in pace, Henley!» disse infine. «Non ti pare che stia già messo abbastanza male?».

«Ah, ma quanto sei pio...» fece il nuovo arrivato. Questo doveva essere lo Henley che divideva il primo piano con Somerville e Lawson. «Forza, allora: chi è che ci sta?».

«Io» disse Somerville, dandomi l'impressione di offrirsi volontario per compensare la brutta figura che gli aveva fatto fare. «Forza ragazzi: Henley, Cosgrave, Smith-Pritchard... Mettiamogli un bel razzo nel didietro, al vecchio Denning!».

In diversi annuirono e ci fu un movimento generale in direzione della porta. Non potevo permettere che la cosa andasse avanti.

Prima che qualcuno potesse fermarmi, mi feci largo in mezzo alla masnada e raggiunsi il pianerottolo. Aprii la porta del w.c., mi precipitai all'interno, chiusi la porta e tirai il chiavistello.

Mi girai per controllare che il signor Denning fosse ancora morto e dentro la vasca da bagno. Era entrambe le cose.

127

La porta venne sbatacchiata, e dal pianerottolo giunse un mormorio di voci, con quella di Somerville che spiccava sulle altre.

«Ascolta, devi aprire, Veronica...» diceva. Io non risposi. Trascorse un minuto.

«La faccia uscire, signore...» tornò alla carica Somerville, rivolgendosi in tutta evidenza al direttore deceduto. «Non ha il diritto di stare qui. Per favore le ricordi che l'ingresso è vietato alle femmine. La faccia uscire ed io provvederò ad allontanarla dal convitto».

Io mantenni il più assoluto riserbo: e gradualmente mi resi conto di avere una miracolosa opportunità per ispezionare ulteriormente la scena del crimine. Somerville e i suoi amici potevano rumoreggiare finché volevano: non c'era studentello al mondo – non c'era un solo uomo al mondo – che avrebbe osato incomodare sul serio una femmina chiusa in un w.c. Poco ma sicuro.

Forse alla fine si sarebbero stancati e avrebbero chiesto l'intervento di qualche autorità: un altro direttore di convitto di passaggio, se non il preside in persona.

Ma nel frattempo io avevo il fu signor Denning tutto per me.

Così seduto nella vasca da bagno, mi fece venire in mente una delle meno riuscite tra le pietanze a base di pollame della signora Mullet, servita in tavola fredda, disadorna e ancora immersa nell'acqua del bagnomaria.

Un esame ravvicinato rivelò come diversi trucioli di rame di forma irregolare si fossero staccati dal cadavere precipitando sul fondo della tinozza: forse era successo prima, quando l'avevo mosso. Facevano pertanto capolino diverse chiazze della pelle del morto: in massima parte di un colore bianchissimo, con l'eccezione di un paio che erano di un rosso acceso. Fatto piuttosto strano, il rame intorno alle due chiazze rosse presentava una superficie in rilievo, a mo' di piccolo cratere, laddove intorno alle chiazze bianche era alquanto liscia e piatta.

Mi sentivo un po' riluttante a toccare il cadavere; non per una qualche forma di paura, si badi: ma perché non intendevo lasciare ulteriori indizi della mia ispezione. Adoperando un guanto di spugna per non disseminare impronte digitali, forzai l'apertura della bocca del signor Denning facendo leva con un portasapone che cascava proprio a fagiolo. Così come mi aspettavo, la bocca e il palato erano ulcerati, mentre la lingua e le gengive avevano assunto una colorazione blu-verdastra.

Staccai per un attimo il morsetto dalla superficie del naso, constatandovi vecchie lesioni ed un'estesa erosione delle membrane mucose. Rimisi poi il «coccodrillo» dov'era prima, avendo cura di farne coincidere la dentatura con l'impressione lasciata in precedenza sulle narici.

Fu a questo punto che per la prima volta adocchiai i vestiti del morto, ciondoloni sul lavello, dietro la porta: pantaloni, giacca e panciotto, tutti di lana pettinata blu; camicia e intimo di lino ordinatamente ripiegati. Sul pavimento c'era invece un piccolo zaino color kaki, di foggia militare. Infilai la mano in entrambe le tasche dei pantaloni e ne tirai fuori il contenuto:

un mazzo di chiavi tenute insieme da un anello, con tanto di zampa di coniglio portafortuna, e un borsellino per gli spiccioli contenente uno scellino, un pezzo da sei penny e una moneta tutta ricurva con una personificazione femminile dell'Italia su di un lato e sull'altro la testa di un signore baffuto, tale VITT. EM. III, che immaginai essere un re. L'ampio avvallamento della superficie metallica poteva esser stato causato dall'impatto con un proiettile d'arma da fuoco.

C'era poi un portadocumenti di cuoio in avanzato stato di disfacimento. Evidentemente appartenuto ad un uomo dalle abitudini frugali, custodiva una banconota da cinque sterline, la fotografia di un setter irlandese recante sul retro la scritta a matita «Brownie X/IX/39», una prescrizione per il Pentostam a firma di uno specialista di Harley Street, diversi francobolli di prima della guerra recanti l'effigie di re Giorgio V e un ritaglio di giornale alquanto spiegazzato, relativo allo sbarco in Sicilia dell'Ottava Armata Britannica, nel 1943.

Sopraffatta improvvisamente da un'inspiegabile tristezza, diedi un'altra occhiata al tizio dentro la vasca da bagno e riposi il portadocumenti.

Forza, Flavia, pensai. *Niente distrazioni. Non sarà una bella cosa, ma nel lavoro del detective non c'è posto per i sentimenti.*

E allora: adesso lo zainetto. Ne rimossi il contenuto un oggetto per volta, un po' nauseata dal dover maneggiare gli effetti personali di un uomo, anche se tutto sommato era morto. Fortunatamente, dentro lo zainetto c'era ben poco: pennello da barba, tazza di peltro, sapone da barba, specchietto, rasoio di sicurezza, forbicine per le unghie, spazzolino, dentifricio e un tubetto di cerone per attori, n. 12 rosso.

Non cessa di stupirmi la facilità con la quale si può ricostruire la vita di un estraneo semplicemente ficcando il naso in mezzo alla sua roba, che ti racconta una storia più completa di una voluminosa biografia. E il signor Denning non faceva eccezione: i suoi segreti erano spiattellati lì davanti, a tal punto che avrei voluto porgergli le mie scuse.

Ma non lo feci, beninteso. 'Sto tizio era morto ed io dovevo proseguire le mie indagini.

Nel frattempo Somerville e il suo gregge erano ancora a strascicare i piedi e a mugugnare sul pianerottolo. Non potevo consentire che entrassero e calpestassero gli indizi. Tutti loro tranne uno – o forse due – erano ancora ignari della morte del signor Denning.

Perlomeno non avrebbero forzato la porta: di questo ero certa. Il convittore britannico può avere tanti difetti, ma tra questi non c'è la bestialità. Indossa una lucidissima corazza di indifferenza, ma ha un cuore di gentiluomo nonché di gelatina. Questo l'avevo appreso dall'attenta osservazione del mio babbo, egli stesso ex alunno della Greystone School.

Quando la porta sarebbe stata infine forzata, io non sarei più stata nel w.c. Sorrisi nell'immaginare le facce sbalordite dei ragazzotti.

La finestra sopra la tinozza era come tutte le altre finestre dell'edificio: pannelli romboidali entro una griglia di strisce di piombo. Mi ci volle un attimo, ad arrampicarmi sul bordo della vasca da bagno (col permesso del cadavere, beninteso), per poi aprire verso l'esterno le ante della finestra.

Ciò che stavo per fare non era una novità: era già capitato nel corso di una precedente indagine e sapevo come muovermi. Dopo essermi accertata che nel cortile interno non ci fosse nessuno, passai attraverso l'apertura della finestra e mi afferrai al reticolato di rampicanti che ricopriva la facciata interna dell'edificio.

La mia discesa fu ridicolmente facile: mi sentivo un po' Tarzan delle Scimmie, nel raggiungere terra mentre un coro di voci angeliche giungeva dalla cappella. Cavalcando le onde dell'organo, le parole cantate dai ragazzi erano una perfetta colonna sonora per la mia evasione:

Sia lode al nostro Dio: la vite egli piantò
Che sulle nostre coste è fertile ancor;
Su tante rive crescono i germogli
Brillano i grappoli sotto tanti soli...

Mi avviai con aria indifferente verso l'angolo dell'edificio, fischiettando all'unisono con l'inno.

Mi ricordai che allo studiolo del direttore del convitto si accedeva dall'ingresso ovest. Facendo bene attenzione ad evitare la portineria, lo raggiunsi.

La domenica, pensai, è il giorno ideale per il lavoro investigativo. Tutti si aspettano che la Giustizia degli uomini sia messa da canto – quantomeno fino al momento in cui in chiesa o in cappella non viene dato il rompete le righe – e abbassano la guardia.

In giro non c'era un'anima viva: potei infilarmi nella Scala 1 nemmeno fossi stata invisibile.

Lo studio era esattamente dove me lo ricordavo, con il nome *W.O.G. Denning* scritto in bella calligrafia su di un cartoncino collocato al centro della porta.

Provai un tuffo al cuore al pensiero che avrei fatto meglio a portarmi dietro il mazzo di chiavi trovato in tasca al signor Denning. Ma forse il direttore del convitto non aveva bisogno di chiudere a chiave la porta: il rispetto che gli era dovuto avrebbe fatto da catenaccio. E se pure ci fosse stato il chiavistello inserito, potevo sempre contare sulle mie capacità di scassinatrice, per le quali debbo eterna gratitudine a Dogger. In buone mani, una forchetta reperita in sala mensa o un bel pezzo di fil di ferro vanno altrettanto bene di una chiave tipo Yale. All'atto pratico, per aprire la porta bastò una spintarella: e in men che non si dica mi ritrovai nello studiolo del fu signor Denning.

Avrei potuto evitare anche quella minima fatica. La stanza era del tutto priva di effetti personali. Eccezion fatta per una cartolina natalizia di quattro anni prima, tutta scolorita, che stava sul davanzale di una finestra ed era indirizzata al «Caro signor Denning» e firmata «Norah Willet (da parte della Casa del Cane di Battersea)», non c'era nient'altro che un letto, una scrivania e uno scaffale di polverosi libri di scuola. I cassetti della scrivania erano vuoti tranne che per una matita rossa, un righello, delle forbici, una gomma per cancellare, una scatola di puntine da disegno e un cucchiaio.

Era come se questo tizio non avesse più bisogni terreni di un ectoplasma: quasi come se non fosse mai esistito.

Diedi una controllatina sotto i cuscini e il materasso, ispezionai il fondo dei cassetti, srotolai le calze arrotolate: ma per puro senso del dovere. Non mi aspettavo di trovarci nulla, e nulla ci trovai.

Uscii dalla stanza.

Per raggiungere le scale, dovetti sfidare gli sguardi incorniciati sui due lati del vestibolo, appartenenti agli ex alunni e agli ex insegnanti della Greystone School che avevano conseguito l'ultimo diploma, quello che li congedava da questa valle di lacrime: «Affinché altri possano vivere» stava scritto sotto ciascun ritratto. Dovetti farmi forza per non mettermi a correre prima d'aver raggiunto le scale.

Al piano superiore c'era il laboratorio di chimica: un vergognoso guazzabuglio di beute non lavate, becher pieni di macchie, piastre di Petri sporche che mostravano chiaramente come la passione del signor Winter, l'insegnante di chimica, per le Jaguar e la velocità fosse ben più prepotente di quella per la pulizia. Roba da matti!

Sulla lavagna stavano scritte delle equazioni ed i voti riportati dagli studenti in un compito: i risultati migliori erano quelli di Somerville e di Plaxton.

I prodotti chimici si trovavano sugli scaffali di un'anticamera stretta, lunga e buia, disposti in ordine più o meno alfabetico: dico più o meno perché, ad esempio, il solfato di zinco veniva prima del solfato di potassio. E poi c'era uno spazio vuoto, che indicava chiaramente come la bottiglia del solfato di rame fosse stata sottratta. Senza dubbio prima o poi sarebbe saltata fuori presso la Residenza Anson, dentro qualche bidone della spazzatura. Sì, ma chi l'aveva presa? Questo era il problema. Eventuali impronte digitali appartenevano a un distante futuro. *Prima di andar via*, pensai, *mi resta una sola cosa da fare*. Cancellai un po' di equazioni e, impugnando il gessetto con la sinistra per evitare che si potesse riconoscere la mia scrittura, scrissi alla lavagna: PULIZIA > DEVOZIONE, il che si può interpretare in diverse maniere. Ero piuttosto fiera di me stessa.

Mentre uscivo dall'edificio, un fiotto di ragazzi e insegnanti sbucò dalle fauci spalancate della cappella. Raggiunsi lentamente una vecchia quercia e mi misi a sedere tutta contegnosa sull'erba, con le mani in grembo, il capo rivolto verso il sole e un sorrisetto in faccia. Come fossi la sorella di qualche convittore, venuta per il tè della domenica: nulla di più e nulla di meno.

Com'è facile, tutto sommato, prendere in giro ragazzi e uomini fatti.

Mentre attendevo che i fedeli si disperdessero, iniziai a ripassare mentalmente fatti ed ipotesi relativi al caso in oggetto.

Innanzitutto c'era la vasca da bagno, nonché il corpo placcato di rame che ci stava ancora seduto dentro, con l'aria del trofeo – un po' sovradimensionato – di una corsa automobilistica. Non che la cosa non fosse tragica, e via dicendo, ma era pur sempre uno spettacolo impareggiabile: ed ero grata a Plaxton per aver richiesto i miei servigi.

Non c'era dubbio che il cadavere fosse stato placcato di rame da un polo della batteria d'automobile posto nella vasca da bagno – piena in quel momento di una soluzione di solfato di rame – mentre l'altro polo era stato agganciato al naso del fu signor Denning come una molletta per il bucato.
Altro dato notevole, da ponderare: la regolarità dell'anello bluastro all'interno della vasca da bagno.
Individuare il colpevole non sarebbe stato facile, pensai, mentre passavo in rassegna i sospetti.
Il primo della lista era Wilfrid Somerville. Il padre era appassionato di fotografia, stando a Plaxton, perciò sembrava ragionevole immaginare una certa dimestichezza del figlio con i prodotti chimici. Persino l'osservatore più distratto dovrebbe sapere che il solfato di rame talvolta viene utilizzato nei laboratori fotografici come sbiancante.
E poi c'era Lawson, quello con il padre farmacista a Leeds.
E ancora il padre di Wagstaffe, che dopo una gloriosa carriera nella R.A.F., aveva ereditato il posto al vertice della Wagstaffe Chemicals, dove un giorno lo avrebbe raggiunto il figliolo.
La famiglia di Nigel Henley aveva fatto fortuna con le forniture per impianti idraulici: in quel ramo, l'utilizzo del solfato di rame per far seccare le radici d'albero penetrate nelle fognature è noto persino agli sguatteri della mensa aziendale.
Non sembrava invece che ci fossero collegamenti di sorta tra il paffuto Smith-Pritchard e le reazioni chi-

miche. A occhio, il figlio del parlamentare pareva assai più interessato alla composta che ai composti.

E con questo avevo fatto l'appello del primo e del secondo piano della Scala 3: restavano solo Cosgrave, Parker e lo stesso Plaxton, che mi aveva chiamato in causa.

Cosgrave, come s'è visto, era il figlio di Harrison Cosgrave, il noto – per non dire celebre, in determinati ambienti – estensore di un fondamentale testo di chimica.

Parker era l'oggetto misterioso della compagnia: silenzioso, appartato, dedito all'ascolto del jazz americano nelle ore piccole. Della famiglia di Parker, Plaxton non aveva detto un bel nulla: era perciò evidente che toccava rivolgergli qualche altra domanda.

Uno di questi ragazzi – ne ero certa – era immischiato in quello che tra me e me chiamavo già «Lo strano caso del cadavere di rame». Perché non basta più risolvere i misteri: a noialtri detective moderni tocca per giunta di trovare il nome accattivante per il delitto di turno.

Il filo dei miei pensieri fu spezzato da un rumore di passi alle mie spalle. Sollevai lo sguardo e vidi Plaxton che s'appoggiava all'albero con una mano. Respirava a fatica e il battito del suo cuore si sentiva a una iarda di distanza.

«La farsa è finita» annunziò. «Il preside ha disposto che si ricerchi il signor Denning. Avrebbe dovuto esser presente alla prima colazione dei vari direttori di convitto, alle sette e mezza. In tutti questi anni non se n'è mai persa una».

«Mettiti a sedere accanto a me» dissi. «Non attirare l'attenzione».

Plaxton ubbidì.

«E allora...» gli dissi «... il tempo stringe. Ci sono diversi punti da chiarire. Che sai dirmi di Baker?».

Baker era l'unico dei nove studenti della Scala 3 sul conto del quale non avessi appurato alcunché.

«Sandy Baker? È il piccoletto con gli occhiali. Sul deboluccio, un po' gobbo: dovresti averlo notato, nella mia stanza».

Non lo avevo notato, e non andavo fiera della negligenza.

«Studia Arti Figurative».

«E i genitori?» domandai.

«Il padre è un veterinario da qualche parte, nel Dorset. Temo proprio di non saperti dire altro».

Tanto bastava. Ricordavo bene come i veterinari fossero soliti fare dei pediluvi a base di solfato di rame alle pecore, per curarle dalla pododermatite.

Straordinario, pensai, come tra sei dei nove studenti della Scala 3 ed il buon vecchio $CuSO_4$ ci fosse un preciso collegamento, se non addirittura una certa familiarità. Il che, beninteso, non era prova di colpevolezza: ma mi aiutava parecchio nel procedere per eliminazione.

«E Parker? È figlio di fornaio, o di legatore, o di fabbricante di cappelli di paglia?» chiesi.

«Non che io sappia» rispose Plaxton. «Editore musicale, credo».

«E tuo padre?». Era una domanda che non mi andava tanto di rivolgergli.

«Giornalista» disse Plaxton. «Al momento è in prigione, perché si è rifiutato di rivelare le fonti di cui si è servito nella sua inchiesta sullo scandalo delle pensioni».

«Si capisce... Mi dispiace». Conoscevo la vicenda attraverso i rotocalchi. «E dimmi un po' del signor Denning...» proseguii, cercando di superare quel momento di imbarazzo. «Ha fatto la guerra?».

«Eh già...» rispose Plaxton. «È sbarcato a Castellazzo, in Sicilia, nel 1943, con l'Ottava Armata. Poveraccio: non s'è mai riavuto dall'esperienza. Per questo io...».

Una fiammata improvvisa mi si accese nel cervello: in quel momento tutto fu chiaro.

«Portava sempre le maniche lunghe?» lo interruppi.

«Be', sì...» disse Plaxton con aria sorpresa. «Persino d'estate».

«E allora» dissi, «l'ultima domanda che debbo rivolgerti è questa: cosa ne hai fatto, della bottiglia vuota?».

La faccia di Plaxton adesso pareva di gomma.

«Dunque hai capito...». La sua voce era quella di uno spettro.

«Certo che ho capito» dissi, facendo del mio meglio per assumere un tono distaccato ed oggettivo. «Il poveraccio soffriva della varietà siciliana della Febbre da Pappataci».

Si trattava di una ricaduta periodica nella Leishmaniosi viscerale, o Febbre di Dum-Dum. Dogger, che aveva un'esperienza vasta e di prima mano in fatto di malattie tropicali, m'aveva raccontato di questo atroce disturbo, causato dal morso dei flebotomi, insetti diffusi nel Mediterraneo, simili alla zanzara ma più piccoli, che si nutrono del sangue dei roditori. La malattia può manifestarsi anche a venti anni di distanza dal momento del contagio. Le ulcere e le lesioni presenti sul naso del morto avrebbero dovuto mettermi subito sull'avviso, così come la prescrizione per il Pentostam.

«Tu l'hai trovato morto nella vasca» dissi. «Gli è preso un infarto mentre stava a mollo in un bagno di solfato di rame, i cui cristalli aveva prelevato dal laboratorio di chimica, per alleviare le ulcere. Magari ne aveva assorbita un po' troppa, di quella roba, e s'è beccato un avvelenamento. Questo lo dirà l'autopsia.

«La regolarità dell'anello bluastro lungo la circonferenza della vasca mostra chiaramente che lui, lì dentro, non s'è neppure mosso. Il che significa che è morto sul colpo dentro la vasca, se non ce l'hanno messo quando era già morto. Avresti dovuto lasciare la bottiglia vuota sul posto, Plaxton. È stata una vera leggerezza, da parte tua.

«Avevate litigato di santissima ragione, e tu eri ancora in preda a una furia accecante. E così hai deciso di agganciarlo alla batteria, che perciò hai tolto dall'automobile del signor Winter: volevi far sembrare che l'avesse ammazzato qualcheduno... uno sconosciuto, un estraneo di passaggio».

«Come hai fatto a capirlo?» sbottò Plaxton.

«Dai tuoi occhi arrossati» risposi, «tanto per cominciare; e dalla voce rauca che ti ritrovavi. Esposizione ai vapori del solfato di rame. Tu eri lì prima che l'acqua del bagno si fosse raffreddata».

«Avrebbero detto che gliel'avevo fatto beccare io, l'infarto. Avrebbero dato la colpa a me».

Non c'era alcun bisogno di raccontare a Plaxton del cerone per attori che il signor Denning aveva adoperato per anni, per coprire incrostazioni e lesioni della pelle. Da morto, il poveraccio meritava un pizzico di privacy.

«La polizia sarà qui ben presto» dissi. «Ti consiglio di essere sincero, con quelli lì. E non è necessario che tu faccia il mio nome».

«Bell'aiuto che mi hai dato...» fece Plaxton, velenoso.

«Grazie...» replicai, fingendo di non cogliere il sarcasmo. «Così come volevi, ho fornito a te e ai tuoi compagnucci gli elementi probatori che vi eviteranno un'accusa di omicidio. Magari ti faranno qualche domanda imbarazzante in tema di manomissione di cadavere, ma questo è affar tuo, non certo mio».

«No... guarda...» fece Plaxton, rientrato in sé. «Ecco, prendi questa».

E mi mise in mano una banconota da cinque sterline. Io la lasciai cadere a terra, ma quello la raccolse e me la infilò in tasca.

Strano, come la gente riesca a fare dietrofront nello spazio di un secondo. O forse l'avevo giudicato erroneamente fin dall'inizio, questo Plaxton. È difficile fidarsi di chi ti fa pena.

Mi alzai in piedi e mi avviai attraverso l'erba, in direzione delle antiche pietre della Residenza Anson, con la banconota nuova di zecca che mi crepitava in tasca. Si trattava – mi resi conto con intima trepidazione – del mio primo onorario per una consulenza professionale.

Gladys sarebbe stata contenta di rivedermi. Al passaggio, ci saremmo fermate all'autofficina di Bert Archer per comprare una bella latta di olio per bicicletta.

«Stavolta offro io!».

Nicola Fantini Laura Pariani
Il rasoio di Asimov

Domenica 19 ottobre

Sarebbe stato così bello fare un salto in centro a vedere la mostra a Palazzo Reale. Invece no, che barba, un pomeriggio festivo da passare con temi da correggere. S'ciao. Davanti a quanti fogli protocollo di compiti in classe si era seduta in tutta la sua vita? Mirella Cossatti tentò sospirando un rapido calcolo. A pensarci bene, lei era entrata nella scuola a sei anni e, adesso che ne aveva sessanta, non ne era ancora uscita: e, con 'sta malarbètta riforma delle pensioni, chissà per quanto tempo ancora.

Guardò con sconforto il pacco dei temi. La Prima E – periti chimici – quest'anno la preoccupava. Nel corso del tempo le classi del biennio erano diventate sempre più difficili: ragazzi distratti che non riuscivano a costruire una frase decente e che spesso non conoscevano il significato delle parole che libri e insegnanti usavano. Nel primo consiglio di classe tutti i docenti avevano unanimemente tuonato contro l'impreparazione dei nuovi alunni, imputandola al cattivo funzionamento della scuola media. Doveva ammetterlo: succedeva la stessa cosa a ogni inizio d'anno, ma l'ultima infornata di ragazzi pareva davvero mancare dei minimi requisiti.

Certo erano scusabili la cinese o il salvadoregno che vivevano in famiglie dove l'italiano quasi non si parlava: entrambi si sarebbero persi per strada prima della fine dell'anno. Ma non lo erano gli altri, i nati in Italia...

Mirella si era appena piazzata al tavolo della cucina quando dallo studiolo in fondo al corridoio sentì provenire una certa agitazione. Sophia, la gatta rossa, arrivò di gran carriera e andò a piazzarsi con un balzo silenzioso accanto al lavandino, proprio sotto la finestrella dell'aerazione, come se volesse assicurarsi una via di fuga. Stava con loro da otto anni, e Mirella sapeva bene che tra le numerose cose che Sophia mal sopportava c'erano le discussioni dai toni concitati. Pensò a suo marito Beppe di cui sentiva il vocione nell'altra stanza. Lei e la gatta si scambiarono una lunga occhiata di comprensione.

Sistemò davanti a sé il primo foglio protocollo. Controllò che sul tavolo ci fosse tutto il necessario per la correzione: il vocabolario per i dubbi, una penna rossoblù, il pacchetto di sigarette, l'accendino, la tazza di mate per tirarsi su. Basta, pronti, via.

Beppe si sbottonò il colletto della camicia e si passò le mani sudaticce sui pantaloni. Sullo schermo del computer era rimasto solo il volto del compagno Pietroboni che, essendo come lui un appassionato di sport, approfittava della connessione criptata per fare le solite quattro chiacchiere prima di salutarsi. Le videoconferenze settimanali con il gruppo dirigente del CSOVIA erano sempre estenuanti, fatte di interventi articolati che richiedevano almeno una settimana di preparazione, e che venivano letti con il giusto fervore che si richiede nelle missioni importanti.

«Quei canadesi!» esclamò Pietroboni, scuotendo la testa. «Te se rigòrdet, compagno Isnaghi?... Si sono lamentati per decennni, e quando alla fine li hann contentaa, nel '76, comunque son mica riusciti a vincere!».

Beppe annuì serio, mentre riordinava le sessanta cartelle del suo intervento: «Ecosostenibilità del piano quinquennale in quattro anni». Le parole di Pietroboni lo facevano tornare giovane, riproponendogli le immagini in bianco e nero che dal televisore della zia si erano depositate per sempre nella sua memoria: Vasily Alexeev che solleva 235 chili alle olimpiadi di Monaco o 255 a quelle di Montreal... Come dimenticare il brivido che gli percorreva la schiena quando entravano in campo gli squadroni di hockey su ghiaccio, CCCP vs ČSSR? Ah, altro che quei brocchi piangìtt di canadesi!

Continuarono la discussione ancora per una decina di minuti, quanto bastava per accordarsi sul fatto che dal '76, se si trascuravano i due scivoloni con la Cecoslovacchia, l'URSS aveva vinto cinque mondiali di fila, anche se si era estesa la partecipazione ai giocatori professionisti. Poi si salutarono dandosi appuntamento alla videoconferenza della settimana successiva.

Beppe si alzò dalla scrivania e si tolse gli occhiali per asciugarsi gli occhi gonfi di commozione, ricacciando indietro il ricordo della sfida Borzov-Mennea, e uscì dallo studio. Il gran parlare gli aveva messo sete, per cui andò in cucina a farsi un bel bicchierone.

Mirella sollevò lo sguardo dalla pila di temi.

«A che punto sei?» le chiese Beppe per pura gentilezza, visto che sapeva benissimo che a quell'ora la correzione dei compiti era ancora in alto mare.

«Appena iniziato» rispose lei, sbuffando e buttando all'indietro una lunga ciocca di capelli castani striati di grigio. «Troppo lunghi per una della tua età» le ripetevano tutti i loro conoscenti con disapprovazione, «ti danno un'aria antiquata, da veterofemminista». Forse era vero, pensò Beppe: una volta che fossero ingrigiti totalmente, sua moglie sarebbe diventata la copia di Patti Smith...

«Ti va un caffè? Metto su la moka» gli propose Mirella.

«Mmm. Poi me végn el nervós» ribatté Beppe. «Un bel boccale di kvas l'è quello che ci vuole. Disseta, e poi so cosa bevo, visto che me lo preparo io... Farebbe bene anche a te, te l'disi mì».

«Sì, sì. Me lo ripeti sempre» Mirella si strinse nelle spalle. «Però un giorno o l'altro vedrai che potrò concedermi un caffè fatto con le cialde».

Beppe tolse dal frigo uno dei tre bottiglioni, lo stappò e riempì un boccale da birra con un liquido torbido, color giallo cupo. «Non ricominciamo con la faccenda delle cialde» avvertì. «Vuoi mettere con il profumo che si leva dal pane di segale secco quando gli versi sopra l'acqua bollente? Senti qua, la scorza del limone... E, a larheggiare, ci puoi mettere anche la menta!». Bevve una lunga sorsata del suo kvas, prodotto secondo un'antica ricetta russa, e sotto i baffoni brizzolati accentuò l'espressione soddisfatta.

«Se tu non ti fossi ostinato nei tuoi principi, periodo ipotetico dell'irrealtà, nostro figlio ci avrebbe volentieri regalato una macchina per il caffè, di quelle ultimo modello» replicò seccamente sua moglie, alzandosi per preparare la moka.

Beppe rispose con una scrollata di spalle. Si ricordava bene di come Mirella gli avesse tenuto il muso per tutte le vacanze di Natale, dopo che lui era riuscito a convincere il figlio Adriano a non regalargli una macchina per il caffè, sostenendo che un giubbotto invernale da pilota dell'aviazione sovietica sarebbe stato molto più utile, ce n'era giusto uno in offerta su internet... Peccato che poi tutto fosse sfumato, anche un po' per colpa sua, doveva ammetterlo. Prendersela con Adriano per la sua assoluta incapacità nelle aste online era stata da parte sua una reazione poco opportuna... Così adesso non c'era né la macchinetta del caffè né il giubbotto da pilota.

«Vabbè, io torno di là» disse reggendo il boccale. «Quando hai finito, fàmm savé».

Mirella cominciò a correggere. Il compito era nato da una discussione sorta in Prima E sulla parola «immedesimarsi», in cui i ragazzi si erano imbattuti durante una lettura. Ne erano nate varie interpretazioni: «Immedesimarsi è quando guardi un altro e, se quello sta piangendo, è come se quasi fossi triste anche tu» aveva detto Giovanini che fisicamente era il più piccolo della classe, tanto che sembrava ancora un ragazzino delle medie. «Immedesimarsi vuol dire indovinare cosa sente un altro» sosteneva la Pacifico, sangue mulatto nelle vene, con un pesante accento partenopeo nella voce. «D'accordo» aveva ribattuto Franconi, «però con una femmina non è possibile: io mica posso impersonificarmi cosa prova Jessica a mettere la minigonna e i collant!»... Parlava proprio come un troglo! sospirò Mirella ripensando alla discussione animata che aveva coinvolto tutta la classe. Le conclusioni le aveva poi tirate la Antonescu, figlia di rumeni, che però in italiano bagnava il naso a parecchi compagni con genitori meneghini: «Ci si può immedesimare anche con una persona di sesso diverso, ma non del tutto. Dipende dal nostro carattere e dalla nostra immaginazione. Però è quasi impossibile, quando ci troviamo di fronte una persona antipatica». Quest'ultimo punto aveva trovato tutti concordi.

Eccosì era nato il titolo di questo tema: «Una persona antipatica». La Cristoldi sparlava di una ragazza di Terza C: «A Jasmine piace far colpo sugli altri. Siccome abitiamo nello stesso palazzo, siamo sempre andate alle stesse scuole, ma da qualche mese è cambiata: passa le sere all'*Hangar* con quella banda di fanatici di Quarta, che si impasticcano e si lustrano gli occhi coi film porno e combattivi». Film combattivi!!??... «Secondo me, ci prende gusto a snobbarmi. Perché lei sa bene come la penso io. Mi spiace che la nostra amicizia sia finita così. Fa niente, ognuna per la sua strada». Mirella si tolse gli occhiali e si massaggiò le palpebre: conosceva Jasmine Caffaro, dato che anche la Terza C era una delle sue classi; il ritratto che ne faceva la Cristoldi era sicuramente azzeccato. Anche Mirella aveva notato ultimamente qualcosa che non andava nel comportamento di Jasmine: sbalzi d'umore, eccitazione alternata a sbadigli, strane occhiaie mascherate da occhialoni neri... Il tema di Nancy Turone: «Mi stanno antipatici tutti i maschi, che non ci provano nemmeno a capirti, anzi cercano sempre di buttarti a terra. Perché i maschi si legano a una ragazza solo per farci i loro porci comodi e non pensano se lei ha bisogno di conforto. Ma soprattutto detesto il Vannetti di Quarta B, che si dà arie di Glenn Quagmire»... Chi diavolo era Glenn Quagmire? Mai sentito il nome di quest'attore. «... e fa le stesse sue porcate nei bagni delle femmine». Oh Signùr!

Mirella si accese una sigaretta e con un ennesimo sospiro bussò alla stanza del marito: «Sai qualcosa di un certo Glenn Quagmire? Prova a vedere se lo trovi su internet». Mirella detestava fare ricerche sul computer di casa, tanto più che Beppe ci aveva installato dei programmi che sapeva usare solo lui.

Dopo qualche minuto venne il responso: «L'è il personaggio di un disegno animato americano».

Mirella respirò di sollievo: «Meno male, mi stavo preoccupando. Una mia alunna paragona un ragazzo di Quarta a 'sto Glenn Quag...».

«Guarda che invece dovresti preoccuparti» ridacchiò Beppe. Le spiegò che era inserito in una serie di animazione americana, *I Griffin*: volgare, razzista e zeppa di turpiloquio.

Mirella stentava a crederci: ai suoi tempi, quelli dello zuccheroso Topolino, il massimo della violenza erano le risse provocate dal carattere sanguigno di Paperino... Davvero esistevano cartoni brutali e crudeli? «Ma che razza di violenza mette in scena?» domandò perplessa.

«Presèmpio, c'è un ragazzetto che 'l tenta di continuo de mazzà somà».

«E quel Glenn Vattelappesca?».

«Un maniaco sessuale pervertito, nonché feticista dei piedi femminili. Sfoggia una mascellona da ruffiano, si vanta di stuprare minorenni e di uccidere prostitute...».

Mirella tornò pensierosa al suo tavolo. Leo Vannetti: anche lui era un suo alunno. Fino in Terza non aveva creato particolari problemi. Intelligente, ma pigro, quasi apatico in certi momenti; quest'anno si era stranamente incupito: con quella sua mania di vestirsi sempre di scuro, con un impermeabilone nero che gli arrivava fino agli anfibi e il berretto a visiera sui capelli rossi rasati per metà... Però non ce lo vedeva come maniaco sessuale: nel tema di inizio anno, sulle letture estive, aveva scritto una breve relazione su *Romeo e Giulietta*, con accenti delicati e qualche commento sulla solitudine degli adolescenti che l'aveva colpita. Eppoi leggeva: spesso gli aveva visto sul banco libri di poesia, ultimamente *Una stagione all'inferno* di Rimbaud... Purtroppo adesso faceva comunella con un compagno di un anno più grande, un ripetente, William Cavati:

quest'ultimo sì che era un tipo inquietante, faccia de mal de vénter e tatuaggio di uno scorpione sul collo, ma soprattutto bullo con i più deboli e strafottente con gli insegnanti.

Meglio farsi un pastis, decise Mirella: ho bisogno di tirarmi su. Tre cubetti di ghiaccio e niente acqua: era il suo ansiolitico preferito. Il contenuto del bicchiere le scese nello stomaco con una gradevole sensazione di calore. Cercò una sigaretta, il pacchetto era vuoto. Frugò nella borsetta, non ce n'erano più. Si sentì la persona più derelitta della terra.

Il tema della Mancinelli: «C'è un ragazzo di Quarta B che non posso proprio vedere. Come quel giorno che stavo chiacchierando con una mia compagna che è cinese. E allora 'sto ragazzo se l'è presa con tutte e due, ma specialmente con me, perché mi ha detto che i musi gialli puzzano e che, se continuavo a frequentare le bestie, avrei finito per imbestiarmi anch'io. E gridando alla mia amica che è un'asina e che la prossima volta le avrebbe portato del fieno». La penna rossoblù oscillò indecisa sopra le frasi da correggere: sarebbe stata una faticaccia quest'anno, visto il livello dell'espressione scritta... Di sicuro la Mancinelli si riferiva al Cavati: l'aveva sentito un paio di volte sproloquiare proclamandosi anti-multiculturalista.

Pausa per sgranchirsi la schiena. Mancavano solo sei temi. Il malumore l'opprimeva: aveva voglia di sfogarsi, ma a chi telefonare? Le colleghe più giovani finivano immancabilmente per parlare di pargoli e malattie infantili; quelle della sua età di sbarramenti pensionistici. Lidia, la sua amica del cuore fin dai tempi dell'università, aveva seguito il marito a Grenoble e sentirla al telefonino costava una cifra. Con Beppe non ci provava nemmeno: sicuramente nel suo studiolo stava già mettendosi a lavorare alla relazione da tenere per la prossima videoconferenza. Da anni Mirella evitava di approfondire con lui le proprie delusioni lavorative, come Beppe le risparmiava le cavillose discussioni sul materialismo dialettico in cui ogni domenica si infognava coi compagni del CSOVIA. D'altra parte che non si possano mettere in comune frustrazioni di tipo differente è qualcosa che la vita coniugale ti insegna presto, come alle elementari quando la maestra spiega che non puoi sommare bombòni e pere.

Si rassegnò a prendere la busta del tabacco e a farsi a mano una sigaretta. Ci mise parecchio tempo: le dita le si bloccavano di continuo, come seguendo a balzi una catena di pensieri inquietanti. Il tema di Giovanini: «L'aula di chimica è stretta e scomoda a starci dentro, soprattutto quando la dobbiamo condividere con i bulli di Quarta. Ma è ancora più losca per colpa del disordine...». Un'aula «losca»? Ma come parlano!!... «La scorsa settimana uno di Quarta si è arrabbiato con me. Io stavo lavorando normalmente, sono andato agli armadietti per prendere un vasetto di colorante, cerca di qui, cerca di là, sono salito su uno sgabello perché in alto non ci arrivavo, ho aperto uno sportello e è cascata per terra una pila di CD. Ne ho preso in mano uno che aveva sulla copertina una tettona nuda e la scritta *Revenge!* e ho chiesto a voce alta: "Di chi è 'sta roba?".

Non so cosa gli è preso al Cavati: mi è piombato addosso che a momenti mi mena, e si è messo a urlare che sono un ladro e un impiccione, che non si fruga negli armadietti degli altri, e una sfilza di altre belle paroline... Io sarò anche curioso, ma non impiccione: lo sportello non era mica chiuso. E comunque ladro non lo sono mai stato, perché i CD non li ho fregati e non ho neanche toccato la mazzetta di soldi che ho visto nell'armadietto». CD pornografici a scuola?... Epperché di nuovo saltavano fuori i «bulli di Quarta»?... Il tema di Jessica Landi: «A me non piacciono due di Quarta B, il Leo e il William» – ancora loro!? – «che fanno i prepotenti con noi primini. Un mese fa stavo fuori dalla scuola con il mio ragazzo che è marocchino. Quei due ci hanno visti e ci sono piombati addosso, hanno preso il mio Salim per il maglione e pareva volessero strozzarlo. Poi l'hanno minacciato che guai a lui se lo vedevano ancora da queste parti. Erano tutti e due rossi in faccia che quasi gli mancava il fiato, sono entrati a scuola sbattendo il portone che credevo gli restasse la maniglia in mano. Io penso che quei due non siano mica tanto apposto. Vestono da schifo sempre con magliette col teschio, tengono nei loro armadietti le foto di quel pazzo che ha fatto la strage in Norvegia, e poi hanno rubato il reggiseno della mia amica Chiara durante l'ora di ginnastica... Da un po' di tempo mi puntano durante l'intervallo, guardandomi storto. "Amica dei musi neri, guarda che ti teniamo d'occhio!" mi hanno detto ieri mentre uscivo dall'aula. Insomma le mie idee su quei due sono un poco tragiche».

Resistette all'idea di tornare nell'antro di Beppe, ma alla fine l'ansia la fece capitolare.

Beppe guardò sorpreso la moglie che, in piedi sulla porta dello studiolo, gli tendeva dei fogli protocollo: «Leggi e, per favore, dammi un parere!». A braccia incrociate sotto le ascelle, Mirella aspettò che lui avesse finito, poi sbottò: «Bulli, razzisti, antisemiti, ce ne sono sempre stati a scuola, ma quel Cavati l'è on faccia de... tütt i dì!».
Lui si esibì in una sorta di grugnito di disapprovazione: «Càlmet, te see tropp eccitaa... Si può mica gridare al mostro solo perché uno viene in classe in tuta mimetica o con l'impermeabile nero. Non ti sembra di stare facendone un dramma eccessivo? Vabbè, ha litigato con un ragazzo marocchino, ci sono a volte risentimenti che nascono dalla gelosia amorosa. Sono sbarbatelli gonfi di ormoni: per un niente si impìzzano... Ti ricordi com'eri ai tempi di quella che i nostri genitori chiamavano "la stupidéra"? Ne abbiamo fatte anche noi de rava e de ravetta!». Si tolse gli occhiali per ripulirli, aggiungendo: «All'epoca del liceo il nostro prof di filosofia ci spiegava la teoria del "rasoio di Occam", inventata da un monaco del XIII secolo: le ipotesi più semplici sono le più sensate».
Mirella sbottò: «Cosa gh'entra quèst?». Aggiunse che provava una strana sensazione d'ansia. Era la tipica risposta che faceva invelenire Beppe, mettendogli la voglia di lanciarle un: «Sensazione?... Ma, scusa, come ragioni!?». La qual cosa immancabilmente avrebbe

messo in moto la replica di lei: «Con l'utero, caro mio...». Però oggi non aveva voglia di battibeccare. Si limitò a ascoltare in silenzio Mirella: secondo lei, almeno uno di quei due ragazzi, il ripetente, era un faccia de palta con tutte le lettere maiuscole. «Eppoi tiene nell'armadietto la foto di Anders Breivik!».

«Ricordati che questo lo scrive una ragazzina che ha litigato con lui. Magari te dà d'inténd di ball!» le fece notare Beppe. «Non darlo per scontato. Prima verifica che non sia un'accusa inventata!».

«E tu cerca di metterti in testa che esistono spiegazioni più complesse delle rasoiate logiche di un monaco medievale!» gli gridò la moglie dalla cucina.

Mirella si risedette al tavolo sconsolata. Le spiaceva aver alzato la voce, ma non aveva voglia di fare pace. Si decise a affrontare il tema di Katia Neri: «Mi sta antipatico il Cavati di Quarta B»... Ma questo è un vero plebiscito! «Siccome prima stavo col suo amico Leo eppoi l'ho lasciato, ha cominciato a tormentarmi. Dice che ho fatto soffrire il Leo e che uno di questi giorni mi castigherà. Io con il Leo non ci sto più perché è fuori di zucca: non faceva che parlarmi di morte, ogni sera da Facebook mi inviava *Weisses Fleisch*, che come messaggio di buonanotte non è il massimo. Io penso che non abbia tutte le rotelle, per questo l'ho mollato. E comunque lui si è già messo con un'altra, una ragazza di Terza che si chiama Jasmine. Nonostante questo, il suo amico Cavati mi perseguita. L'altro giorno mi ha stretta al muro in corridoio e mi ha chiesto se credevo in Dio, perché lui è uno che va in giro a proclamarsi fondamentalista cristiano. Io gli ho risposto che credere o meno in Dio erano affari miei. Mi ha quasi stortato il polso. Io quello lì lo odio.» *Weisses Fleisch*, carne bianca... che razza di roba era? A malincuore tornò da Beppe.

«È una canzone dei Rammstein, un gruppo tedesco» le spiegò il marito dopo una breve ricerca al computer. «Ecco qui: *Weisses Fleisch*, Carne bianca. *"Du auf dem Schulhof, Ich zum Töten bereit..."*. Ti risparmio il testo in tedesco, perché c'è anche la traduzione: "Tu nel cortile della scuola, io sono pronto ad uccidere e nessuno qui sa della mia solitudine. Rossi lividi sulla pelle bianca. Io ti faccio male e tu gridi forte..."» depose gli occhiali guardandola perplesso, come se non riuscisse a trovare il commento appropriato. «Ammetto che non è l'Arcadia» sospirò.

«Continui davvero a pensare che non ci sia niente di cui io debba preoccuparmi? Be', a questo punto ho bisogno di farmi un altro goccio» disse Mirella tornando in cucina. Si versò un'ampia dose di pastis e ghiaccio. Alzando il bicchiere a mo' di brindisi verso la gatta Sophia che in sua assenza aveva occupato la sedia, lo sguardo le si posò su una targa metallica che avevano comprato a Cuba trent'anni prima e dove, in smalto blu su fondo bianco, stava scritto:

EL ALCOL MATA LENTAMENTE.
NO IMPORTA, NO ESTOY APURADO.

Come sempre succedeva, la frase le strappò un sorriso. «Neanche noi due ci abbiamo pressa, vero?» sussurrò alla gatta, carezzandole il pelo rosso. Sophia aprì un occhio, rizzò l'orecchio e sbadigliò.

Lunedì 20 ottobre

In Quarta B era programmata un'esercitazione scritta. Cavati era strategicamente assente. Leo Vannetti sedeva torvo in un banco isolato in fondo alla classe. Per un'ora Mirella Cossatti lo osservò mordere la biro e guardarsi intorno perdendo tempo. Da quando era così magro? E quegli occhi slavati e assenti? Prendeva tranquillanti?... Quando all'intervallo la classe si svuotò, lui restò seduto davanti al foglio ancora bianco.

«Si può sapere cosa ti succede, Vannetti?» gli chiese sforzandosi di dare un tocco di severità alla sua voce. Temendo che il silenzio si protraesse, aggiunse: «Non dirmi che era difficile!».

Visto che lui faceva spallucce, Mirella osò insistere: «Si può sapere cosa ti succede?».

«Non mi va».

«Cos'è che non ti va? Il compito? La materia di italiano?» gli domandò tentando un'intesa.

Il ragazzo alzò lentamente il viso, con un'espressione annoiata: «Non mi va niente. Punto e basta».

Lo guardò sconcertata: «Che significa niente? Vuoi cambiare scuola?».

Vannetti fece segno di no con la testa, ripetendo: «Non mi va niente» sempre col medesimo tono apatico.

«Be', allora non ti resta che andartene» replicò lei, esasperata; e, mentre le parole le uscivano di bocca, si morse la lingua, rimproverandosi mentalmente: Ma che cavolo stai dicendo, Mirella?... Vide passare sul viso di Leo un'ombra, quasi un'espressione di sofferenza, mentre infilava i suoi libri nello zaino e usciva di classe senza più guardarla.

La libertà che Beppe provava girando per casa quando Mirella era al lavoro, era sempre guastata da una remota sensazione di inquietudine, come un piccolo e rumoroso tarlo che non riusciva a individuare. Beppe sorrise tra sé con una scrollata di spalle. Tanti anni vissuti insieme lasciano per forza dei segni, si disse, ma non pensava alle rughe e alla pancetta, bensì alle abitudini sedimentate nel tempo, alla costante percezione di un'altra presenza. Così, quella mattina, anche se l'appartamento era tutto per lui e poteva girare scalzo canticchiando filastrocche dei giovani esploratori della taiga senza essere preso in giro, la casa vuota lo faceva sentire un po' perso. A dire la verità, questa volta l'assenza di sua moglie gli pesava più del solito, perché l'aveva vista uscire con un'espressione cupa, che sicuramente non era dovuta soltanto ai consigli di classe che l'aspettavano nel pomeriggio. Doveva essere per via di quei temi, considerò Beppe, incapace di scacciare un leggero senso di colpa per non aver dato corda a Mirella il giorno prima. Anche a letto, dopo aver spento la luce, lei aveva continuato a pensare a voce alta, ipotizzando scenari tremendi come se la sua scuola stesse per trasformarsi in una versione milanese della Columbine High School... Lui si era sforzato di seguirla, ma le videoconferenze domenicali lo prostravano. Così dopo una decina di minuti doveva essersi addormentato come un ghiro, perché stamattina a colazione Mirella faceva anche un po' l'offesa. Mah.

Beppe andò in cucina a prendere un boccale di kvas e poi tornò nello studiolo, soffermandosi per qualche secondo davanti allo specchio dell'ingresso per controllarsi i baffi. Sempre più grigi, accidenti! Ripensò a quanto erano folti e lucidi quando aveva dato il primo bacio a Mirella e... «Cià, cià! Diamoci 'na mossa» esclamò a voce alta mettendosi al computer.

Rimase a osservare lo schermo nero in stand by per parecchi minuti, cercando di riflettere. A ogni buon conto, Mirella gli aveva lasciato i nomi dei due ragazzi su un post-it sul frigo, ma sapeva che non gli sarebbero serviti a molto. Quanti Leo Vannetti e William Cavati c'erano in rete? E poi, anche se li avesse trovati, erano davvero così ciùla 'sti due a postare roba che fa drizzare le orecchie ai pulotti? Tutto era possibile, naturalmente. C'era anche chi si dava alla fuga in auto lasciandosi guidare dal navigatore satellitare, quindi si poteva fare affidamento anche sull'uso scriteriato che un pisquàno d'adolescente fa del proprio iPad ma... No, meglio prenderla alla larga.

Beppe batté la barra spaziatrice e lo schermo si illuminò, mostrando il browser pronto su un motore di ricerca indipendente. Controllò la presenza delle icone in un angolo, una quantità notevole ma, come insegnavano quelli della Lubjanka, la sicurezza era la sicurezza: un bel firewall programmato da un compagno informatico, sequenze casuali di IP, proxy in estremo oriente, anonimizzatori e qualche ritocchino alla sua distribuzione Linux... Quando non si può fare come se voeur, si fa come se pòd! Se quelli della NSA volevano beccarti, ti beccavano. Ma almeno dovevano sudare, porco sciampìn!

Si lisciò i baffi, pensieroso, quindi cominciò a digitare chiavi di ricerca, dapprima semplici, poi virgolettate, poi una combinazione delle due, facendo affidamento sulla sua buona memoria. Dopo una ventina di minuti riuscì a scovare un indirizzo in una zona periferica di Milano.

Sulle prime, spinto dall'entusiasmo del risultato e dall'eccitazione un po' perversa di credersi un brillante investigatore, gli venne l'idea di andare di persona a ficcanasare in quei paraggi e risolvere il «caso» per buona pace di Mirella. Ma ben presto dovette ricredersi, perché le informazioni che via via accumulava componevano un quadro poco raccomandabile per un pensionato sedentario.

«Volevo ben dire» borbottò tra sé, scuotendo la testa. Sentì un brivido scivolargli lungo la schiena al pensiero di finire in una situazione potenzialmente violenta e pericolosa. Però... Chi aveva detto che doveva andarci da solo?

Creò un account di posta temporaneo, criptò un breve messaggio e lo inviò, quindi spense il computer e andò in camera da letto a cambiarsi. Dopo tutto, era una mattinata emozionante.

Alla quinta ora non aveva lezione, ma Mirella restò a scuola: con l'autobus non ce l'avrebbe fatta a andare a casa e poi tornare a scuola per le tre del pomeriggio, orario di inizio dei consigli di classe. Bevve un caffè alla macchinetta, poi uscì in cortile mettendosi in un angolo fuori dalla vista della bidella Rampetti, che l'era un cancèrbero in fatto di sigarette. «Professoressa Cossatti, c'è divieto di fumare in ogni parte dell'edificio, anche in cortile!»... Le parve di sentire la sua voce gracchiante che la redarguiva dopo averla presa in castagna numerose volte, «Le farò rapporto!»... La prima boccata trasgressiva le alleviò l'angustia che per tutta la mattina l'aveva accompagnata. Si appoggiò al muro della palestra e tirò fuori dalla tasca della giacca il foglio su cui, mentre gli alunni di Quarta svolgevano il compito, aveva elencato alcune domande. A Mirella piaceva ordinare i propri pensieri, anche se molto spesso i suoi elenchi si perdevano tra il disordine della scrivania o venivano misteriosamente inghiottiti dal fondo della capiente borsa a tracolla... Rilesse:

– *Perché Vannetti è cambiato? Dipende semplicemente dal fatto che la ragazza l'ha lasciato? Cosa gli frulla per la testa?*

– *Perché Cavati ce l'ha con tutti? Sindrome maniacale?*

– *Cavati sta influenzando negativamente Vannetti?*

– *Cosa c'è nel loro armadietto dell'aula di chimica?*

Sorrise tra sé pensando al probabile commento di suo marito, se avesse avuto tra le mani quell'elenco. Di sicuro Beppe avrebbe tirato fuori la massima che ripeteva di continuo, usandola come sua personalissima versione del «rasoio di Occam»: «Karl Marx nei *Grundrisse* sostiene che gli esseri umani devono porsi solo le domande a cui possono rispondere». Su queste premesse, nessuna delle domande del suo elenco era ammissibile, tranne forse l'ultima.

Rientrò a scuola da uno degli ingressi del retro. Corridoio deserto. La porta dell'aula di chimica era aperta, la stanza vuota e silenziosa. Senza stare a rifletterci, Mirella si ritrovò in un attimo davanti alla fila di armadietti grigi che riempivano la parete di destra, cercando di ricordare il tema di Giovanini. Su ogni sportello un nome. Quelli di Quarta stavano nella fila più alta. Ebbe un attimo di indecisione prima di salire su uno sgabello. Cercò di non pensare a che scusa avrebbe dovuto inventare se qualcuno l'avesse scoperta in quella posizione.

Gli armadietti di Cavati e Vannetti erano uno affianco all'altro, chiusi entrambi da un lucchetto. Trovò nell'ambaradàn della borsa un paio di graffette metalliche, le aprì. Per sagomarle al meglio però le occorreva una pinza. Ce n'era una sui tavoli. Ridiscese e ripiegò a uncino i due fili di ferro. Le mani le sudavano, doveva fare in fretta, il cuore le batteva in gola. Risalì sullo sgabello, inserì una dopo l'altra le estremità delle graffette nella serratura dell'armadietto di Vannetti, premette più che poteva e ruotò sperando di trovare la direzione giusta. Come mai da ragazzina forzare lucchetti le era sempre sembrata un'operazione così facile? Continuò a premere cercando di trovare il perno giusto. Apriti sesamo, invocò. Sentì un leggero click e la resistenza cedette: sursum corda, il lucchetto si era aperto.

Dentro l'armadietto c'era una pila di CD e DVD. Lesse i titoli: KMFDM, *Revenge!*, *American Horror Story: Piggy Piggy*, *Doom*, *I segreti dei sistemi informatici*, *Come fabbricare un esplosivo micidiale*. La mano di Mirella tastò un pacchettino sul fondo: pesante, in una confezione di carta da regalo; portava la scritta: «x W». Per William Cavati?... Lo soppesò tra le mani, provò a annusarlo.

Un fischiettare nel corridoio, passi che si avvicinavano. Scese precipitosamente dallo sgabello e sedette su uno dei tavoli. Un bidello si affacciò guardandola con aria interrogativa.

«Mi sentivo male» farfugliò Mirella, «passavo in corridoio e ho sentito le gambe cedere, ho dovuto sedermi qui...». In effetti si sentiva mancare, probabilmente la pressione aveva fatto un balzo all'insù. «Mi accompagni in infermeria, per favore».

Lo vide arrivare da lontano, le mani affondate nelle tasche del giacchino e l'andatura tranquilla di chi sembra stia andando a comprare il pane piuttosto che a un rendez-vous segreto. Beppe gli aveva dato appuntamento sulla panchina più scalcagnata del Parco Sempione, lontana dalla gente e dalle videocamere, per rivelargli la tappa successiva da raggiungere separatamente: metrò, autobus e un largo giro a piedi per ritrovarsi poi lì, in quella viuzza semideserta in cui si succedevano piccole tornerie e officine, dominata dagli odori di olio minerale, trucioli metallici e vecchi pneumatici. Le auto sui due lati avevano una patina opaca, come se fossero posteggiate lì da qualche mese.

«Eccoci. Che si fa?».

Beppe gli fece cenno di seguirlo. Arturo Caromanico, detto Artù, era nuovo del CSOVIA: sulla trentina, biondiccio con gli occhi scuri, una carnagione pallida che contrastava con l'aspetto coriaceo del maratoneta. Era stato Beppe a sostenere la sua ammissione al gruppo, durante quattro mesi di accese discussioni per convincere i compagni che il Caromanico era un elemento affidabile e preparato, e che le sue pericolose «devianze» stirneriane erano una posa dovuta alla giovane età piuttosto che un'effettiva adesione all'anarchismo individualista. Cribbio, era sicuro che nessuno dei dodici membri del direttivo potesse vantare una perfetta ortodossia di pensiero e di comportamento. Sapeva che il compagno Casironi ascoltava di nascosto Buddy Holly e Jerry Lee Lewis; che Galimberti custodiva gelosamente una serie di DVD dei musical hollywoodiani da *Aquarius* a *Jesus Christ Superstar*; e che Majna, il più facoltoso di tutti, teneva una Harley Davidson nella rimessa della sua seconda casa in campagna! Ognuno di loro aveva nell'armadio il suo scheletrino dell'imperialismo capitalistico. Del resto, lo stesso Beppe possedeva una folta raccolta di romanzi di fantascienza, imboscata in parte in seconda fila sugli scaffali della libreria di letteratura marxista e in parte in cantina. Perciò, che diamine: non ci poteva stare anche l'ammiratore di uno dei pensatori più sfigati di tutti i tempi?

Procedettero per mezzo chilometro verso sud senza scambiare una parola: Artù seguiva Beppe a qualche passo di distanza, sull'altro lato della strada. Alla fine arrivarono ai margini di un terreno abbandonato, delimitato da una recinzione metallica arrugginita: erbacce alte, macchie di giovani robinie e fitolacche rossastre, che crescevano tra cumuli di laterizi proprio a fianco di un cavalcavia della tangenziale, istoriato da graffiti, sotto il quale stazionava un gruppetto di prostitute di colore.

Beppe passò lentamente lo sguardo su tutta l'area.

«Allora?» chiese il giovane in tono paziente.

«Lo vedi laggiù, quella specie di capannone semidiroccato?».

«Vuoi dire l'*Hangar*?».

Beppe lo fulminò con un'occhiata. Imprecò tra sé, ma con un certo sforzo riuscì a continuare come se niente fosse. «Sì, l'*Hangar*».

«E che ci facciamo a un ritrovo per lo sballo?».

Beppe rifletté, poi disse: «Cerchiamo informazioni su un ragazzo. Leo Vannetti, una cràppa rùggina, mezzo rapato. Vorrei sapere che ci viene a fare qui, che tipi frequenta e così via. Te la sentiresti di...».

Artù lo guardava perplesso e Beppe credette di leggergli nei pensieri: un pensionato che pareva un papón de gèss coi baffoni alla Stalin sarebbe stato preso a sassate non appena qualcuno l'avesse scorto nei paraggi. Damòni, gli ripugnava ammetterlo, ma c'era anche la possibilità che lo scambiassero per un pulotto in borghese!

Per favore, sii prudente! Resta sempre nel vago, che so, di' che sei un cugino che lo sta cercando, oppure che ti deve dei soldi o della roba... Ma Beppe tenne per sé le sue raccomandazioni, perché l'altro aveva già quasi raggiunto la carreggiata di terra battuta che portava al capannone.

Pomeriggio di consigli di classe per Mirella. In Prima E sollevò la questione del bullismo di cui alcune ragazze dicevano di essere state bersaglio da parte di alunni più grandi.

«E tu come lo sai? A quali ragazze ti riferisci?» indagò la prof di religione. Un'antipatica con forme da Fernando Botero e occhialini tondi, sempre seduta in disparte con un sacchetto di cioccolatini accanto al registro. La francotiratrice di tutte le osservazioni di Mirella Cossatti.

Chissà perché ce l'ha così tanto con me, pensò Mirella, mentre le accennava al contenuto dei temi, facendo i nomi di Nancy Turone, di Jessica Landi, di Katia Neri.

«Ah, buone quelle tre oche!...» ribatté l'altra, scartando l'ennesimo cioccolatino e mandandole un'occhiata di derisione da dietro lo spessore delle lenti.

Avesse potuto darle un calcio in bocca, Mirella l'avrebbe fatto volentieri: va' a cà e pettènet! Lei e quel cretino di matematica che aveva rincarato la dose – «Quelle tre zoccolette!» – mettendosi a descrivere dettagliatamente i tatuaggi sulle caviglie che Jessica esibiva e i piercing delle altre due.

«Come hai detto, scusa?» si inalberò Mirella.

«Ma cosa ti scaldi a fare? Mica sono figlie tue...» rise il tecnico di laboratorio di chimica.

Mirella sacramentò tra sé in stampatello maiuscolo, poi con una scusa scappò a fumare in cortile. Era nervosa: nella borsa aveva ancora il pacchetto avvolto in carta da regalo che aveva preso dall'armadietto di Vannetti. Se l'era ritrovato in mano all'arrivo del bidello nell'aula di chimica. L'aveva nascosto nella tasca della giacca, con l'intenzione di rimetterlo più tardi al suo posto, ma la porta del laboratorio, quando era ripassata un'ora dopo, era chiusa. Mirella, oggi l'hai proprio combinata grossa, si rimproverò a mezza voce. Ogni tanto infilava la mano in borsa e tastava il pacchetto, con una certa palpitazione, come per accertarsi che fosse ancora lì.

Nel consiglio di Quarta non andò meglio. La Cavallotti leggeva gli oroscopi su una rivista tenuta aperta quasi a coprire il registro.

«Tu, Cossatti, devi essere uno scorpione» le disse sorridendo.

La frase irritò Mirella, soprattutto perché odiava confessare di esserlo.

«Energica, impaziente... sentimenti forti, idee fisse» snocciolò l'altra. «Questa settimana sta' in campana: tempesta emotiva in arrivo!».

Mirella sbuffò un secco «Mòcchela!». L'altra sbarrò gli occhi commentando piccàta: «Ohé, Cossatti, se ci hai le palle girate, prenditela con qualcun altro!». Bón, mi sono fatta l'ennesima nemica, pensò Mirella sconsolata.

Tentò di portare la discussione generale su Vannetti e Cavati. Trovò un'alleata nella collega di inglese, la Luccherini, che caldeggiò insieme a lei l'intervento dello psicologo del «centro d'ascolto». «Figurarsi! A che servirebbe? Sono due lavativi che hanno solo voglia di scaldare i banchi» ribatté la coordinatrice di classe, dando per conclusa la questione.

Prima di prendere l'autobus per tornare a casa, Mirella fece un salto in bagno. E, chiusa nel piccolo gabinetto, non seppe resistere alla tentazione di staccare un pezzetto di nastro adesivo che chiudeva il pacchetto di Vannetti. Fece attenzione a non rovinare il disegno della carta regalo. Le bastò una sbirciata per sbiancare: soldi in pezzi da cinquanta. Li contò in fretta: circa quattromila euro. Porca l'oca! Le mani le tremavano. Che significava tutto quel denaro? E, soprattutto, come faceva a ridarlo a Vannetti? L'indomani gliel'avrebbe fatto trovare sotto il banco. No, domani era martedì, il suo giorno libero, e lei doveva accompagnare suo padre all'ambulatorio per la dialisi. Sangue de biss, in che pasticcio s'era ficcata a voler imitare Miss Marple... Immaginò i commenti che Beppe avrebbe snocciolato quella sera e si vide già sottoposta a un interrogatorio della polizia: «Commissario, mi creda: non ho preso questo pacchetto con intenzioni ladresche... È stata tutta colpa di un compito in classe...». Per un momento si figurò in gattabùja a guardare fuori dalle inferriate aspettando suo marito che le portava arance e sigarette.

In quel medesimo momento Beppe si sporgeva sopra il tavolino di fòrmica abbassando la voce: «Sei stato bravo, compagno Caromanico» lo elogiò.

Artù espresse tutta la sua modestia piegando il capo, ma si vedeva che dentro di sé gongolava.

«Sul serio. Ma... com'è che conosci l'*Hangar*?» chiese Beppe.

«Mia madre abita in zona» rispose il giovane, accarezzando la condensa sul bicchiere di birra. «Conosco bene il quartiere, discount e farmacie, compreso il circolo operaio dove stiamo adesso: qui, sai, ti servono ancora la spuma...» aggiunse con un sospiro. «Sono l'unico rimasto a Milano».

Beppe smise di girare il cucchiaino nella tazzina: non capiva. Che «l'unico» fosse un riferimento a Stirner?

«L'unico di quattro fratelli che possa far visita a una madre con l'Alzheimer più un discreto numero di altre malattie croniche. Come si dice, sempre innànz-indree».

«Scusa, non sapevo» Beppe allargò le braccia.

Artù lo salvò dall'imbarazzo: «Allora, sono andato dal mio amico Max, che all'*Hangar* ha suonato varie volte: musica acida piuttosto ossessiva, come piace adesso ai pivèlli che lo frequentano. Quel Leo che mi hai descritto – impermeabilone nero e capelli rossi rasati per metà – ha bazzicato spesso il locale nelle ultime settimane» spiegò. «Fa parte di un gruppetto di una ventina di giovanissimi con la testa rasata a metà, maschi e femmine, che si riuniscono nello scantinato dell'*Hangar* ogni venerdì...».

«A far che?».

«Max non lo sa, a parte il nome che si sono dati: "Rimbaud"... Strano no? Il gruppo è segretissimo, eppoi non ci può entrare chiunque: devi essere minorenne e quando compi vent'anni sei espulso».

Beppe era impaziente. Cominciava a dargli fastidio l'atmosfera vinosa del circolo, l'enorme specchio pieno di aloni che alterava la sensazione dello spazio. Per un attimo gli venne alla mente l'immagine di un vecchio film, *L'attimo fuggente*, con sbarbatelli nascosti di notte in una grotta a leggere versi di Whitman e Emerson. «Ma cosa fanno in fin della fiera? Non dirmi che leggono poesie...».

Artù scrollò le spalle: «Non lo so. Max non me l'ha saputo dire, a parte il fatto che il loro motto è "Questo è il tempo degli Assassini". Vedi, giù all'*Hangar* trovi tutte le droghe sintetiche che vuoi ma...».

«Ma cosa?».

«Circolano strane voci: che sono legati da un giuramento; che per restare nel gruppo, almeno fino ai vent'anni, devi compiere una prova. Max ha la sensazione che si tratti di qualcosa di pericoloso, perché i ragazzi del "Rimbaud" gli sembrano tutti stralunati».

Alla parola «sensazione» Beppe sussultò, ricordandosi la discussione con Mirella. «Gli sbarbati di adesso sembrano un po' tutti dei marziani» sospirò.

«Sì, ma al mio amico fanno venire i brividi. E guarda che lui, Max, è un tipo che è abituato alle schifezze di questa periferia: vive con due centrafricani che spacciano e ne ha viste di tutti i colori».

Beppe bevve il decaffeinato e si pulì accuratamente i baffi con uno di quei tovagliolini di velina che non asciugano niente. Non sapeva che pensare. Che il Vannetti si impasticcasse? Che spacciasse a scuola sotto il naso di sua moglie? Era succube del gruppo? E quel Cavati c'era dentro anche lui? Doveva ricordarsi di chiedere a Mirella se William Cavati aveva meno di vent'anni e portava anche lui i capelli rasati a metà... Accidenti. Controllò il suo Zarja da polso e scoprì di avere ancora tempo prima che Mirella rientrasse. Dopo tutto, l'atmosfera del circolo non era poi così male. «Adesso che èmm finii de fadigà... fanno anche da mangiare, qui?» chiese. «Offro io».

Il giovane annuì. «Meglio stare sulla pasta» disse. «Il brasato è piuttosto pesante... Sai, è buffo» aggiunse con un'espressione che a Beppe parve strana: sembrava al tempo stesso divertito, rassegnato e, in qualche modo, orgoglioso.

«Cos'è buffo?» volle sapere Beppe, richiamando l'attenzione della signora dietro il bancone.

«Sai, compagno Isnaghi: anche la madre di Stirner ci aveva una specie di Alzheimer. Lui però non andava spesso a trovarla, in clinica».

Beppe cercò di sorridere, sicuro che sarebbe stata una conversazione lunghissima.

Lunedì 27 ottobre

Aveva il fiatone quando si chiuse alle spalle la porta d'ingresso perché l'ascensore tanto per cambiare era guasto, e quattro piani di scale alla sua età cominciavano a essere impegnativi. Probabilmente era salito dalla cantina un po' troppo in fretta, pensò Beppe, ma adesso non aveva tempo di riflettere sugli effetti salutari di un regolare esercizio fisico. Prese un boccale di kvas dalla cucina e si ritirò nello studiolo per dedicarsi ai libri che teneva sotto il braccio, avvolti in un maglioncino di lana per nasconderli agli sguardi di eventuali ficcanaso sui pianerottoli.

Era una settimana che non riusciva a togliersi dalla testa la breve discussione a proposito di Occam e il suo rasoio; e non poteva neppure dimenticare i sensi di colpa che Mirella si trascinava dietro dopo aver ritrovato il pacchetto di soldi nell'armadietto di Vannetti. «Vedi cosa hai ottenuto giocando a fare l'investigatrice dilettante per seguire le tue "sensazioni"?» l'aveva rimproverata. Lei gli aveva tenuto il muso per due giorni perché il suo alunno non si era più presentato a scuola; finché l'aveva convinta a mettere i soldi in un pacchetto meticolosamente confezionato e spedirli all'indirizzo di casa di Vannetti. Per la verità era stato lui a occuparsene perché, per certe cose, Mirella la faceva un po' troppo facile. L'operazione aveva richiesto guanti di lattice, pulitura di eventuali impronte digitali anche da ogni banconota, etichetta dell'indirizzo stampata a laser, scelta accurata di un ufficio postale molto periferico a cui presentarsi con un plico di altre buste da spedire... Ma quando era ormai tutto pronto, Beppe pensò alla quantità di numeri di riviste a cui era abbonato che si smarrivano negli ingranaggi postali. Se il pacchetto con i soldi avesse fatto la stessa fine, Mirella si sarebbe addossata tutta la colpa. Per qualche ora si era concentrato a elaborare piani sempre più astrusi per riuscire a spedire una raccomandata in modo anonimo, e quando alla fine aveva desistito, aveva esposto il problema via e-mail a Caromanico, in termini molto astratti. «Ghe pensi mì» aveva risposto il giovane. «Ci vediamo al Parco Sempione tra mezz'ora. Porta il pacchetto». Un vero diàol quel ragazzo!... Dopodiché in casa la tensione si era per fortuna allentata, ma non era sparita completamente. E quando Beppe doveva cancellare le «sue» sensazioni sgradevoli, come quelle generate dai battibecchi con Mirella, la soluzione migliore era scendere in cantina, recuperare qualche volumetto ingiallito della collezione di fantascienza e sprofondare per qualche ora nella lettura.

Beppe aprì l'involto e cominciò a sfogliare i libri. In fin della fiera trovava strano che il rasoio di Occam non avesse stimolato tanti scrittori. Molte citazioni ma niente di che, nemmeno dopo il diffondersi della variante del rasoio di Hanlon... Vabbè, *Logica dell'impero* l'avrebbe riletto per primo. Heinlein era un po' troppo di destra per i suoi gusti, ma tanto di cappello al maestro. L'unico romanzo che si intitolasse proprio *Occam's Razor* era di David Duncan, che nella traduzione italiana era diventato un assurdo *Missile senza tempo*; e poi c'era il racconto di Theodore Sturgeon *Il bisturi di Occam*, pubblicato come *Non cremate il presidente*... Beppe avvertì un senso di eccitazione: da quanto tempo non apriva quelle vecchie edizioni? Ah, per ultimo si sarebbe riletto *Neanche gli dèi* del buon vecchio Asimov. Forse c'entrava poco con la questione di Occam, ma l'esplicito riferimento del romanzo alla stupidità umana, contro la quale neppure gli dèi possono farcela, era uno sviluppo interessante. L'inventore delle tre leggi della robotica si era certamente occupato dell'incorreggibile tendenza umana a cercare soluzioni complesse per problemi semplici... Chissà, da qualche parte della sua vasta produzione poteva esserci un altro tipo di rasoio, il rasoio di Asimov... Mmm, sì, gli appunti per la videoconferenza della prossima domenica potevano aspettare qualche altra ora.

La porta dello studiolo ebbe un leggero sussulto e un attimo dopo si spalancò. Beppe contò fino a cinque, annuendo soddisfatto quando vide Sophia balzare sulla mensola d'angolo perché il suo tempismo era sempre perfetto. Si osservarono per un minuto buono, in un'atmosfera sospesa da *Mezzogiorno di fuoco*, poi la gatta si sdraiò tra la foto del figlio Adriano sulla spiaggia – quella scattata con la Ferrania a Milano Marittima: un bambinetto in mutandine col basco cubano del padre che gli cadeva sul naso – e le piccole teche che esponevano medaglie di onorificenze sovietiche, da quella per la «Salvezza dall'annegamento» a quella «Al valore del lavoro». Quella carognetta di Sophia sfiorava gli oggetti con la coda, ritmicamente, ma senza farli cadere: tra loro due era una sfida continua.

Beppe riprese il volumetto di Heinlein per cominciare la lettura, ma il telefono squillò.

«Sono io». Era Mirella. Il suo tono di voce era più nervoso del solito.

«Che cosa succede?» chiese.

«Ascolta...» una pausa. Mirella cercava le parole, non era un buon segno. Anche Beppe cominciò a preoccuparsi.

«Tutto bene?» l'anticipò lui.

«Sì, sì. Cioè no... Volevo solo avvisarti che farò tardi questa sera».

«Riunione fiume?» azzardò, cercando di ironizzare, ma capì subito che non era il caso quando sentì Mirella sospirare dall'altra parte.

«No, il fatto è che sono venuti i carabinieri a scuola...».

Beppe sentì un sudorino freddo lungo la schiena: per il pacchetto di soldi del Vannetti?... Si immaginò i riga-rossa che facevano un'irruzione a casa e una perquisizione approfondita delle cartellette del CSOVIA; ma la visione catastrofica durò un attimo, giusto il tempo che occorse a Mirella per spiegarsi.

«Per via di Leo. Ieri sera ha tentato il suicidio».

«Oh merda». Beppe era sconcertato. «E...?».
«È salvo. L'hanno preso in tempo, grazie a un vicino che si è accorto subito della situazione. Adesso è in ospedale. Verso sera, quando termino le riunioni a scuola, vado a fargli una visita. Vorrei rendermi conto personalmente delle sue condizioni, sai, comprendere le motivazioni del suo gesto».

Questa volta fu Beppe a sospirare, sollevato. Forse sarebbe stato meglio aspettare un paio di giorni prima di far visita a quel ragazzo, ma Mirella l'era una cràppa dura: impossibile farle cambiare idea. Se ci avesse provato, lei l'avrebbe seccamente mandato a ciappà i ratt, proclamando che un'insegnante non esauriva il proprio dovere tra le pareti di un'aula; e non si poteva in alcun modo darle torto. «Capisco. Mi dispiace» disse in tono sincero.

«Adesso devo andare. Mangerò qualcosa fuori... Per favore, non voglio sapere quale specialità russa ti preparerai, oggi non è giornata». Mirella riagganciò.

Beppe restò per qualche istante con la cornetta in mano, pensieroso. Poi annuì e decise di tornare alla sua fantascienza: l'avrebbe aiutato a rilassarsi e...

Ricetta russa? Ma quale ricetta russa! Maccheroni al gorgonzola con un filo di panna!

Per tutto il pomeriggio Mirella aveva seguito le riunioni con disattenzione, ripensando all'ultima volta che aveva visto Vannetti, il lunedì precedente, davanti al foglio vuoto del suo tema. Quando mercoledì era rientrata dopo il giorno libero, Leo era assente, e da quel momento non si era più fatto vivo. Inutile ogni tentativo di indagarne i motivi: il suo amico William Cavati, con la stessa cera malmostòsa di sempre, aveva dichiarato di non saperne niente... Stamattina il maresciallo dei carabinieri – un tipo cortese, belloccio, sui quarantacinque anni, accento veneto – le aveva spiegato che il Vannetti aveva tentato di tagliarsi le vene con un coltello da cucina.

Il lavoro delle commissioni procedeva a rilento, con commenti indignati sulle tesi dei carabinieri che, dopo aver riunito i membri del consiglio di classe di Quarta B, avevano affermato di avere il sospetto che si trattasse di un'istigazione al suicidio nata tra un gruppo di ragazzi che frequentavano l'istituto. «Impossibile!» era stato il commento all'unisono del preside e della coordinatrice: l'istituto era un eden di convivenza civile tra studenti modello, un'oasi di pacifico multiculturalismo, blabì e blablà. Una parola come bullismo non era contemplata nel loro vocabolario, ergo non era un fatto reale. Altro che don Ferrante e la peste, pensò Mirella sconsolata, mentre seguiva le geremiadi dei colleghi, chiusa in un mutismo distratto. La Cavallotti, che forse per la sua frequentazione della pagina degli oroscopi si piccava di conoscere i meccanismi psicologici più del dottor Freud, sproloquiava sulla depressione amorosa del Vannetti: «Lo sanno tutti che si è lasciato con la Katia Neri, quella stronzetta di Prima E...» e quell'anima bella della prof di religione, ingozzandosi di cioccolatini, le aveva dato ragione... Ma cosa ne sapeva quella vecchia cicciona? Certa gente la parla soltanto perché ha la lingua in bocca, borbottò mentalmente Mirella. Le venne in mente l'immagine del personaggio dickensiano dell'anziana signorina Lavinia, ritenuta un'autorità in fatto di cuori perché era incorsa trent'anni prima nel sospetto che un tale fosse stato innamorato di lei...

Uniche voci discordanti, la sua e quella della Luccherini. Fu proprio la collega di inglese che, finite le riunioni, diede un passaggio in auto a Mirella fino all'ospedale.

Qui però erano ormai le diciotto passate. Mirella faticò a individuare il reparto dove Leo era ricoverato, ma non glielo fecero visitare perché era ancora sotto sedativi. Si stupì di non trovarci i genitori: sapeva che erano separati, ma che non fossero accanto al figlio la lasciò senza parole, anzi le aumentò la rabbia che aveva covato per tutto il pomeriggio. Stava per andarsene quando si imbatté in Jasmine Caffaro, la sua alunna di Terza C: sedeva in un corridoio laterale mangiucchiandosi le unghie. Fu da lei che Mirella venne a sapere che a Vannetti quell'estate era morta la mamma e che il padre in quel momento era in Algeria per lavoro.

Uscirono insieme dall'ospedale e Mirella invitò la sua alunna a prendere qualcosa in un bar vicino. Jasmine si lasciò convincere facilmente: era più pallida del solito e si capiva che aveva pianto.

Seduta a un tavolino d'angolo, davanti a uno spritz – la ragazza aveva invece optato per una cioccolata calda – Mirella tacque a lungo, guardando l'allieva come se aspettasse qualcosa. Ricordò una poesia che l'anno prima Jasmine aveva composto per un piccolo concorso letterario indetto tra gli alunni: raccontava di una ragazza sola nella notte, aspettando un autobus per l'Orsa Maggiore... Come al solito portava i capelli mezzo rapati tinti di blu e aveva le labbra dipinte di nero, il che le dava un'aria buffa, vagamente clownesca.

Finalmente Jasmine aprì bocca: «Lo sapevo che Leo stava finendo male, era troppo...» lasciò la frase a mezzo.

«È sempre stato un po' chiuso» annuì Mirella.

«Sì, lunatico, ma nelle ultime settimane era diverso: aveva dei momenti di brutalità che non gli avevo mai visto prima. Ha perfino picchiato un tizio, un marocchino, fuori dalla scuola».

Mirella indagò cautamente: «Che cosa gli è successo? Tu che lo conosci bene...».

«Prof, io non glielo posso dire. Se parlo, se la prenderanno con me!».

«Chi?».

La ragazza serrò le labbra e girò il viso verso la finestra, come se temesse che qualcuno la spiasse.

Mirella ebbe un'intuizione: «Si tratta del gruppo "Rimbaud"?».

Jasmine si voltò di scatto, sgranando gli occhi. Sussultava. Fece segno di sì con la testa.

Ma certo, come aveva fatto a non capirlo prima? Anche Jasmine aveva la testa rapata a metà.

«Non posso parlare, prof. Vorrei, ma non posso...» si torceva le mani.

«Forse è l'unico modo per salvare Leo. Gli vuoi bene?» chiese Mirella. Fissava la testa mezzorapata di Jasmine, infossata nelle spalle: sembrava sopraffatta dalla stanchezza. Poi all'imprevista la ragazza, facendo scrocchiare le lunghe dita coperte di anelli, iniziò a parlare.

Martedì 28 ottobre

Beppe si rassegnò a aprire gli occhi. Sapeva che per quanti sforzi avesse fatto, non sarebbe più riuscito a riaddormentarsi. Tuttavia era troppo presto per cominciare la giornata: le levatacce gli toglievano le energie e, soprattutto da quand'era in pensione, la prospettiva di ritrovarsi a ciondolare per casa fino all'ora di pranzo senza combinare niente lo convinse a restare a letto. Provò a concentrarsi sulla luce che filtrava a segmenti dalle tapparelle della camera, una soluzione che di solito riusciva a rilassarlo.

La sera precedente Mirella era rientrata molto tardi. Aveva mangiato qualcosa direttamente dal frigo, in piedi, pronunciando a stento qualche parola. Beppe conosceva bene quell'atteggiamento e sapeva che se le avesse fatto delle domande avrebbe solo aggravato la situazione. E poi a star zitti non si sbaglia mai... Mirella doveva sfogarsi, glielo si leggeva negli occhi arrossati e sulle labbra serrate, ma aveva deciso di farlo solo quando lui l'aveva raggiunta a letto, tenendolo sveglio per buona parte della notte. Gli aveva raccontato dei carabinieri a scuola, delle condizioni di Leo, a cui aveva fatto seguito una sfuriata contro l'atteggiamento di

molti suoi colleghi, preoccupati soltanto delle ripercussioni negative sul buon nome della scuola: «L'unica realtà che li tocca è quella dell'open day di dicembre, quando la scuola si mette in vetrina per le famiglie dei futuri allievi!»...
Due puntini brillanti distrassero Beppe per un attimo: gli occhi di Sophia, che accoccolata sulla poltroncina d'angolo aspettava pazientemente la prima colazione, ma lui la ignorò. Pòer nun! Che razza di mondo, rifletté con un sospiro sconsolato: ragazzini fragili che giocano a fare i duri; atti di violenza gratuita – contro altri o contro se stessi – richiesti come rito di iniziazione; espulsione dal gruppo a vent'anni come se quell'età rappresentasse il limite invalicabile delle energie vitali e mentali...
Ripensando alle parole di Mirella sulla «realtà», gli tornarono alla mente tutte le volte che l'avevano deriso per il suo amore per la fantascienza, come se si trattasse di una comoda maniera di evadere dal mondo reale. Accuse stupide a cui aveva sempre risposto con una scrollata di spalle, perché le parole sarebbero state inutili, vacca bòia! Chi sarebbe tanto pazzo da voler vivere nei mondi creati da Farmer o da Philip Dick? Oppure nell'inferno cyberpunk? Mah, che andassero a scoà 'l mar! Ché invece erano proprio gli scrittori di fantascienza a dire le parole più chiare sull'agire umano: come il caro vecchio Asimov quando spiega che la violenza è l'ultimo rifugio degli incapaci...
Beppe si passò una mano sul volto. Al suo fianco Mirella dormiva come un macigno, la bocca socchiusa e i

capelli sparsi a raggiera sul cuscino. Lasciamola dormire, si disse, tanto al martedì lei non aveva lezioni... Era contento che sua moglie fosse riuscita a convincere Jasmine a sporgere denuncia, ma al tempo stesso provava compassione per quella ragazzina: di sicuro i compagni di scuola si sarebbero affrettati a farle terra bruciata tutt'intorno, lasciandola sola. Merda. Era ora di alzarsi.

Uscì silenziosamente dalla camera da letto e andò a piazzarsi davanti al computer nello studiolo. Una volta il compagno Caromanico gli aveva parlato di una sua cugina che faceva l'avvocato, una di quelle toste che rinunciano alla parcella pur di ottenere giustizia... Forse era la persona ideale per Jasmine.

Beppe diede un'occhiata allo Zarja e fece spallucce, tanto sapeva che Caromanico leggeva le e-mail in tempo reale. Dopo si sentì meglio: quand l'è fàda, l'è fàda.

Sul tavolo prima di cena stava ancora la *Matinée d'ivresse* di Rimbaud, che Mirella quel mattino aveva letto e riletto, cercando di capire cosa potesse spingere un gruppo di ragazzi a darsi come scopo un atto di violenza gratuito... La sera precedente era venuta a sapere che i soldi nell'armadietto servivano al Vannetti per una pistola con cui compiere un gesto eclatante: «perché questa settimana era il "turno" di Leo» le aveva spiegato Jasmine. E il suo amico William Cavati, visto che Leo aveva scelto di usare una pistola, si era assunto l'incarico di metterlo in contatto con due tizi che bazzicavano l'*Hangar*, disponibili a procurargliene una e a farla sparire dopo l'uso... Un «disturbo» che ovviamente aveva un costo. Perciò la scomparsa dei soldi dal suo armadietto aveva sconvolto Leo. Alla riunione del gruppo «Rimbaud», il venerdì, aveva tentato di giustificarsi: niente soldi, niente pistola, niente entrata ufficiale nel gruppo. Gli altri a maggioranza non gli avevano creduto, anzi minacciavano di espellerlo: il «turno» era indifferibile. Eccosì, per un distorto senso dell'onore, a Leo non era rimasta altra alternativa che tagliarsi le vene... Certo, se il pacchetto coi soldi fosse stato recapitato a Leo più in fretta, lui non sarebbe stato messo sotto accusa dal suo gruppo; ma sarebbe entrato in possesso di un'arma con cui... Mirella rabbrividì.

Mentre rimetteva il volumetto di Rimbaud al suo posto nello scaffale dedicato agli scrittori francesi, ritrovò un altro libro che non toccava da tanto tempo: *Il muro* di Sartre, un vecchio tascabile sulla cui copertina una mano unghiuta si alzava quasi implorante dentro una stanza-scatola. Se lo rigirò tra le dita e lo aprì a caso alla pagina in cui Erostrato rivela di stare per uccidere una mezza dozzina di sconosciuti: solo sei, perché la sua pistola ha soltanto sei cartucce... La fine della compassione, dell'empatia: «Questo è il tempo degli Assassini», come prediceva Rimbaud. Storie ormai comuni di violenza assurda, come quella degli assassini nei college statunitensi, nei paradisi norvegesi, in un normale istituto per periti chimici della periferia milanese. «E ne spunteranno altri» disse Mirella tra sé: scrittori e poeti già l'avevano preannunciato, ma nessuno ci aveva fatto davvero caso.

L'orologio segnava le diciannove passate, quando buttò la pasta. Si sentiva stanca: aveva trascorso il pomeriggio con Jasmine. Il fatto che la ragazza si fosse convinta a incontrare l'avvocata la rasserenava in parte: forse qualche speranza c'era per Jasmine e per Leo, che oggi, a detta dei medici, era migliorato. La bomba di violenza rappresentata dal «gruppo Rimbaud» non era ancora disinnescata, ma lo sarebbe stata presto. O perlomeno Mirella lo sperava. Anche se magari qualche altro ragazzo rabbioso e deluso ci avrebbe riprovato altrove... Cercò di ripensare alla propria adolescenza, a quel grumo di ferocia che a quel tempo era stata la sua mente e quella dei suoi coetanei: il diavolo in corpo e qualunque fine sentito come buono, purché scioccante. E quanti amici aveva visto perdere la strada tra trip di droghe e derive terroristiche...
Fumò una sigaretta dietro l'altra guardando dalla finestra il quartiere dormitorio: insegne al neon di due kebab, antenne paraboliche, internet point per latinos e magrebini, lucine azzurre di televisori accesi, il viale strapieno di auto posteggiate, il cielo come al solito senza stelle. Scolò le orecchiette, le condì con pomodoro e basilico e, alla porta dello studiolo, annunciò: «In tavola!».

Cenarono quasi in silenzio, ognuno dei due a suo modo provato dalla stanchezza della giornata.
«Non parli?».
«Se parli a fà? Tant te me scóltet nò!».
Dopo il decaffeinato, fumarono insieme un'altra sigaretta davanti alla finestra aperta della cucina, te-

nendo sulle spalle i gilet imbottiti perché ormai faceva freddo. In cortile videro passare una coppia di anziani coinquilini agghindati a festa, che come tutti i martedì alle ventuno andavano alla scuola di tango del quartiere.

«Quei due non s'immaginano neppure cosa nasconde la città dietro l'angolo» commentò Mirella.

Beppe sospirò: «Molti non vedono quel che sta succedendo in questa città. Altri non capiscono quello che vedono».

«La stupidità umana cresce con l'età».

«Ohé, Mirella, parla per te!» sbuffò Beppe.

Francesco Recami
Il mostro del Casoretto

Non si riusciva proprio a capire perché Gianmarco andasse male in italiano scritto. La sua pagella era più che discreta, 7 in storia, in scienze, addirittura 8 in matematica, ma ai temi in classe prendeva sempre 4. La prima a stupirsi era la sua professoressa di italiano, che non si capacitava di come mai Gianmarco Giorgi, Seconda D, scuola secondaria di primo grado, cioè scuola media, le consegnasse quei temi incredibilmente brevi, di solito mezzo foglio protocollo, assolutamente sotto il minimo sindacale, del tutto privi di idee, di una qualsiasi esposizione, di coerenza, ma nonostante ciò pieni di un numero sproporzionato di errori di sintassi, di consecutio, di grammatica, e anche, gravissimo, di ortografia. Eppure all'interrogazione sulle origini della lingua italiana se l'era cavata bene, aveva studiato, si esprimeva con proprietà di linguaggio. Ma come era dunque possibile?

Che si trattasse di un blocco psicologico, di una sorta di rifiuto inconscio per la scrittura? Sembrava che lo facesse apposta. Ma non poteva essere, lui sembrava impegnarsi, fino a consumarsi, mentre scriveva il tema. Nell'ora a disposizione era teso, sudava, si guardava intorno, cercava di raccogliere le idee, ma nulla, alla fine consegnava la sua mezza paginetta, resa illeggibile da mille cancellature e ripensamenti. Alla professoressa dispiaceva, ma non poteva che dargli 4. Se gli avesse dato di più, per incoraggiamento, tutta la classe sarebbe insorta, si sarebbero scatenate furiose polemiche rivendicative, e lei avrebbe dovuto dare 6 al Minghelli, che non meritava più di un 4 e mezzo, 5 meno meno, ma che almeno era coerente, andava male in tutte le materie e non studiava mai.

La faccenda fu comunicata alla madre di Gianmarco, la signora Donatella, una donna un po' consunta e assai provata dalle vicende matrimoniali: suo marito, seriamente alcolizzato, l'aveva in questa fase lasciata sola, impegnato in una improbabile disintossicazione. Donatella sapeva delle difficoltà del figlio in italiano scritto, ma non aveva molto tempo e risorse per dargli una mano, né per capire il come e il perché. Gianmarco sapeva solo dire: «Mamma non riesco, non è colpa mia, vado in crisi».

Così Donatella si decise a chiedere una mano alla ex professoressa Mattioli, che viveva nello stesso condominio di ringhiera dove abitava la famiglia Giorgi, che oltre a Donatella e Gianmarco era composta da Margherita, 8 anni, quarta elementare, che scriveva temi assai migliori quantitativamente e qualitativamente del fratello maggiore. Una volta gliene aveva anche passato uno, ma Gianmarco nel copiarlo era riuscito a infarcirlo di errori. «Un po' infantile ma vedo miglioramenti nell'ideazione, non è che ti ha aiutato qualcuno? C'è un punto di vista femminile che non mi quadra...» aveva commentato la professoressa.

Angela Mattioli invece, che aveva insegnato alle superiori diversi anni addietro e che non aveva un'idea precisa del livello di un alunno di seconda media, si era dichiarata disponibile: quel pomeriggio alle tre ci fu il primo incontro, a casa Giorgi, in cucina. Lei, tanto per farsi un'idea, chiese a Gianmarco di scrivere qualcosa sull'ultimo libro che aveva letto.

«Qual è l'ultimo libro che hai letto?».

«Mmm, quello, quello con la copertina gialla, quello del ragazzo ebreo che ha un amico ricco...».

«Vuoi dire *L'amico ritrovato*?».

«Sì, quello».

«Benissimo. Scrivi qualcosa su che impressione ti ha fatto, non è che devi fare una scheda libro. Quello che ti pare». Gianmarco cominciò a sudare.

Angela lo lasciò solo, doveva stendere il bucato, tornò dopo quaranta minuti. Gianmarco le consegnò un foglio spiegazzato e stazzonato, pieno di cancellature e ripensamenti.

Il risultato era il seguente.

«Nella germania degli anni Trenta, due ragazzi sedicienni frequentano la stessa scuola elusiva. Luno è figllio di un' medico ebreo, laltro è di ricca famiglia aristocratica. Tra loro nascie un amicizia del cuore, un intesa perfetta e magica. Un anno dopo, il loro legame è spezzatto. L'amico ritrovato è apparso nel 1971 negli Statiuniti ed è poi stato publicato in inghilterra, francia, olanda, svezia, norvegia, danimarca, spagnia, germagna, israele, portogalo. Introduzione di arthhur koestler».

Non era altro che la prima scheda che si trova sul web, ma pesantemente modificata. Angela era sbigottita. «Ma come è possibile? Sei riuscito a fare un sacco di errori nonostante tu l'abbia copiato? E gli apostrofi? Perché li hai tolti tutti?».

«La prof dice che ne metto sempre troppi... allora decidetevi...».

«E le maiuscole? Dove sono finite?».

Gianmarco era avvilito. Per evitare che la Mattioli si accorgesse che aveva copiato aveva fatto qualche modifica, e inserito errori supplementari, oltre a quelli normali di copiatura.

Si mise a piangere. Giurava che aveva come un blocco, tutte le volte che doveva scrivere qualcosa, specialmente un tema. Gli veniva la nausea, si sentiva male e la testa gli andava in confusione, si paralizzava.

Ora la ex professoressa non è che avesse intenzione di tramutare il suo amichevole aiuto in una consulenza psicopedagogica, d'altronde non ne aveva le competenze e i titoli, e inoltre mica aveva intenzione di chiedere un euro a Donatella. Ma si rese conto che il problema era più serio di quello che aveva pensato.

«Be', domani cambiamo registro, non ti lascerò solo mentre scrivi il tema. Bisogna che tu ti calmi, non ci vuole niente a fare un tema, basta solo esercitarsi un po', e io sono qui per questo. Partiremo dall'ABC. Adesso fai gli altri compiti». Detto questo se ne andò.

In quel momento arrivò Margherita che usciva da

scuola alle tre e mezza. Era tutta eccitata. Aveva qualcosa da raccontare.

«Voi non avete idea di che è successo a scuola!».

Gianmarco era rimasto immobile e provato, con la testa fra le mani e i gomiti appoggiati sul tavolo.

«Che è successo?».

«È venuto un pedofilo!».

«Cosa? Un pedofilo? Ma sei scema?».

Donatella dall'altra stanza orecchiò la parola «pedofilo» e corse in cucina. Margherita, in estasi da protagonismo, iniziò a raccontare. Ebbene, l'episodio era grave. Valentina, una sua compagna di classe molto carina, con i riccioli biondi, era stata avvicinata fuori dalla scuola da un signore anziano che le aveva offerto le caramelle e le aveva chiesto se era sola. Lei gli aveva detto che sì, era sola, perché la mamma era in ritardo. Allora il pedofilo le aveva proposto di accompagnarla da qualche parte, e che le avrebbe mostrato «Il Pirellone».

Da qui in poi Margherita non fu molto chiara, e la colpa non era soltanto sua. Secondo la versione ufficiale che si era diffusa come una marea nell'Istituto Scolastico Santa Maria delle Sconsolate, pareva che il pedofilo avesse condotto Valentina in un angolo buio, e le avesse fatto vedere il pisellone grande. Poi le aveva offerto un lecca lecca... per fortuna in quel momento erano arrivati altri bambini e altra gente... il mostro si era dileguato...

Valentina, probabilmente perché terrorizzata o minacciata dal vecchio affinché tenesse la bocca chiusa, a casa non aveva raccontato niente, ma la mattina dopo, a scuola, ne aveva parlato con la sua amica del cuore, tale Martina, scongiurandola di non spifferare il suo segreto. Anche Martina aveva fatto lo stesso con Chiara, l'altra sua migliore amica, e così via. In breve in classe l'argomento era sulla bocca di tutti i bambini: alcuni, evidentemente catechizzati da genitori e parenti, si facevano un vanto di sapere benissimo che quello era un signore pedofilo e che i pedofili attraggono i bambini con le caramelle e i lecca lecca per poi fare il sesso con loro e alla fine ucciderli, seppellirli o anche mangiarli.

«Il mio nonno dice che ai pedofili bisogna tagliare il pisello».

«Il mio papà dice che ci vuole la pena di morte».

Questo dicevano i bambini nella terza elementare, sezione A.

Donatella rimase sconvolta dalla notizia. E se fosse accaduto a sua figlia? Ripensò al fatto che proprio il giorno prima Margherita era rimasta sola fuori dalla scuola, perché lei era bloccata in mezzo al traffico dalle parti di Cormano, e che aveva dovuto cercare qualcuno che si prestasse ad andarla a prendere... dopo un giro di telefonate fortunatamente aveva trovato il Consonni, il quale gentilmente aveva sospeso il sonnellino per correre alla scuola di Margherita.

Amedeo Consonni era il «fidanzato» della professoressa Mattioli, un placido pensionato di sessantasei anni, per quaranta dei quali aveva fatto il tappezziere, inquilino dell'appartamento 8 della stessa casa di ringhiera.

Consonni si era subito recato alla scuola per prendere la bambina, ma aveva dovuto aspettare un'ora perché la classe di Margherita usciva dopo, Donatella si era evidentemente confusa. Ma quest'ultima, una volta rientrata a casa, era preoccupatissima del fatto che Consonni e sua figlia non fossero ancora arrivati. E se hanno avuto un incidente? Ma come, a piedi? E se li hanno messi sotto? Per fortuna alle cinque erano arrivati sani e salvi.

In mezzo a tutte queste preoccupazioni ci mancava anche la comparsa di un pedofilo. E la storia del lecca lecca? Veramente rivoltante.

Donatella chiamò Marta, la madre di Giada, amica del cuore di Margherita, e rappresentante dei genitori, di solito informatissima, che le fornì un quadro più completo.

In effetti il fatto era accaduto davvero. Presto la voce era giunta alle insegnanti: queste si erano subito riunite, era una situazione di emergenza. Oddio, un pedofilo fuori dalla scuola, che peraltro era anche un istituto gestito da religiose! Che fare? Avvisare la polizia? Per prima cosa erano stati avvertiti i genitori di Valentina, i quali rapidamente avevano raggiunto la scuola, per sincerarsi delle condizioni della figlia.

All'ora dell'uscita tutti sapevano dell'accaduto: si erano formati capannelli, c'era sconcerto e rabbia, qualcuno faceva la voce grossa, l'importante era reagire immediatamente, organizzarsi, difendersi e difendere i bambini dalla minaccia. Valentina era stata ricondotta a casa, scortata da una mezza dozzina di persone...

La notizia che nel Casoretto si aggirava un «mostro» che adescava le bambine si diffuse velocemente nel quartiere.

Tutti ne parlavano, tutti ne sapevano qualcosa, non in pochi avevano visto aggirarsi personaggi sospetti attorno alle scuole. La circostanza veniva messa in connessione con innumerevoli fatti di cronaca, molestie a bambine, ragazzine scomparse e mai più ritrovate, nei bar non si parlava d'altro.

«E la polizia che fa? Dorme?».

«E che vuoi che faccia? E poi anche se lo prendono, sai che succede? Lo tengono isolato in carcere, lo proteggono perché se no gli altri carcerati lo spellano vivo, poi lo mettono in un istituto a spese dello Stato, cioè nostre, e lo curano come un malato di mente. Dopo due anni lo mandano a casa e lui può ricominciare da capo...».

«Ah, se dipendesse da me, quella gente sarebbe messa nella condizione di non nuocere...».

«Ma per avere questo risultato c'è una soluzione sola...».

«È quello che penso anch'io...».

«È tutta colpa della televisione...».

«Milano non è più Milano, quando non c'erano tutti questi negher queste cose non succedevano...».

«Ma quel pedofilo lì non è mica un negher...».

«Non importa, non succedevano lo stesso...».

«Adesso non buttiamola in politica...».

«Eh già, tanto adesso i bambini li danno anche alle coppie di culattoni. E cosa se ne fanno due culattoni di un bambino?».
«Guarda, non ne parliamo che mi ribolle il sangue...».
«Se aspettiamo la polizia... dovremmo organizzarci noi, sorvegliare tutte le strade...».
«Be', adesso devo andare...».
«Anch'io...».
«Rob de matt».

Alcune persone anziane che si aggiravano per i fatti loro nei pressi delle scuole cominciarono a essere guardate con sospetto. A quanto pareva il pedofilo portava un impermeabile grigio, la classica tenuta da esibizionista o da violentatore di bambine.

La voce giunse naturalmente anche a Consonni, il quale non era riuscito a disintossicarsi, per quanti tentativi avesse fatto, dalla sua mania per i fatti criminosi. Era una passione del tutto innocua, per un uomo così pacifico, fatto sta che nel suo elegante appartamento da ex tappezziere le belle librerie di noce erano stracolme di classificatori, rivestiti di preziosi scampoli di seta, pieni di ritagli di giornale sui delitti commessi in tutt'Italia da vent'anni a questa parte, con una particolare attenzione alla Lombardia. E questa sua passione negli ultimi mesi non aveva mancato di metterlo nei guai, per questo aveva giurato a se stesso e soprattutto ad Angela di liberarsi del suo archivio e di non andare a mettere il naso sulle scene del crimine in provincia di Milano, come gli era, purtroppo, capitato.

Ma Consonni non poté resistere alla tentazione di andare a dare un'occhiata sul posto, davanti alla scuola, tanto per sgranchirsi le gambe.

Vicino al portone dell'istituto si vivevano momenti concitati, molti genitori erano impegnati in accese discussioni, erano presenti anche un paio di guardie giurate dotate di grosse pistole. Consonni si avvicinò per origliare se ci fosse qualche novità. A quanto pareva in mattinata due agenti di polizia, un uomo e una donna, erano passati dalla scuola per parlare con gli insegnanti ed avere informazioni. Venne fuori che non era la prima volta che si verificavano dei casi del genere, vennero svolti rapidi accertamenti. I due agenti vollero parlare anche con la bambina. Non era noto il risultato dell'interrogatorio, ma era noto che una cosa del genere era inammissibile: far parlare una bambina di un episodio così scabroso, risvegliando in lei il trauma e l'orrore. E alla fine gli agenti se ne erano andati senza fare assolutamente niente, senza stabilire strategie, senza sbottonarsi, come se nulla fosse successo. Gli animi erano sovreccitati, contro le forze dell'ordine.

Che roba, pensava Consonni, col suo cappello di feltro a tesa stretta. Tutta quella gente che sbraitava, ma che cosa era successo veramente?

A poco a poco la scena si spopolò, genitori e figli se ne tornarono a casa, solo i più animosi restarono a discutere. Poi accadde il fatto saliente: dalla scuola uscì la bambina, che indossava degli enormi occhiali da sole con lenti scurissime, tenuta sottobraccio da madre e padre, e da due insegnanti, come fanno i guardaspalle di una rockstar. A quel punto le guardie giurate li affiancarono, prendendo in carico la piccola fino alla macchina. L'auto dei genitori della vittima stava per partire, dietro di loro la FIAT Punto della sicurezza privata.

Mah, pensò il Consonni, meno male che volevano tranquillizzare la bambina. Così la terrorizzavano ancora di più. Ma evidentemente ad essere sconvolti erano soprattutto i genitori.

Pensava a che cosa avrebbe potuto fare lui per aiutare nelle indagini. Be', sicuramente tenere gli occhi aperti, guardarsi in giro, ma i tempi erano cambiati. Non è che i criminali di oggi ce l'avevano scritto in fronte, come una volta. I criminali attuali erano subdoli, magari sotto la superficie dell'apparenza di una persona tranquillissima e fidatissima si nascondevano orrori indicibili, chi ci capiva più niente? Eppure, come poteva venire in mente a persone normali di attrarre una bambina di otto anni?

Magari a casa avrebbe spulciato un po' il suo archivio di crimini. In effetti non si era mai occupato direttamente di pedofilia, solo nei casi in cui tale comportamento sessuale era legato ad altri reati, come l'omicidio.

Decise di avviarsi verso casa, ma si perse il meglio, perché non poté assistere all'episodio che avvenne subito dopo la partenza dell'auto sulla quale era Valentina. La bambina, da dentro la macchina, aveva indicato qualcosa o qualcuno. I genitori in piena agitazione le avevano chiesto conferma, e lei aveva annuito con decisione.

L'auto si era fermata all'istante, e così dietro quella dei Security Men. Poi entrambe erano ripartite, a bassa velocità. Il padre si era messo istantaneamente al telefono, la madre alla guida scrutava il marciapiede con occhi di falco. Poi il marito aveva detto alla moglie di accostare. Era sceso.

«Andate a casa, ti chiamo fra poco».

Nella corte della casa di ringhiera Luis De Angelis, anni 83, appartamento 5, era come al solito impegnato nella manutenzione della sua BMW Z3 roadster 3.2 24 valvole color argento. Quest'oggi l'obiettivo erano i cerchi in lega, che donano gran prestigio alle auto sportive ma che tendono a sporcarsi e a scurirsi, soprattutto per la polvere creata dai freni al carbonio.

Il Luis era attrezzato di tutto punto. Prodotti detergenti appositi, carte abrasive di almeno otto gradazioni, una mola telata applicata sul suo trapano Bosch. Ebbe un bel da fare per portare la prolunga da casa sua fino alla corte della casa di ringhiera, in modo da azionare il trapano.

La prima fase era quella della pulizia: ci sarebbe voluta la idropulitrice ma il De Angelis non ne disponeva. Si arrangiò con uno straccio intriso di uno specifico detersivo a Ph acido, senza dimenticare di indossare i guantini di lattice, ormai la sapeva lunga.

Nel momento in cui salutò il Consonni che rientrava era all'inizio della fase di lucidatura, quella con la carta abrasiva a grana 120.

«Non sarà troppo?» disse Luis alla vettura. «Non è che

io e te facciamo come l'altra volta, che poi son venuti fuori i graffi sul paraurti?». La BMW restò impassibile.

Il De Angelis mantenne fede con rigore alle istruzioni, passò a carta abrasiva di gradazione sempre più fine, 500, 600, 1.000, 1.500. Il risultato fu eccellente, ma ancora c'era da lavorare con la mola telata.

Infine ci sarebbe stato da ripulire con acqua e aceto, e passare col panno il prodotto lucidante.

«Ho seguito quell'uomo fino a casa, ho scoperto dove abita».
«E dove sta?».
«Nei paraggi, a dieci minuti dalla scuola».
«Ah, e chi è?».
«Ancora non lo so, ma so l'indirizzo preciso, ho visto la porta del suo appartamento, non c'è il campanello né la targhetta, c'è lo Zani a sorvegliare».
«Che facciamo, chiamiamo la polizia?».
«Per il momento direi di no».
«E adesso che stai facendo?».
«Aspettiamo che quello faccia una mossa».
«Va bene, ci sentiamo dopo».
«D'accordo».

Gianmarco era in cucina che aspettava terrorizzato la professoressa Mattioli, con a disposizione due fogli protocollo, tre penne e una matita appena appuntata.
«Buongiorno Gianmarco, eccoci qua».
Angela voleva mettere il bambino a suo agio. Gli aveva portato dei biscotti, lui ne addentò uno per educa-

zione, ma aveva la bocca dello stomaco irrimediabilmente chiusa.

«Che tipo di temi vi dà la vostra professoressa?».

«Mah, non so, ce ne dà due o tre a scelta».

«Per esempio?».

«Eh, guardi, me li sono scritti qui, perché non me li ricordo».

Lesse.

«"Etica, tomismo e allegoria nella Divina Commedia", oppure "Lirica e lingua in Cielo d'Alcamo", "Le stesure della Gerusalemme: aspetti e problemi"».

«Ma come, in seconda media? Mai niente di più semplice e attuale?».

«Sì, ci dà anche un tema sulla Costituzione italiana. Per esempio: "Articolo 5, genesi storica e smentite politiche"».

«Vabbè, vabbè, oggi faremo qualcosa di molto più facile, ti devi sentire tranquillo, ti devi sbloccare, non avrai nessun voto e non devi cercare di scrivere chissà che. Il tema è banale, ma importante. È il seguente, prendi nota: "Che cosa vedo dalla mia finestra"».

Gianmarco era allibito, quello era un tema da scuole elementari: «Ma come... ne è sicura?».

«Sì, devi solo scrivere che cosa vedi dalla tua finestra, senza inventarti niente. Se vuoi puoi anche materialmente affacciarti e riferire. Niente di più».

Gianmarco si pose angosciato di fronte alla finestra di cucina: «Vai, vai tranquillo, scrivi quello che vedi».

Il ragazzo dette un'occhiata nella corte della casa di ringhiera, poi si ingobbì sul foglio e scrisse:

«Dalla mia finestra, che poi non è la mia perché in cameretta la finestra è piccolissima e in alto, e non ci arrivo, questa è quella di cucina, vedo macchina del signor luis, che è una spider argentata. Vedo anche il signor luis che sta lucidando le ruote con la cera e un panno. Vedo la signorina matteiferri che guarda da dietro la finestra, qualche volta guarda anche verso di me, poi gira la testa quando si accorge che la guardo. Adesso vedo il signor consonni dell'appartamento 8 che esce di casa. Esce tutti i pomeriggi per andare a prendere il suo nipote, un bambino che si chiama enrico che è molto sveglio. Adesso non succede niente. È cominciato a piovere e il signor luis se ne è tornato dentro casa tutto arrabbiato. Adesso vedo i peruviani che stanno rientrando in casa. Sono due grandi e due piccoli. I bambini peruviani sono dei teppisti ma prima o poi gliela farò pagare. Adesso vedo due signori che entrano nella corte della casa di ringhiera, non so chi siano. Si guardano intorno. Ora salgono su per la scala di destra. Dopo poco sbucano sul ballatoio del primo piano. Non li vedo più. Adesso non succiede niente...

«Sono passati dieci minuti. I due signori di prima sono scesi per le scale e se ne sono andati... Non succede più niente. La signorina matteiferri mi guarda. Lei è una persona anziana che gira sulla sedia a rotelle e sta sempre a spiare dalla finestra. Lei sa tutto quello che succede nella casa di ringhiera, se dovesse scriverlo lei questo tema verrebbe fuori un volume di mille pagine. Adesso...».

Erano passati quaranta minuti e Angela disse che poteva bastare. Lesse il manoscritto.

«Be', Gianmarco, non va poi così male: non ci sono errori gravi! Benissimo. A parte la tua idiosincrasia per le maiuscole, e qualche erroruccio, mi pare buono. È una lista, un elenco, il tema non dovrebbe essere un elenco, dovresti inserire qualche notazione personale, qualche riflessione, qualche elemento in più. Per esempio prova a chiederti "perché". Perché la signorina Mattei-Ferri sta tutto il giorno alla finestra? Oppure perché il Luis De Angelis pulisce i cerchioni della sua auto? Oppure perché il Consonni va a prendere il nipotino a scuola? Insomma, andare almeno un po' sotto la superficie».

«Ma il tema era "Cosa vedo dalla mia finestra" non "Cosa succede fuori dalla mia finestra", sono due cose diverse» sottilizzò.

Angela, assai stupita dalla profondità del ragionamento, replicò: «Benissimo, e allora perché non tematizzi? Potresti spiegare che differenza c'è fra quello che vedi e quello che succede, e come fai a sapere che c'è differenza. Come fai a sapere quello che succede veramente? Mah, ci lavoreremo la prossima volta... Però vedo che praticamente non sono errori gravi... mi spieghi perché a scuola li fai?».

Consonni nel pomeriggio uscì per andare a prendere l'Enrico alla Materna.

Mentre passeggiava immerso nelle sue riflessioni lungo via Ampère fu affiancato da un furgone, qualcuno voleva delle informazioni. Lui si avvicinò distratto.

«Via?». «Sì, dunque, vedete quell'incrocio? Voi dovete tenervi sulla destra, e poi, dopo il semaforo...».

Nel giro di quattro secondi Consonni fu spinto dentro il furgone, che ripartì a tutta velocità. Venne fatto scivolare nel vano posteriore e rapidamente bendato e legato da almeno due persone che dicevano cose come: «Ti abbiamo preso lurido bastardo, adesso hai finito di fare i tuoi giochetti...».

«Per te adesso inizia l'incubo...».

«Pagherai per quello che hai fatto...».

«Hai incontrato le persone sbagliate...».

Consonni avrebbe voluto domandare perché ce l'avessero con lui, ma non poteva farlo perché gli avevano infilato una mela in bocca. Non vedeva niente, sentiva solo il sussultare del furgone, il rumore del motore e un po' di puzzo di gasolio. Sdraiato sul pianale assorbiva malamente tutte le scosse e i sobbalzi, che gli rinfocolavano un terribile mal di schiena.

Avesse almeno potuto dire qualche cosa...

Il mezzo procedette per un tempo che a Consonni parve interminabile. I suoi sequestratori se ne stavano zitti. Sicuramente la parte finale del viaggio era in montagna, o roba del genere. Il motore rombava sotto sforzo e le curve si susseguivano una dietro l'altra. Aveva la nausea. Ma dove lo stavano portando?

Be', se deve prendermi un infarto o un ictus, che mi prenda adesso, almeno finisce questa tortura e loro non avranno da me una grande soddisfazione.

Dopo un lasso di tempo per Consonni non quantificabile – due, tre ore? – il furgone si fermò. Amedeo aveva necessità di vomitare, lo fecero uscire sulle sue gambe, poi lo spinsero fino a una piccola scalinata, finita la quale capì che era al chiuso. Gli fecero scendere alcuni gradini, si rese conto di essere in un ambiente freddo e umido, c'era odore di muffa.

Lo misero a sedere su una panca con lo schienale e lo assicurarono lì, con altri legacci.

Qualcuno parlò con un forte accento bresciano.

«Tu sicuramente sai perché ti trovi qui e sai che con queste cose non si scherza. Purtroppo sei cascato male, noi non siamo di quelli che vanno a fare i piangina dalla polizia, che a gente come te la protegge. Noi le cose le sistemiamo da soli».

«Mmhhh... mmghhh» cercò di dire Consonni.

«Troppo comodo...» disse un'altra persona, un milanese.

«Castriamolo subito! Torturiamolo, che questa gente impari una buona volta che la gente è stufa ed è pronta a muoversi!» fu quello che affermò una terza voce, femminile.

Consonni avrebbe voluto gridare che c'era stato sicuramente un errore, uno sbaglio di persona, ma come poteva farlo con la mela in bocca?

«Sono le sette, bisogna andare».

«Adesso ti lasciamo qui, così puoi riflettere su quello che hai fatto... se trovi il modo di morire da solo per noi va bene lo stesso...».

Consonni udì parole di concitazione, bisbigli, poi avvertì che era stata spenta la luce. Quelle persone se ne erano andate.

Si mise in ascolto. Avvertì il rumore del motore del furgone che ripartiva.

E adesso?

Consonni dunque si trovò da solo, al buio, legato e bendato. Non si sentivano rumori di traffico, di macchine o camion, neanche in lontananza. Lo avevano condotto in un posto isolato, in campagna, chissà dove. Ma per quale motivo?

Aveva tutto il tempo di porsi una serie di domande: perché mi hanno sequestrato? Alla mia età? Perché non mi hanno detto niente?

Cercò di tornare indietro con la memoria, che cosa ho fatto?

Be', come faceva a non pensare a una delle situazioni in cui si era venuto a trovare nel recente passato, sempre a causa della sua passione per il delitto: per esempio la faccenda degli scheletri nell'armadio, eh, ne erano rimaste di questioni in sospeso. Ma se invece ci fosse di mezzo il caso Kakoiannis? O se invece quella gente avesse a che fare con gli strani fatti che Angela giurava fossero veramente accaduti? Oppure la storia dei due omosessuali tedeschi a Milano Marittima?* In tutte queste vicende Consonni aveva recitato un ruolo, e in tutte poteva esserci qualcuno che questo ruolo non lo aveva gradito. E lui lo sapeva. Ne pensava di tutte, ma non riusciva a capire chi e perché lo avesse sequestrato.

* Vedi Francesco Recami, *Gli scheletri nell'armadio*, Sellerio, 2012; *Il caso Kakoiannis-Sforza*, Sellerio, 2014; *Il segreto di Angela*, Sellerio, 2013; *Giallo a Milano (Marittima)*, in *Vacanze in giallo*, Sellerio, 2014.

Madunina mia, fammi la grazia. Che sia una cosa rapida e indolore. La colpa è tutta mia.

La signorina Mattei-Ferri dell'appartamento 12, la zabetta della casa di ringhiera, passò tutto il pomeriggio a rimuginare. Dalla sua finestra ne aveva viste di cose, ma non quadravano. Adesso la Mattioli frequentava con una certa regolarità casa Giorgi: cosa ci andava a fare? Naturalmente anche lei era venuta a sapere che c'era un pedofilo nel quartiere, che aveva importunato una compagna della Margherita. Qual era il nesso? E perché della gente mai vista era andata all'appartamento del Consonni, che fra l'altro era uscito da solo poco prima? La signorina certo non poteva scordare l'epilogo del caso Kakoiannis-Sforza, e il ruolo giocato dalla ex professoressa Mattioli, dal Luis De Angelis e dal Consonni stesso. E quei maledetti peruviani: ne sapevano qualcosa? Per quale motivo erano andati anche loro a bussare alla porta del Consonni? Ma quello che la intrigava di più era il comportamento del Luis De Angelis. Perché si accaniva così tanto cercando di ripulire le ruote della sua auto? Cosa voleva cancellare: delle prove? Erano forse macchie di sangue? Che altro motivo ci poteva essere per una simile applicazione? Forse che aveva messo sotto qualcuno e cercava di far scomparire le tracce sugli pneumatici? E il Consonni, che uscendo aveva scambiato col De Angelis un gesto di intesa, la sapeva tutta?

«E adesso che facciamo?».

«Adesso gli facciamo passare la voglia a quello lì».
«Quello non è un uomo, è una bestia».
«Un essere così va spento come una candela!».
«Come una candela? Ma che cazzo dici?».
«Uno come lui non ha diritti».
«Vi rendete conto? È stato un puro caso che non ce l'abbia fatta, e può ricominciare da dove si è fermato».
«Sicuramente ha degli amici, gente come lui, su internet è pieno».
«E allora?».
«E allora merita una punizione seria».
«Il bello è che lui sostiene che non c'entra niente, che abbiamo sbagliato persona».
«E che vorresti che dicesse, che lui è colpevole? Quelli sono furbi, e vanno a farsi difendere dalla polizia».
«Hai sentito cosa ha detto quello della PS, che non c'erano elementi certi, che dovevano fare dei controlli».
«Bene, e mentre loro fanno i loro controlli queste bestie minacciano i nostri figli!».

Alle 16.10 squillò il cellulare di Consonni Caterina, la figlia ultratrentenne di Consonni Amedeo. All'apparecchio era una maestra della scuola materna. Diceva che era con l'Enrico, suo figlio, quattro anni e mezzo abbondanti, e che nessuno si era fatto vivo a prendere il bambino, e che facesse presto, perché lei non poteva certo lasciarlo in mezzo alla strada, ma nemmeno stare lì tutto il pomeriggio.

«Ma non è venuto il nonno?».
«No, oggi non si è visto».

Caterina, infuriata, che per lavoro – secondo lei un lavoro di merda, per una agenzia immobiliare – era in zona Precotto, cercò di rintracciare col telefono quell'idiota di suo padre, ma a casa l'apparecchio squillava a vuoto, al cellulare non risultava raggiungibile. Ma possibile che quel deficiente si sia dimenticato?

Alla fine il bambino dovette andare a prenderlo lei, giurando per l'ennesima volta che a quel cretino rimbambito di suo padre gliela avrebbe fatta pagare.

Alle cinque e mezza del pomeriggio Angela andò a bussare alla porta del Consonni, dovevano uscire insieme per andare a comprare la famosa centrifuga, era tanto tempo che Angela riteneva necessario che almeno uno dei due, cioè lei, avesse in casa questo importante elettrodomestico che serve a produrre incomparabili centrifugati di frutta, di carota o di sedano. Finalmente Angela aveva trovato un modello a lei consono, in quanto autopulente. Non le era chiaro che cosa questo potesse significare, ma si sa che con le centrifughe il problema è che poi ci vuole un sacco di tempo a pulirle. Il modello costava un bel po', ma si chiamava Turbo ed era un prodotto da ristorazione, a quanto pareva era capace di espellere tutte le scorie vegetali da solo. A Consonni la spesa pareva eccessiva, ma Angela l'aveva convinto ad accompagnarla, perché le faceva piacere che lui vedesse l'oggetto ed esprimesse il suo parere, e perché l'elettrodomestico in alluminio e acciaio pesava 14 chili.

Ma il Consonni non c'era.

Dove sarà andato quello scemo? Possibile che se ne sia scordato? Angela fece la prima cosa che fa una donna nella sua situazione, cioè offendersi.

Alle sette e mezza, quando vide che il Consonni non era ancora tornato, cominciò a preoccuparsi. Aveva già provato a telefonargli, non raggiungibile, ma tanto lo sapeva, il Consonni col telefonino non aveva un gran rapporto, il più delle volte lo lasciava spento o non se lo portava neanche dietro.

Ma dove sarà andato? Chiese notizie alla signorina Mattei-Ferri. Lei, pur sostenendo che non è che lei stesse lì tutto il giorno a farsi i fatti degli altri, fu precisa: il Consonni se ne era uscito alle tre e ventidue circa del pomeriggio e non l'aveva visto rientrare.

Ma cosa gli sarà successo? In quale guaio si sarà messo questa volta?

Di minuto in minuto la sua inquietudine aumentava, aveva chiesto al Luis De Angelis se ne sapeva qualcosa, lo stesso a Donatella Giorgi, perfino ai peruviani dell'appartamento senza numero al secondo piano.

Che fare?

Alle nove di sera aveva già telefonato a tutti gli ospedali, ai commissariati di polizia, ai carabinieri, agli ambulatori medici, ai giornali, ma non aveva ottenuto nessuna notizia. Al call center della polizia le avevano chiesto se aveva intenzione di sporgere denuncia di sparizione, ma lei non se la sentì.

Chiamò anche Caterina Consonni, nonostante sapesse bene che quella là non aveva piacere di sentirla, ma la figlia di Amedeo confermò i suoi tristi presentimenti: quel disgraziato di suo padre era scomparso inspiegabilmente, tanto da non essere nemmeno andato a prendere il nipotino Enrico, che lui sosteneva essere la luce dei suoi occhi...

Disponendo delle chiavi dell'appartamento di Consonni, Angela decise di andare a vedere se avesse lasciato qualche messaggio, qualche segno, qualche indizio.

Nel trilocale era tutto in ordine, se non per il fatto che sul tavolo della sala da pranzo c'erano sparpagliati alcuni fogli, ritagli di giornale, appunti. Riguardavano casi di violenza criminale ai danni di bambini, avvenuti in Lombardia negli ultimi anni.

Oddio... Angela si immaginò che anche questa volta il Consonni si fosse messo nei guai con le sue indagini... Eppure lo aveva giurato che non se ne sarebbe più interessato, ma chi sa, magari era andato per pura curiosità a mettere il naso il qualche situazione scabrosa e adesso... Non osava pensare al peggio, ma l'idea si affacciava dentro di lei come uno spettro. Amedeo, Amedeo mio, che ti hanno fatto?

Angela quella notte non riuscì a dormire, in preda all'angoscia e alle caldane.

Consonni si risvegliò senza potersi rendere conto se fosse notte o giorno. Non vedeva niente, perché era bendato. Non poteva muoversi perché era legato, probabilmente a una panca murata nel pavimento, provò a fare forza sulle gambe ma il sedile non si muoveva. Le braccia gli dolevano, dietro la schiena, le gambe erano assicurate l'una all'altra da una corda, una cinghia, non riusciva a capire neanche lui. La bocca adesso era libera perché la mela che gli avevano cacciato dentro in qualche modo era riuscito a mangiarsela. Vuol dire che non temono che io possa mettermi a gridare, pensò Consonni, evidentemente non mi può sentire nessuno.

Il silenzio era assoluto, non riusciva a percepire niente, neanche una vibrazione. Chissà dove lo avevano portato, lontano da Milano, in qualche posto segreto. Forse era sotto terra, in una cella isolata, un rifugio antiatomico, c'era troppo silenzio.

Gli scappava forte la pipì. Non sapeva come fare. Doveva farsela addosso?

Cercava di pensare razionalmente ma non gli riusciva, si chiedeva: «Ma chi?», «Ma perché?». Ma niente di preciso gli affiorava alla mente, pur se una selva di pensieri si affollavano. È stata la figlia della Kakoiannis, che crede che io abbia qualche cosa a che vedere con quello che è successo alla madre? E cosa pensano, che sia stato io? Ma come faccio a dimostrare che io non ne so niente? Avrà visto il filmato, già, il filmato, quella casa era piena di telecamere, e io ero lì, ma che almeno mi lasciassero spiegare. Forse il suo errore era stato quello di non raccontare a Marilou Kakoiannis-Sforza quello che aveva ordito sua madre. Ma come fare a provarlo, adesso... Be', certo, se venisse fuori che io... Oh Santa Madonna... Consonni non poté evitarlo, si pisciò addosso, infradiciando tutto il pantalone sinistro, fino a terra. Oh mamma mia, mi venisse un bell'infarto adesso, e non se ne parla più.

A meno che non fosse per la faccenda degli scheletri nell'armadio. Lui sapeva a chi appartenevano, e forse quello che li aveva ridotti in quel modo era ancora in giro. E quello magari era venuto a sapere che c'era un pirla che aveva messo il naso in quella vecchia faccenda... dunque sapeva che c'era qualcuno che sapeva cosa era accaduto. Ed essendo che l'assassino sapeva benissimo chi era l'assassino, magari pensava che se qualcuno, cioè il Consonni, sapeva che c'era un assassino, sapesse anche, chissà come, chi fosse questo assassino... è vero, forse io sono l'unico che sa che c'è un assassino, ma non so chi sia! Lo giuro! Però, come fare a dimostrarglielo? Consonni si sentiva andar via di cervello, non connetteva più, delirava, era giunto il momento?

Oppure... oppure... La faccenda di Milano Marittima... Forse pensano che io c'entri qualche cosa con la morte dei tedeschi... si sentì parlare di castrazione anche quella volta... ma io... La sete lo faceva impazzire, ma non poteva fare niente, proprio niente.

In quel momento il silenzio cessò. Sentì il rumore della porta che si apriva e dei passi di alcune persone che si avvicinavano.

«Allora, lurido porco, hai avuto modo di pensare a quello che fai?».

«Guarda qua, si è pisciato addosso...».

«Adesso gli mettiamo il catetere, ma un catetere speciale che conosco io...».

Questa volta Consonni avvertì la presenza nella stanza di almeno quattro voci diverse: oltre al bresciano, al milanese e alla donna c'era un altro milanese, sicuramente non purosangue, di seconda o terza generazione. Accesero la luce, ma non lo sbendarono.

«Che schifo, senti che puzza...».

«Che dici, lo portiamo al gabinetto?».

«Ma a che serve, tanto ormai, e poi...».

Si rivolsero al prigioniero.

«Adesso ci racconti quello che hai fatto, altrimenti...».

«Un po' d'acqua, ve ne prego, fatemi bere...».

Gli dettero l'acqua, infilandogli il collo di una bottiglia in bocca. Consonni si strozzò, bevve quanto poteva.

«Tu sicuramente sai perché ti trovi qui e sai che con queste cose non si scherza» disse uno dei due milanesi. «Purtroppo per te noi non siamo di quelli che si fanno mettere la testa sotto i piedi. Noi le cose le sistemiamo da soli... E non credere che abbiamo bisogno di sapere la tua versione dei fatti. Ci basta la nostra...».

«Ma io non ho fatto niente... non so niente... se è per la faccenda dei ragazzi di Usmate, non l'ho detta a nessuno, i genitori non la conoscono e non la conosceranno mai... che motivo ci sarebbe di raccontargliela...».

Consonni non lo poté constatare, essendo bendato, ma i membri del quartetto erano stupiti.

«Ah, ci sono anche dei ragazzi di Usmate? E ce lo vieni a dire a noi?».

«Tanto cos'ha da perdere, ha già meritato il massimo della pena...».

«Tagliamogliele adesso! Torturiamolo, queste bestie devono imparare una buona volta che la gente è stufa ed è pronta a muoversi!».

«Se lo facciamo fuori subito gli facciamo un piacere. Non se lo merita».

Quello con l'accento ibrido sembrava il più determinato.

«Ah sì, tu non c'entri niente? E perché in casa tua conservi tutti i ritagli sugli omicidi più orribili? Hai anche una copia di *Lolita*. Lo sappiamo, caro mio, ti sei incastrato con le tue stesse mani...».

«Ma io non ho mai fatto male a nessuno!».

«Ah, e allora tu non ne sai niente della bambina di Pessano con Bornago, eh? L'hai fatta fuori tu, non l'hanno mai più ritrovata. Sappiamo che ti piace frequentare quelle zone, sappiamo tutto di te...».

Seguirono venti minuti di terrore per Consonni, durante i quali lui perse i sensi. Alla fine i quattro se ne andarono. «Ci vediamo domattina, bestia che non sei altro, se non sei morto prima».

«Ma le canaglie come te hanno la pelle dura».

Eppure Consonni, forse perché prostrato e prossimo all'esaurimento delle risorse, disidratato e ormai convinto di essere vicino alla morte, il motivo della sua condanna alla pena capitale, o peggio, ancora non l'aveva capito. Si accasciò sulla sedia, implorando una fine rapida, la più rapida possibile.

Pochi minuti dopo Angela si svegliò, nonostante avesse preso 15 gocce di Xanax per dormire. Come spesso succede, anche in caso di grave lutto o di menomazione fisica, al risveglio era tranquilla, non pensava alla sua più grave preoccupazione del giorno precedente. Poi, improvvisamente, fece mente locale e le riapparve il volto di Consonni, scomparso. Dopo una toeletta ridotta al minimo uscì di casa per controllare se per caso fosse tornato. No, non era tornato.

Allora si scatenò. Dopo un nuovo giro di telefonate a ospedali, ambulatori eccetera, contattò giornali quotidiani, riviste specializzate, un'infinità di blog e di pagine Facebook che si occupavano di persone scomparse. Fornì la fotografia più recente di Consonni, i dati, notizie di rilievo: chi avesse visto lo scomparso era pregato di contattare Mattioli Angela, indirizzo, indirizzo mail, profilo Facebook, oppure telefonasse ai numeri...

Poi Angela andò al commissariato per denunciare la scomparsa. Ebbe difficoltà, perché lei non era in nessun rapporto ufficiale di parentela col Consonni. Tanto fece e tanto disse che riuscì a far arrivare in commissariato Caterina, in qualità di figlia dello scomparso. Caterina oppose resistenza, ma alla fine fu coinvolta anche lei nello stato di agitazione: ci doveva essere un motivo grave per il quale suo padre non era andato a prendere Enrico e non si faceva più vedere da quasi 19 ore.

Quando Angela tornò a casa e riaccese il computer le erano già arrivate decine di mail e di risposte sulla pagina Facebook. Consonni era stato avvistato dappertutto, da Cusnate a Omegna, da Cernobbio a Pergine Valsugana. Ovviamente tutte comunicazioni anonime. Per telefono in pochi ebbero il coraggio di farsi vivi, comunque al commissariato erano stati chiari: che non si mettesse a fare indagini o ricerche per conto suo, aveva fatto malissimo a immettere in rete la notizia della scomparsa, si faceva soltanto confusione e rumore.

Comunque una agente specializzata avrebbe controllato in rete le pagine in questione, e anche il traffico telefonico, lei non doveva rispondere né prendere iniziative.

Non fu facile.

Intanto tutta la casa di ringhiera era in subbuglio. Il Consonni era sparito. E dov'era andato?

Margherita alle tredici e quarantacinque tornò da scuola. Nella corte della casa di ringhiera trovò il signor De Angelis che stava controllando i cerchioni della sua automobile.

Margherita lo salutò educatamente: «Buongiorno signor Luis». Quello fu sgarbato: «Buongiorno una beata minchia! Guarda tè cos'è che ha fatto quel porco! Ah, ma se lo bècco...».

Ce l'aveva con un cane sconosciuto che gli aveva fatto pipì su uno o più cerchioni. Tentava di cancellare la pisciata, con strumenti di fortuna.

Margherita rientrò in casa saltellando prima su una gamba e poi sull'altra. C'erano delle novità.

Valentina non è venuta a scuola. Evidentemente avevano preso il pedofilo e lei era alla polizia a fare il riconoscimento. Questa fu la spiegazione che le dette suo fratello, con sufficienza, ben certo che quelle cretine delle amiche della Marghy non capissero un accidente.

Ma a Gianmarco di queste cose non importava poi molto, aveva altre preoccupazioni. Alle tre sarebbe tornata la professoressa Mattioli.

In effetti Angela, pur in mezzo a tremende preoccupazioni per la sparizione del Consonni, non si sottrasse ai suoi impegni, arrivò in orario, per lavorare con Gianmarco.

«Che cosa state studiando adesso a italiano? Intendo dire sulle tipologie testuali?».

«Tipologie testuali?».

«Sì, per esempio sulla narrazione, il testo espositivo, i personaggi, quella roba lì».

«Ah, sì, stiamo facendo il testo descrittivo, la descrizione delle persone».

«Benissimo, allora oggi farai un tema descrittivo, devi descrivere una persona. Mi raccomando, cerca di non fare una lista. La sai la differenza fra descrizione oggettiva e soggettiva?».

Gianmarco ci pensò: «Sì, in quella soggettiva si dice il proprio parere, in quella oggettiva no».

«Bene, allora al lavoro, cerca di utilizzare entrambi i tipi di descrizione».

«E chi è la persona che devo descrivere?».

«Mah, sceglila tu».

Gianmarco si mise al lavoro. Andava spedito. In una mezzoretta aveva riempito una colonna e mezzo di foglio protocollo, per le sue medie una produzione monstre, senza neanche molte correzioni e ripensamenti.

Quando Angela – mai abbandonata dalle sue angosce – vide qual era la persona scelta da Gianmarco, trasalì: *Il signor Consonni.*

«Il signor Consonni Amedeo è una persona anziana che vive nello stesso condominio dove abitiamo noi. È abbastanza grosso, ha i capelli bianchi, gli occhiali di quelli che c'è solo il vetro e gli occhi celesti. D'inverno porta un grosso cappotto grigio e un cappello di quelli che usavano una volta e la sciarpa. Destate porta le magliette tipo Lacoste ma senza il coccodrillino. Ha una figlia che si chiama Caterina e un nipote che si chiama enrico. Il signor Consonni guarda sempre lEnrico, lo va a prendere a scuola e poi nel pomeriggio lo porta ai giardinetti o a casa sua a vedere la televisione. Per questo il signor Consonni ha sempre il frigorifero pieno di merendine, di kinder pinguì o di gelati a passeggino. Ce ne offre sempre anche a noi, basta andare lì e lui ci dà un sacco di dolci, caramelle, merende. È una persona molto buona e gentile, quando qualcuno ha bisogno di aiuto, per esempio la mia mamma, che ce lo ha sempre, è sempre disponibile. Di solito è di buon umore... ed tutti dicono che è una brava persona. Sta simpatico a tutti, anche al signor Luis che gli stanno tutti antipatici e che ci sgrida sempre quando giochiamo a pallone vicino alla sua macchina».

Seguiva una frase cancellata, che tuttavia Angela riuscì in parte a decifrare.

«Nel condominio dicono che il signor Consonni, la cui moglie è morta tanti anni fa, sia fidanzato con una signora che abita anche lei nel condominio. Ma secondo me sono tutte balle perché ci si fidanza da giovani».

Inaspettatamente per Gianmarco la professoressa Mattioli si mise a piangere. Oddio, il tema era così terribile? Eppure Gianmarco si era sentito sciolto nello scrivere, e liberato dal blocco che lo perseguitava quando scriveva un tema.

La prof non disse niente e se ne andò, in lacrime. Oddio, ma quanti errori ho fatto?

«Presto, presto, andiamo dentro, non sto più nella pelle».
«Ah, cara, sapessi io...».
La signora si avvicinò all'uomo e gli assestò una bella tastata all'inguine, avendo così modo di apprezzare una erezione completa, in atto nonostante l'interessato stesse camminando di fretta, con la femmina sotto braccio.
I due girarono intorno a una specie di chalet tinteggiato di giallo, mezzo di muratura e pietra, mezzo di legno, circondato dal bosco, almeno su tre lati. Le condizioni della villetta non erano perfette, si vede che non era molto vissuta e mantenuta dai proprietari. Da un bel pezzo i due amanti clandestini facevano uso di quell'edificio per i loro incontri. Era sempre filato tutto liscio come l'olio. La prima volta erano entrati per caso da una finestra sul retro, gli scuri erano solo accostati ma non chiusi. Penetrati all'interno i due avevano trovato un mazzo di chiavi di quella casa-vacanze non più utilizzata da anni da gente di Milano, e ne avevano fatto una copia. Così adesso potevano entra-

re tranquillamente dalla porta d'ingresso, fare i loro comodi e uscirsene con calma e non osservati. Usavano le lenzuola che la casa metteva a disposizione, ma con molta correttezza avevano cura di lavarle e di avvicendarle. In fondo che male facevano? In un certo senso contribuivano alla manutenzione, in alcune giornate particolarmente fredde d'inverno si erano addirittura presi la briga di lasciare un rubinetto semiaperto, per far scorrere un pochino d'acqua, in modo che non si congelasse nelle tubature. Ah, se fosse stato per la proprietà quella casa sarebbe andata in malora. Ogni tanto arieggiavano gli ambienti, almeno per qualche quarto d'ora. Ma presto sarebbe arrivato l'inverno, avrebbero osato accendere il riscaldamento?

Si gettarono in camera da letto. Padre Antonio era una furia, un vero assatanato, e non prendeva neanche prodotti specifici. Appena vedeva l'Eugenia, la moglie del proprietario del ristorante Il Vecchio Mulino, a pochi chilometri da lì, si eccitava a dismisura.

Dopo pochi minuti avevano già completato il primo round. Meglio così, non avevano tanto tempo a disposizione, di solito tre quarti d'ora. Eugenia lasciava la macchina nascosta nella boscaglia, padre Antonio veniva a piedi dalla parrocchia. Poi lei tornava al ristorante, lui ai suoi parrocchiani.

Finito l'atto d'amore, sapevano di doversi affrettare. Un ultimo bacio e via, rimettere velocemente tutto in ordine. Mentre Eugenia rifaceva il letto, padre Antonio si assentò un attimo. Sapeva che nella cantinetta c'erano delle bottiglie, aveva già assaggiato qualcosa in passato, in particolare un certo vinsanto toscano, che gli ricordava il vino da messa e che non era troppo alcolico. Così scese nel seminterrato.

«Ti aspetto giù». Aveva bisogno di ricostituirsi.

Accese la luce e quando vide che c'era un uomo incatenato alla panchina di legno per un nonnulla non cadde svenuto. L'uomo appena si accorse che c'era qualcuno e che era stata accesa la luce ebbe un sussulto e cominciò ad agitarsi.

«Oh Signore mio Dio» commentò padre Antonio, «e questo qui chi è?».

Eugenia stava scendendo, padre Antonio le si fece incontro, stravolto.

«C'è qualcuno nella cantinetta».

«Oddio, ci hanno scoperto? Sono rovinata...».

«No, Eugenia, non ci hanno scoperto, ma c'è un uomo legato e bendato, un prigioniero».

«Un prigioniero? Fammelo vedere».

«No, dai, andiamocene, scappiamo».

«Ma come, hanno portato qui un rapito? Che storia è questa...».

Eugenia non poteva credere ai suoi occhi, e nemmeno al suo naso, visto il cattivo odore di escrementi che regnava nell'ambiente. L'uomo mugolava, si lamentava: «Chi siete? Chi siete? Che volete da me? Io non so niente, io non ho fatto niente... se è per la faccenda degli scheletri vi sbagliate di grosso... io non ho detto niente a nessuno perché non so niente... non so chi siete voi... ma lasciatemi libero...».

«Ma lei chi è, chi l'ha portata qui?».

Consonni fu stupito di ascoltare due voci a lui nuove, una femminile, gracchiante e acutissima.

«Io? Lei lo chiede a me? C'è stato sicuramente un errore di persona... io non ho fatto niente...».

«Ma la hanno rapita? E perché?».

«Ma perché, voi... chi siete voi? Non siete i miei rapitori? Siete i miei liberatori? Ah, grazie, grazie... per favore...».

«Andiamocene, presto, scappiamo, qui fra poco arriverà qualcuno e se ci trovano...» disse padre Antonio a mezza voce.

Eugenia si avvicinò un po', le condizioni del rapito erano terribili.

«Datemi un sorso d'acqua, almeno un sorso d'acqua, aiutatemi».

Eugenia fu mossa a compassione e andò in cucina a prendere un po' d'acqua.

Consonni si profuse in un effluvio di ringraziamenti e di disperazione, capì che quei due non avevano a che fare coi suoi sequestratori, Eugenia lo stava a sentire, padre Antonio no, voleva andarsene.

«Dai, lasciamolo qui, sarà un delinquente, sono storie fra di loro, noi che possiamo farci? Hai sentito che parlava di scheletri?».

Eugenia rifletteva, più che dalla pietà era mossa dal raziocinio.

«Ma tu non pensi mai? Se lo lasciamo qui lui racconterà agli altri che un uomo e una donna sono stati qui. E allora noi due siamo fregati. Se lo liberiamo forse non parla. Cosa vuoi fare, metterlo a tacere?».

«No, non parlerò... mai, mai... per favore, liberatemi... Vi assicuro che...».

I due amanti clandestini si ritirarono in cucina, per consultarsi. Alla fine di una tanto breve quanto animata discussione decisero di slegare il prigioniero... senza sbendarlo, però... avrebbe dovuto contare fino a cento, mentre loro sgombravano. E non avrebbe dovuto dire a nessuno che qualcuno lo aveva liberato, altrimenti...

Consonni in lacrime assicurò che così avrebbe fatto. Padre Antonio, pur preoccupatissimo, riuscì con una certa fatica a liberare il prigioniero dai suoi cordami. Quello si alzò e si sgranchì le gambe, cominciando a contare. Antonio ed Eugenia se la svignarono. «Per un po' sarà bene stare tranquilli» disse lei. Lui, forse per l'emozione, ebbe una erezione supplementare, che perdurò fino al momento in cui varcò la porta della canonica.

Consonni non imbrogliò, come di solito fanno i bambini quando giocano a nascondino. Contò effettivamente fino a cento. Poi si tolse la benda, e frastornato si guardò in giro. Volse lo sguardo anche su se stesso. Faceva ben schifo, tutto sporco della propria pipì che gli si era asciugata addosso. Ma non c'era un minuto da perdere. Ingollò un bicchiere di vinsanto, che gli procurò immediatamente una terribile acidità di stomaco, ma gli dette un po' di sveglia. Uscì dalla villetta barcollando, era l'imbrunire.

«Qui è un gran casino».

«Che cazzo dobbiamo fare con quello lì? Io domani sono a Vicenza...».

«Consegnamolo alla polizia, lo portiamo davanti alla caserma e lo lasciamo lì con un cartello. Ci scriviamo sopra "Ecco il pedofilo"».

«Ma tu sei scemo, e se quello parla?».

«Ma cosa sa? Non ci ha mica visto. Non sa mica dove si trova... Lo portiamo a Varese, o a Lodi, insomma depistiamo».

«Per me l'unica soluzione sicura è quella di buttarlo in un fiume, con una pietra al collo. Penseranno che si è suicidato per il rimorso delle sue colpe».

«Eh no ragazzi, non scherziamo, si era detto di fargliela pagare, ma questo mi pare troppo, io mi tiro fuori...».

«Eh già. Bravo, lui si tira fuori... e la patata bollente la lasci a noi?».

«Gli potremmo tagliare la lingua, così non parla più, ed è anche un gesto simbolico».

«Tagliargli la lingua? Un gesto simbolico? Semmai gli tagliamo i coglioni, ma chi se la sente, glieli tagli tu?».

«Ah no, io questa roba non la faccio».

«Comunque, vivo o morto, dobbiamo toglierlo da lì, se lo trovano finiamo nei guai seri... e poi, è la casa dei miei genitori, e in quel paesino sono curiosi».

«Allora ci vediamo domattina lì e decidiamo».

«Sì, ma lo dobbiamo portare via».

«Lo buttiamo nel Ticino, c'è corrente».

«E che ci importa a noi, a quel punto lo buttiamo nel Po».

«Vabbè, domani vediamo, stasera devo andare al saggio di danza della Ele».

Consonni, esausto stralunato e guardingo, uscì dalla villetta. Era buio: lui, che aveva perso la cognizione del tempo, credeva fosse giorno. Meglio così, non lo avrebbero notato, ma adesso dove andare? Scese lo stradello che portava alla strada provinciale e la seguì, da qualche parte sarebbe arrivato. Ogni tanto passava una macchina, Amedeo tentava di fermarla per farsi dare un passaggio ma, forse perché era conciato veramente male, forse perché era gente di per sé poco incline a essere gentile, nessuno si fermò. Dopo quasi un'ora giunse in un minuscolo centro abitato, non c'era il cartello, ma c'era un bar. Ci entrò, alcuni anziani che giocavano a carte lo osservarono schifati e fecero commenti in una lingua che Consonni non comprendeva.

Chiese un cappuccino, una bottiglia d'acqua e se c'era qualcosa da mangiare, una brioche, un panino. Non c'era niente, solo Buondì Motta, ne prese due, e anche un succo di frutta. Puzzava veramente forte, e l'odore giunse ai giocatori di carte. Questi sospesero la partita, e a titolo di protesta lasciarono la saletta e uscirono, facendo capire alla barista che «o lui o noi».

Consonni comprese la situazione e pagò rapidamente la consumazione, però aveva un problema, non sapeva dov'era. Lo chiese alla barista, e se c'era un modo per tornare a Milano. Quella strabuzzò gli occhi, ma riuscì a rispondere che doveva arrivare fino a Zogno, quattro chilometri più in basso, e da lì poteva prendere la corriera per Bergamo. Zogno? Consonni realizzò che si trovava in Val Brembana, ecco perché non capiva come parlavano.

Uscì dal bar, barcollando, ma, forse grazie al fatto che era tutta discesa, riuscì a raggiungere Zogno in tempo per la corriera delle 19.35. Una volta sul mezzo la sua presenza causò gravi disagi ai passeggeri, che si spostarono tutti il più lontano possibile, sventolandosi e imprecando contro questi barbùn.

«Ma guarda se una persona si deve ridurre in questo modo» commentavano. «Camere a gas, camere a gas» e via dicendo.

Qualcosa di analogo accadde sul treno da Bergamo a Milano Lambrate. Consonni si trovò inaspettatamente tutto solo, in uno scompartimento vuoto. Allo stremo delle forze riuscì a scendere dal vagone e a trascinarsi a piedi fino a casa. Gli girava la testa, si sentiva mancare. Non si diresse verso il suo appartamento, bussò direttamente alla porta di Angela; questa, quando aprì, ebbe anche lei la sensazione di non farcela. «Amedeo! Amedeo! Sei vivo! Ma cosa ti hanno fatto!».

Lo abbracciò più forte che poteva, ma poi dovette subire anche lei gli effetti disgustosi degli odori del Consonni. Si allontanò di qualche metro, lo guardò meglio... «Ma che cosa hai mai fatto? Hai voluto provare l'esperienza del clochard?».

Consonni non aveva la forza di parlare, e si vergognava dello stato in cui era, anche se il cattivo odore lui non lo avvertiva più.

«Fatti una doccia mentre ti preparo qualcosa da mangiare, vieni, dai, dai che dopo ti sentirai un altro». Consonni ubbidì, in bagno si spogliò e consegnò ad

Angela i vestiti, questa per non doverli toccare li agganciò con un ombrello e li portò nell'appartamento dell'Amedeo, dove si procurò il ricambio. Ma che avrà combinato, pensava. Che si sia ubriacato e poi abbia vagato per le strade, nei bassifondi, per due giorni? Oppure che abbia avuto un malore, una perdita di memoria, e non sia riuscito a trovare la via per tornare a casa? Alzheimer? Altrimenti... una scelta volontaria, chissà per quale motivo, di intraprendere la strada dell'homeless?

Dopo venti minuti Consonni aveva quasi ripreso le sue sembianze normali: pantaloni di velluto, golfino di cachemire color cammello. Solo il colorito e la barba non fatta ricordavano il suo aspetto precedente, e le occhiaie grigiastre. Angela gli servì un avanzo di polpettone, con patate lesse in salsa verde. Anche un bicchiere di Dolcetto.

«Allora, mi vuoi raccontare che cosa ti è successo?».

E Consonni lo raccontò, per sommi capi. Lo avevano rapito, sequestrato, minacciato, e a quanto dicevano volevano dargli una lezione esemplare. Ma perché? Consonni sosteneva di non averne la minima idea, ma questo Angela non era del tutto disposta a crederlo. Quello scemone chissà in quali guai si era cacciato, e adesso si vergognava ad ammetterlo. Lui e la sua passione per il crimine... Mentre Consonni parlava lei rifletteva.

«Ma tu, Amedeo, in questo posto sapresti tornarci? Sai come si chiama il paese, ti ricordi la strada che hai fatto per arrivarci dalla casa isolata?».

«Certo che saprei tornarci, mi sono segnato tutto sul quadernetto, non sono mica scemo... anche se le forze mi mancano...».

Consonni pensava che l'idea ovvia di Angela fosse quella di andare dai carabinieri a denunciare l'accaduto, ma l'idea di Angela non era questa.

«E allora in quella villetta bisogna che tu ci torni immediatamente, e che tu riprenda il tuo posto, legato e imbavagliato, come se nulla fosse...».

«Cosa?... Ma no Angela, sono stanco morto, vorrei mangiare qualcosa e buttarmi sul letto, non ce la faccio più, sono due giorni che...».

«Ma tu sei pazzo? E come li acchiappano quei criminali se nessuno può dimostrare che ti hanno rapito? Adesso torniamo sul posto, diamo un'occhiata e se tutto è a posto tu ti rimetti nell'esatta posizione in cui eri... nel frattempo io...».

«Ma Angela, un po' pazza non è che lo sei anche tu? Adesso io dovrei tornare lì, che quelli non stanno aspettando altro che il momento giusto per farmi la festa... tu non sai che cosa dicevano... me ne volevano fare di tutte... la più leggera era evirarmi, per non parlare poi...».

«Ma non succederà nulla di questo, perché quando loro domattina torneranno, ci sarà la polizia ad aspettarli, per coglierli sul fatto... e poi qui non sentirti tanto sicuro... se si accorgono che sei scappato e ti trovano qui... la loro unica possibilità è farti fuori... quindi la scelta obbligata sarebbe quella di andare immediatamente alla caserma dei carabinieri, denunciare il fatto e mettersi nelle loro mani... ma che prove hai tu per dire che ti hanno sequestrato? Pensi che ti crederanno solo perché gliela racconti tu? Ah, sei un bell'ingenuo se credi che...».

«Ma io non credo niente, io vorrei solo dormire un po', sono a pezzi, e poi sono sicuro che il mio cuore sta per abbandonarmi... non ce la faccio più...».

Consonni stava facendo scarpetta nella salsa verde. Lei non era più lì, ad ascoltarlo. Era corsa dal De Angelis, già a letto da un'ora. Lo mobilitò, e lui, dopo mille lamentele e obiezioni, acconsentì solo quando la cifra arrivò a 500 euro.

«Lei ci deve solo accompagnare a un'oretta da qui, a quest'ora non c'è traffico».

«Si può fare. Mi dia il tempo di rivestirmi e di farmi un caffè».

«Bene, fra quindici minuti partiamo».

«Forza Amedeo, dobbiamo metterci in marcia, risistemati come eri vestito prima».

«Ma gli abiti sono tutti sporchi, mi sono anche pisciato addosso».

«Non importa, loro non devono capire che tu ti sei mosso da lì, altrimenti non ci cascano».

Dopo lunghe argomentazioni Consonni fu convinto a recuperare i suoi abiti e a rindossarli, puzzava di nuovo da fare schifo.

De Angelis vestì i guantini da guida e mise in moto il sei cilindri. A fatica riuscirono a entrare in tre nella due posti. Con la sua guida veloce l'ottuagenario Luis arrivò a Zogno in meno di un'ora. Era passata la mezzanotte, e il paese era deserto. In base agli appunti scritti sul quadernetto raggiunsero la microscopica frazione, Consonni riconobbe il bar dove aveva chiesto informazioni, e dette indicazioni sulla strada da fare. Giunsero nei pressi della villetta.

Perlustrarono i dintorni, non c'era nessuno. Già, ma adesso come rientrare?

Per fortuna Consonni aveva lasciato la porta aperta, nel corso della sua fuga disperata e inconscia.

De Angelis restò fuori a fare il palo.

Così l'Amedeo e l'Angela scesero le scale verso la cantinetta. Consonni riprese il suo posto, e Angela ebbe il suo da fare a ricostruire la legatura, a riposizionare il bendaggio sugli occhi.

«Ma in bocca non avevi niente?».

«Sì, una mela, ma poi me la sono mangiata...».

«Ah, allora va bene... Ma com'erano messe queste corde?».

«Mah, più o meno così. Ma sei sicura che domattina arriva la polizia? E se non arriva nessuno e quelli mi castrano?».

«Vai tranquillo, so io quello che sto facendo».

Angela, terminata l'operazione di ricostruzione, verificò la scena del sequestro per controllare che fosse credibile, l'effetto d'insieme era efficace. Quindi consegnò un telefonino a Consonni:

«Tienilo nascosto nella manica, se sei in difficoltà premi il tasto 1 a lungo, squillerà il mio cellulare. Io sarò nei dintorni, con la polizia».

«Ma Angela...».

Lei non ebbe ripensamenti, spense la luce, uscì e chiuse bene il portoncino.

Consonni dunque si trovò nuovamente solo, nella stessa situazione di prima. Nonostante fosse sopraffatto dalla stanchezza non riusciva ad addormentarsi. Pensava alla coppia che lo aveva liberato. Chi erano? Forse era tutto un complotto ordito dai rapitori stessi? Volevano che fuggisse? Oddio, oddio, che cretinata che abbiamo fatto. Oh Signùr...

Sulla via del ritorno per Milano, mentre De Angelis guidava a velocità sostenuta ma regolare, la mente di Angela era in subbuglio. Ma avremo fatto bene? E se i suoi aguzzini lo fanno fuori prima che la polizia possa intervenire? No, ce la faremo, e poi ha il telefonino, ma occorre fare in modo che l'azione sia immediata... già... ma mi staranno a sentire? Si mobiliteranno all'istante, solo perché glielo dico io? Mise da parte i dubbi e si concentrò sulla predisposizione di un piano.

Arrivarono alla casa di ringhiera che erano quasi le due.

«Luis, mi aspetti in macchina, vado un attimo su, preparo una cosa e torno subito. Spenga il motore. Mi deve accompagnare in questura».

«Ma di questo non si era parlato! Io ho sonno».

«Altri 200 euro, sarà una questione di mezz'ora».

«D'accordo, signora Mattioli».

Luis spense il motore, dopo aver girato l'auto, col muso verso l'uscita.

Angela corse nel suo appartamento e accese il computer. Scrisse un breve testo, lo controllò tre o quattro volte, fece alcune modifiche e lo stampò. Poi stampò un altro documento. Inserì i due fogli in una busta bianca sopra la quale scrisse «Per la signora Angela Mattioli».

Trovò il De Angelis profondamente addormentato al posto di guida.

«Sveglia Luis, bisogna andare». Erano passate le tre.

In questura le fecero un sacco di storie, nonostante Angela assicurasse di essere in possesso di notizie rilevantissime sul rapimento di Amedeo Consonni. Insistette talmente tanto che alla fine il commissario Ametrano la ricevette.

Lei venne subito al punto. Mostrò al commissario la lettera anonima che recitava così:

So dove è il signor Consonni, quello che hanno fatto vedere la foto al telegiornale. E non ci è andato di sua spontanea volontà. Lo hanno rapito. È in una casa vicino a Zogno, chilometro 4 della provinciale 24. Allego piantina.
Un amico che non vuole grane.

In effetti insieme alla lettera c'era una stampata da Google maps, con una X rossa in corrispondenza del luogo in cui era situata la villetta.

«Ma questa lettera quando e come le è stata recapitata?».

«Io l'ho trovata oggi nella cassetta della posta, nel

primo pomeriggio, consegnata a mano, non c'è francobollo».

«E perché dovrebbero averla inviata proprio a lei?».

«Perché ho messo un annuncio sul giornale, in cerca di notizie, e sui blog: se qualcuno avesse avvistato il Consonni. Avevo scritto di mettersi in contatto con me e lasciato il mio indirizzo».

Il commissario pareva molto scettico, quasi annoiato. Osservava la lettera, mentre controllava i messaggini sul telefono cellulare. Alla fine parlò.

«Lei lo sa in casi come questo quanta gente scrive lettere anonime, si dichiara sicura di aver visto la persona scomparsa, in circostanze misteriose e criminose... e il 99,99 per cento delle volte sono fantasie, mitomanie, lei lo sa cos'è una mitomania?».

«Certo che lo so, sono una professoressa di italiano».

«Bene, allora saprà che la gente farebbe di tutto per avere un attimo di popolarità, per essere protagonista...».

«Ma questo non ha neanche firmato».

«Ah, non significa niente...».

«Però, commissario, c'è dell'altro».

Angela riprese fiato.

«Vede, Amedeo Consonni è persona equilibratissima e mai se ne andrebbe di sua spontanea volontà, senza avvertire».

«Ah be', potrebbe essersi sentito male, chi lo sa, scivolato in una scarpata, potrebbe...».

«Sì, certo, ma c'è dell'altro ancora... lei deve sapere che il signor Consonni ha una passione un po' insana, io ho sempre cercato di fargliela abbandonare ma lui non ne vuole sapere. Lui ha la passione per i crimini, li segue tutti ed è informatissimo, su tutto il territorio nazionale. Si ricorda il caso della Sfinge di Lentate sul Seveso? Ecco, è quel signore lì che si è immischiato in quella tragica vicenda...».

Il commissario alzò le antenne: «Ah, è quel signore che si è immischiato nel caso di Lentate...».

«Lui non ci vede niente di male, sa? Per lui è solo curiosità, una forma di collezionismo, però negli ultimi tempi si è messo nei guai più di una volta, non solo nel caso della Sfinge di Lentate, ma anche in quello Kakoiannis-Sforza/Cislaghi, e chissà in quanti altri... e quindi, magari è andato a mettere il naso dove non doveva metterlo... questa è la mia preoccupazione...».

«Il caso Kakoiannis-Sforza? E cosa c'entra il signor Consonni con quella faccenda?».

«Oh, io ne so poco, glielo spiegherà lui, se riuscite ad arrivare in tempo a liberarlo...».

Il commissario era pensieroso, voleva andare a dormire, almeno due o tre ore, non ne poteva più, anche se col caso Kakoiannis-Sforza ci aveva perso parecchio tempo, senza arrivare a grandi risultati.

«Signora, io non so che cosa abbia combinato il Consonni, e lo appureremo. Ma non posso mobilitarmi per una lettera anonima come ce ne sono mille. Domani contatterò la caserma di Zogno e quelli manderanno qualcuno a controllare, ma adesso... Comunque io credo che la probabilità che il signor Consonni sia in quella casa di campagna sia inferiore a una su un milione».

Angela a questo punto non poté più differire l'ulteriore rivelazione.

«Be', commissario, in realtà c'è dell'altro ancora».

«Dell'altro ancora? E sarebbe? Ma perché le cose me le dice un po' alla volta?».

«Io a quella villetta ci sono già stata...».

«Cosa? Ma lei è pazza!».

«Be', cosa vuole, anch'io ho pensato che ci fossero pochissime probabilità, e quindi, prima di mobilitare le forze dell'ordine, ho voluto sincerarmi di persona...».

Il commissario, vicino alla disperazione, si mise la testa fra le mani: «Avanti, dica».

«Sa, quella villetta è facile da trovare, ce n'è una sola. È isolata, non c'è nessuno. Sembra disabitata da tanto tempo, è quasi fatiscente. Si vede che nessuno apre le finestre da tempo, ci sono le ragnatele...».

«Venga al punto».

«Be', prima di tutto ho notato che sulla ghiaia davanti alla facciata c'erano tracce recenti di pneumatici. Grossi pneumatici».

Il commissario alzò gli occhi al cielo: «Ah, niente di meno che grossi pneumatici!».

«E poi ho trovato questi» e mostrò al commissario un paio di occhiali da vista. «Questi appartengono al Consonni. Guardi, per convincerla ho portato anche una foto col Consonni mentre li indossa». Sottopose al commissario anche quel reperto. «È evidente che il Consonni è stato veramente condotto lì, e probabilmente gli occhiali gli sono caduti nel corso di una colluttazione».

Ma senti come parla questa qui, pensava il commissario, che però a questo punto si sentiva in un culo di sacco. Se io non vado a vedere che è successo in quella villetta e poi viene fuori, ci fosse anche una probabilità su mille, che quel cretino era veramente lì, sequestrato chissà per quale motivo, sono nei guai. Così, lottando contro il sonno e la disperazione, disse: «Va bene, signora, andiamo a vedere la villetta, ma se è tutta una balla nei guai ci finisce lei».

«Semmai ci finiamo tutti e due» disse Angela.

Consonni si svegliò d'improvviso. Era tutto indolenzito, cercò di sgranchirsi, per quanto possibile, poi gli tornò alla mente la sua situazione.

Oddio che scemata che abbiamo fatto, e se adesso arrivano e mi ammazzano?

Proprio allora percepì il rumore in lontananza, qualcuno stava armeggiando alla porta.

In breve furono da basso, e accesero la luce.

«Allora, grandissimo bastardo, sei sempre vivo?».

«Acqua, per favore un po' d'acqua» recitò Consonni, per prendere un po' di tempo e attivare il tasto 1 del telefonino.

Il commissario Ametrano arrivò a Zogno alle sei e mezza con due auto e un totale di quattro agenti. Nessuno di questi, compreso il commissario, aveva dormito un'ora di sonno. Angela andò con loro, soltanto per accompagnarli sul posto, poi avrebbe dovuto ritirarsi in second'ordine. Si avvicinarono alla villetta gialla, posteggiarono l'auto in un anfratto in mezzo al bosco, stava albeggiando. Angela dovette restare nell'auto, insieme all'agente Sferrazzo Rosaria.

La squadra, giunta, con gran circospezione, in prossimità dello chalet, fu sorpresa di trovare due grossi SUV posteggiati proprio di fronte alla facciata: i poliziotti si nascosero dietro gli alberi e concertarono un piano. Fare un'irruzione poteva essere pericoloso per il prigioniero, ammesso che ce ne fosse veramente uno. Certo, fidarsi a quel modo di una signora di mezza età, magari sconvolta, magari un po' di fuori per conto suo, era un bel rischio. Ma che fare, bussare alla porta? Due degli agenti erano vestiti da guardie forestali, per destare meno sospetti. Il commissario li mandò in avanscoperta. Questi toccarono i cofani dei SUV, erano ancora caldi. Si aggirarono intorno alla villetta, tutto tranquillo, dalla casa non giungevano rumori. Alla fine si decisero a bussare: l'idea era quella di un pretesto qualsiasi, tipo polpette avvelenate per i cani, tagliole, cercatori di funghi dispersi, roba del genere.

Ma nessuno rispose. Per forza, erano tutti nella cantinetta, e da lì non si sentiva niente. La porta si aprì da sola, non l'avevano nemmeno chiusa. I due entrarono, dietro di loro il commissario e l'altro agente, in borghese, si avvicinarono all'ingresso.

All'interno della villetta c'era freddo e incuria. I due forestali avanzarono, con le pistole dietro la schiena, si sentivano delle voci attutite, provenivano da una scala che portava in un locale seminterrato. Scesero in silenzio, finché davanti a loro videro una scena che non avrebbero dimenticato. Tre persone di sesso maschile e una di sesso femminile ingiuriavano un uomo bendato e legato, che sembrava semisvenuto. Gli aguzzini non parevano essere armati, se non forse di un nodoso bastone di legno col quale stuzzicavano, infastidivano il rapito, forse per tenerlo sveglio.

«Allora, smettila di bere, non sei qui in vacanza, dobbiamo muoverci!».

I due agenti forestali estrassero le armi e dichiararono: «In nome della legge, nessuno si muova».

Nessuno si mosse. Nel frattempo Consonni si era cagato addosso, e poi aveva perso nuovamente i sensi.

Nel giro di mezz'ora i quattro erano stati condotti nella caserma dei carabinieri di Zogno. Consonni fu trasportato all'ospedale di Bergamo, con Angela. Le sue condizioni erano buone: quell'uomo, pur dopo due giorni di sequestro, senza bere né mangiare, pareva aver retto alla prova, che tempra!, commentò il medico di turno.

Trasferiti nella questura di Bergamo, i quattro sequestratori esposero immediatamente la loro versione: quell'uomo era un pedofilo e aveva bisogno di una sistemata. Non avevano nessuna intenzione di fargli del male o di mantenerlo in stato di prigionia, volevano solo fargli capire che il popolo veglia e sorveglia, e che lui e la gente come lui non avrebbero avuto vita facile...

«Ma voi perché non vi siete rivolti alla polizia, perché vi siete organizzati in proprio come dei giustizieri?».

«Be', si sa» l'interrogato cercava di stabilire un rapporto di empatia con l'interrogatore, «oggi la polizia ha le mani legate... e poi a questa gente cosa gli succede? Un bel niente. Lo Stato li protegge e addirittura li mantiene, e poi tornano a fare...».

Il magistrato lo interruppe mostrando di non gradire troppo questo genere di discorsi.

«Ma su quali basi si è materializzata in voi la certezza che il signor Consonni sia un pedofilo?».

«Be', è chiaro, ce l'ha detto la Valentina, è lui che le ha offerto le caramelle, è lui che le ha parlato del Pirellone».

Il magistrato scosse la testa.

Arrivarono due avvocati da Milano – uno era il cognato del padre di Valentina – che convinsero gli imputati che era meglio smettere di fare discorsi del genere. La faccenda era molto seria, e i capi di imputazione gravissimi. Prima di tutto il sequestro di persona, con aggravanti come violenza privata, addirittura un'ipotesi di sevizie, prevista dall'articolo 61, comma primo, n. 4, del Codice Penale (l'aver adoperato sevizie, o l'aver agito con crudeltà verso le persone).

Insomma, tre padri di famiglia e una madre rischiavano una severa condanna e di passare numerosi anni in carcere.

Consonni e Angela furono rilasciati dalla questura solo nel tardo pomeriggio, Angela dopo una notte insonne, Amedeo dopo due giorni di sequestro e uno di interrogatori: vennero riaccompagnati a Milano, furono a casa solo a sera, distrutti. Non avevano voglia di parlare, ciascuno si ritirò nel proprio appartamento. Consonni si preparò un consommé molto leggero, si fece una doccia calda e andò a letto, ma già dormiva al momento di indossare il pigiamino a righe rosse e blu. Angela invece si buttò sul letto vestita.

Solo la mattina dopo ebbe modo di rinfrescarsi e di cambiarsi: uscì presto per andare a comprare i giornali.

La stampa borghese e generalista stentava a ricostruire i fatti nella loro interezza, ma a quanto pareva l'ipotesi più attendibile era quella del fraintendimento, a partire dalle dichiarazioni della bambina Carolina (nome di invenzione), anni otto, e della grancassa che aveva fatto seguito alle sue parole da parte di altre bambine sempre di anni otto. La persona che aveva avvicinato Carolina all'uscita della scuola era effettivamente tal Consonni Amedeo, anni 66. Egli, che stava aspettando la figlia di una sua vicina per riportarla a casa, aveva visto questa bambina da sola e le aveva chiesto perché fosse sola. A quanto pareva avrebbe dovuto essere lì sua madre a prenderla, ma era in ritardo. Così il Consonni si era preso cura di questa bambina, offrendole effettivamente delle caramelle e anche un lecca lecca, che il soggetto aveva in tasca per il nipotino di quattro anni. I due si erano intrattenuti in una conversazione, che a quanto pareva aveva toccato anche il tema dei grattacieli di Milano. Carolina aveva riferito all'anziano di aver visto il grattacielo Unicredit, il più alto del mondo. Il Consonni, secondo le sue dichiarazioni, le aveva menzionato il Pirellone.

Carolina il giorno dopo aveva riferito di questo incontro, e il fatto si era ingigantito passando di bocca in bocca, fra gli alunni. I loro genitori e alcuni altri conoscenti, particolarmente sensibili alla questione, usavano esplicitamente con i figli il termine «pedofilo» e avevano spiegato loro di non fidarsi di nessuno; dunque i bambini avevano riutilizzato immediatamente la parola, con l'occasione.

Sta di fatto che i quattro adulti avevano pensato di farsi giustizia da soli. Non è dato sapere quali fossero le loro reali intenzioni nei confronti del presunto pedofilo, se eliminarlo fisicamente o liberarlo dopo avergli dato una bella ripassata, fatto sta che avevano proceduto con un vero e proprio sequestro di persona pluriaggravato. Per questo erano in stato di arresto e sarebbero stati processati per direttissima. Rischiavano una condanna dagli 8 ai 14 anni.

La stampa di una certa parte politica invece assumeva un altro atteggiamento, tutto dalla parte di questi disgraziati genitori: i poveri padri di famiglia volevano semplicemente «mettere a posto» quell'individuo, da loro ritenuto colpevole di un reato, e anche di un peccato, gravissimo. «Ora la "versione ufficiale" ci dice che il presunto pedofilo tale non era, ma chi ci assicura che non si tratti solo di una manovra, come al solito, per proteggere uno scandalo?».

«La magistratura dalla parte dei pedofili», «Il cittadino si ribella», «I lumbard dalla parte delle famiglie» e titoli del genere sulla stampa a diffusione locale.

Nei giorni successivi la situazione nella casa di ringhiera cercò di ritornare alla normalità, anche se non era facile. Consonni era sfinito, e passava la maggior parte del suo tempo a letto, anche se il dottore gli aveva detto di non preoccuparsi, si era già ripreso benissimo. Ma lui, e non solo per motivi di salute, non voleva uscire di casa. E se qualcuno di quegli assatanati genitori non avesse creduto affatto alla versione ufficiale, e volesse vendicarsi di quello che per loro era un pedofilo e basta? Quando le voci vanno in circolo è difficile farle rientrare.

D'altronde anche nella casa di ringhiera stessa c'era chi non aveva messo da parte i sospetti: la signorina Mattei-Ferri, per esempio. Chi mi dice che il Consonni, noto erotomane, che passa di donna in donna indipendentemente dall'età, non abbia in qualche modo qualche cosa da nascondere?

Dalla sua parte Consonni aveva il resto del condominio, da Donatella ai peruviani, dal De Angelis ad Antonio, il manovale. Eppure ci sarebbe voluto del tempo per stemperare gli animi, per tornare al tran tran quotidiano. E questo valeva per tutto il quartiere, se non per tutta la città, se non per tutta la regione. In effetti in regione c'erano delle persone che si trovarono nell'impossibilità di tornare al solito tran tran, senza alcuna accezione volgare del termine.

Per esempio in una piccola frazione del comune di Zogno c'erano due persone in ambasce, che furono costrette a interrompere la loro relazione amorosa, e che si facevano alcune angosciose domande.

Si chiedevano, ma com'è che quel prigioniero da noi liberato non se ne è andato? E com'è che noi l'avevamo slegato e la polizia lo ha ritrovato in vincoli? Quest'ultima espressione a dire il vero venne in mente solo a uno dei due amanti. E se il prigioniero ha riconosciuto la mia voce? – si domandava terrorizzata l'altra – è così particolare... Non riuscivano a darsi risposte, intravedendo un complotto a loro danno; decisero che era meglio sospendere, se non abolire, i loro incontri clandestini. Solo qualche rapidissimo e contorsionistico amplesso nel confessionale, la domenica mattina prima della Santa Messa.

Anche Angela tentò di tornare al tran tran quotidiano. Per esempio alle ripetizioni con Gianmarco, e alle esercitazioni sui temi in classe.
Era sconvolta, tuttavia. Pensava al suo ruolo da protagonista nella vicenda, se non fosse stato per lei il corso delle cose sarebbe stato diverso. Era convinta di aver fatto la cosa giusta, ma se non l'avesse fatta Consonni non sarebbe tornato nel luogo della sua prigionia, e nessuno avrebbe mai saputo chi era che lo aveva sequestrato. Ma adesso tutto era venuto alla luce del sole, e si sapeva chi erano i responsabili.
Appunto, i responsabili. Che ne sarebbe stato di loro?
Ben tre famiglie completamente rovinate, i figli piccoli sarebbero rimasti senza genitori – chiusi in carcere per molti anni – affidati chissà a chi, ai nonni o ad altri parenti nei casi più fortunati, a istituzioni pubbliche o altri privati nei casi peggiori. Una macchia d'olio di dolore e sofferenza che probabilmente non si sarebbe cancellata mai, con conseguenze inestinguibili.

Il tutto perché avevano dato retta a qualcuno che sostiene che bisogna farsi giustizia da soli, che l'unica soluzione in certi casi è la castrazione e il codice non lo prevede, e che le forze dell'ordine sono corrotte e inefficaci.

Ma è colpa mia – pensava Angela – se la gente certe dichiarazioni le prende alla lettera? D'altronde quelle persone anche se si fossero rese conto di aver fatto una stupidaggine e fossero ritornate sui propri passi, avrebbero comunque capito che era troppo tardi, che Consonni avrebbe parlato, e che l'unica soluzione era eliminarlo per sempre.

Angela entrò nella cucina dell'appartamento dei Giorgi. Pensierosa e turbata, salutò con un vago gesto Gianmarco. In effetti il suo rapporto con i temi di italiano era molto migliorato. Ad Angela era bastato poco per convincerlo che per scrivere qualcosa bisogna guardare fuori, non dentro di sé.

«Ma alla terapia familiare per l'alcolismo del papà mi hanno detto di scrivere, scrivere, scrivere di me. Fare il mio ritratto, tirare fuori quello che ho dentro, ma io dentro...».

«Tu fregatene» gli aveva detto inaspettatamente la professoressa Mattioli. «Tu scrivi di quello che vedi fuori di te, di quello che vedi e che senti. Del mondo esterno. Per arrovellarti su quello che covi dentro avrai tutto il tempo».

E così Gianmarco si era sciolto. L'assillo del «parlare di sé» allontanato. Si era trovata la chiave.

Ma quel giorno, se ne accorse anche Gianmarco, la Mattioli era un po' turbata. Senza tante spiegazioni commissionò all'alunno un tema di attualità: «Un fatto increscioso nel mio quartiere: un sospetto di pedofilia, si rivela tutto falso».

Gianmarco, con una certa disinvoltura, scrisse ciò che segue:

«I pedofili sono vecchi signori che fanno sesso con le bambine e con i bambini. Io i pedofili li metterei tutti al muro e gli farei scoppiare la testa come in "Battlefield", il mio videogioco sparatutto preferito. Oppure li butterei dentro un vulcano, o li metterei in un poligono di tiro a fare da bersagli per il tiro col mitra: farei sparare ai bambini, così i pedofili imparano. Non quelli che muoiono perché loro non imparano niente, ma quegli altri, quelli che ancora non li hanno presi, ci pensano due volte prima di continuare a fare i pedofili...».

Angela sospese la lettura, presa dalla malinconia. No, errori gravi non ce n'erano.

Esmahan Aykol
Alla scuola femminile di Corano...

Mi sono voltata sorridendo quando ho sentito suonare il campanello all'ingresso. Il sorriso però mi si è gelato in faccia nel momento in cui ho visto l'uomo che era entrato nel negozio.

Ho sentito una mano gelida passare sulla schiena. La prima cosa che mi è venuta in mente è stata la notizia che avevo letto poche settimane prima su un giornale, all'inizio del Ramadan: tipi come lui giravano per le spiagge e invitavano le donne che facevano il bagno a seguire la parola di Dio. Forse adesso era il turno di quelle che vendevano gialli...

Mi sono alzata dal computer. Ho fatto un paio di passi all'indietro per mantenere la distanza. Mi sono fermata rigida di fronte a lui. Speravo che il viso non facesse trapelare i miei sentimenti. Mi guardava con le mani unite sulla fascia che teneva i pantaloni larghi, simili al *salwar*. Mi fissava con i suoi occhi verdi che brillavano tra i peli della barba, che per metà gli copriva il viso, e lo zucchetto che sfiorava le sopracciglia. La cosa strana era che mi pareva di conoscere quegli occhi. Sì, d'altronde non era neanche un tipo che potevo dimenticare facilmente.

«Sorella Kati!?». Come sorella? Che diamine! Cosa credeva? Di essere molto più giovane di me?! In altri tempi gli avrei risposto male, ma ormai avevo imparato che chiamare le persone sorella o fratello era un segno di rispetto per i turchi.

«Sorella Kati, non ti ricordi di me? Sono Recai!». Con una confidenza decisamente fuori luogo ha aperto le braccia come se volesse stringermi. Meno male che non l'ha fatto. Parlando, si è aperto uno spiraglio nella barba e si è intravista la sua lingua rosa. Ho distolto lo sguardo.

«Recai...» mi sono sforzata di ricordare.

«Sì, avevo un negozio, servivo il tè, poco più giù... Recai, il venditore di tè».

Senza rendersi conto del suo aspetto, con quello zucchetto in testa e la barba, ha iniziato una specie di pantomima: dal vassoio che faceva finta di portare diligentemente sulla mano ha poggiato una tazzina immaginaria sulla mia scrivania.

«Caffè poco zuccherato, giusto?».

In quell'istante mi sono ricordata di lui. Era Recai, ecco.

«Sì, poco zuccherato... Sei cambiato molto, però».

«L'unica cosa che non cambia è il mutamento, sorella». Era uno slogan pubblicitario usato per i nuovi modelli delle auto. Ero contenta di vedere che Recai era rimasto ingenuo come allora. Ma non si poteva mai sapere... Non gli ho dato la mano pensando che non l'avrebbe stretta. Lui, con le braccia intrecciate sulla pancia, si è inchinato un paio di volte come un agile giapponese. Ha bisbigliato in arabo:

«Esselamu alejkum we rahmetullahi, sorella Kati».

Ho mosso il capo un paio di volte, per mostrare di aver recepito il suo saluto.

In realtà, il mio stupore non era affatto svanito. Anni prima, quando avevo conosciuto Recai, non aveva né la barba né lo zucchetto. Era di una famiglia immigrata a Istanbul da Rize, la terra del tè. Aveva un'attività in proprio, si trovava in un piccolo locale situato nell'atrio di un edificio sulla nostra strada. Recai girava con un vassoio e serviva il tè ai negozi. Il menù era limitato: tè, Nescafé e caffè turco, ma visto l'alto consumo della bevanda nazionale, il tè, non guadagnava male. Avevo conosciuto anche i figli, che lo aiutavano durante le vacanze estive, e la moglie, che ogni tanto veniva a pulire il negozio.

Recai non era riuscito ad andare di pari passo con l'aspetto di Galata che cambiava velocemente e assumeva tratti sempre più turistici; aveva lasciato il lavoro a suo figlio Müslüm ed era andato in pensione. Ma Müslüm era uno che scommetteva sui cavalli dalla mattina alla sera e non aveva tempo per lavorare. Per due tè ordinati ti faceva venire il latte alle ginocchia. Inoltre non era simpatico e intraprendente come suo padre. Dopo un paio di anni aveva chiuso definitivamente l'attività e se ne era andato. Erano quasi sei, sette anni che non avevo più notizie di Recai.

«È da tanto che non ti fai vedere...».

«Non mi capita più di venire da queste parti, cara sorella... Oggi però ho pensato di passare...». Mentre parlava lo sguardo gli era caduto sulla sedia a dondolo. Stavo per dirgli di accomodarsi quando mi sono accorta di due clienti che osservavano il negozio dalla vetrina. Si sono guardati come per convincersi reciprocamente a entrare, ma poi hanno rinunciato e si sono allontanati. Giustamente. Dovevo mandar via Recai il più in fretta possibile per la salvezza della mia bella libreria. Ho indicato il mucchio di volumi da sistemare sugli scaffali e gli ho detto: «Oggi ho molte cose da fare. Come vedi sono sola... Se vuoi, passa a trovarmi un altro giorno».

«A dir la verità... ti volevo chiedere un favore, sorella Kati». Gli tremava la voce per l'imbarazzo. Ma cosa poteva chiedermi così timidamente un vecchio negoziante del mio quartiere che non vedevo da sette anni? In realtà mi veniva in mente una sola possibilità: denaro. Forse era in gravi difficoltà e non aveva più nessuno a cui chiedere un prestito. Oppure raccoglieva offerte per un bambino che doveva essere urgentemente operato.

Recai ora aveva poggiato le mani sul petto, tutto piegato su se stesso, e guardava fisso un punto che sembrava trovarsi al settimo strato sottoterra. Le gocce di sudore che scendevano dalla fronte coperta dallo zucchetto scomparivano tra i peli della barba. Quel suo aspetto spaventoso dovuto allo strano abbigliamento era scomparso ed era emerso un uomo triste e disperato. Così ho cominciato a notare a una a una tutte le cose che non mi avevano colpito in un primo momento, quando pensavo che fosse uno spietato militante che chiamava al *jihad*: il suo abito lungo che pareva cucito per un uomo niente affatto minuto come lui, aveva il colletto e le maniche consumati. E le scarpe gli erano più piccole di qualche numero: le aveva infilate a mo' di pantofole, piegando la parte posteriore. Quando ha notato che le guardavo, ha detto ancor più imbarazzato: «Sono le scarpe del nipotino... Mentre uscivo di casa, le ho infilate per sbaglio».

Ho fatto il gesto di dire: Succede! Poveretto, se era così distratto doveva avere un problema serio. Tuttavia non l'ho assecondato: «Scusami Recai, ma non possiamo parlare qui, in negozio. Vedi, c'è gente...». Ho guardato la porta come se fossi in attesa di una gran folla di persone. «Io aspetto» ha replicato con entusiasmo. «Mi siedo qui e aspetto». Stava indicando la sedia a dondolo. L'ho spinto leggermente sulla spalla perché si allontanasse dalla sedia e si avvicinasse alla porta. Con voce estremamente decisa, ho detto: «No, non possiamo parlare qui, Recai».

«Vuoi che ti aspetti al caffè di Ekrem?».

Questo era possibile, ma mancava ancora un bel po' all'ora di chiusura. Non mi andava di farlo attendere così tanto per un prestito o un'offerta.

«Non c'è bisogno che tu mi aspetti. Dimmelo adesso cosa vuoi». Mentre cercavo il portafoglio nella borsa appesa alla sedia, ho chiesto: «Raccogli offerte?».

È diventato paonazzo.

«No, sorella! Non ti disturberei dopo tutti questi anni per chiederti dei soldi. Non sia mai, sorella Kati, no. No, sorella...». Aveva cominciato a ripetere le stesse cose con una voce monotona, come se vaneggiasse. Ho cercato di compiacerlo.

«Che male c'è, si può fare con un vecchio conoscente...».

«No, sorella, tu mi hai frainteso». Si è messo a posto lo zucchetto che gli era scivolato per via del sudore. Negli occhi gli si leggeva una profonda delusione. Si è girato su se stesso facendo svolazzare il lungo abito. Il corpo minuto e gobbo mi è parso ancor più piccolo.

«Io vado. Buona giornata, sorella Kati. Che Dio ti protegga» ha detto quasi disperato.

No, non potevo lasciarlo andare. Chi mi conosce lo sa: non sono una persona senza cuore. Ho pensato subito a un piano da mettere in atto con urgenza. Avrei chiamato Fofo per farmi sostituire un'ora in negozio. Certo, era il suo giorno libero...

«Recai, fermati, dove vai? D'accordo, aspettami al caffè di Ekrem. Arrivo subito...».

Appena ho finito la frase, Recai ha alzato le mani al cielo e ha bisbigliato in silenzio una preghiera di ringraziamento. Dallo stato di disperazione era passato a quello euforico di vittoria.

«Sul serio, sorella? Io aspetto, non avere fretta. Non ho niente da fare io... Aspetto».

Ho spalancato la porta per farlo uscire e gli ho detto: «Non ti faccio aspettare molto».

Ho telefonato a Fofo. Era a casa a sonnecchiare.

«Non mi puoi fare questo!» ha urlato.

«Non dire sciocchezze. Si tratta soltanto di stare un'ora in negozio nel tuo giorno libero. Cosa c'è di così terribile?».

«Prima di tutto è l'unico giorno libero che ho. Inoltre, in questo momento sto facendo il bucato e fra poco esco a far la spesa, poi andrò a farmi tagliare i capelli e nel pomeriggio ho un appuntamento con una persona speciale... Come vedi, non ce l'ho un'ora. La mia giornata è pianificata minuto per minuto».

Aveva forse detto: «Appuntamento con una persona speciale»? Ho resistito alla curiosità, per non farmi trascinare in altri argomenti.

«Caro, domani mattina lo apro io il negozio. Tu vieni più tardi, così dormi un'ora in più».

Gli avevo fatto una proposta che non poteva rifiutare. Un'ora di sonno in più si trova al primo posto nella lista delle promesse che possono far gola a Fofo.

Nonostante questo non si è trattenuto dal lamentarsi: «Da dove è uscito fuori questo impegno urgente?». E io gli ho chiesto se si ricordasse o meno di Recai che ci portava il tè.

Al caffè di Ekrem, i turisti si erano accaparrati i tavoli sotto il pergolato di foglie di vite perché speravano di trovare sollievo dal vento caldo che soffiava. Recai era seduto all'interno, dove i pensionati del quartiere ammazzavano il tempo con il backgammon o facendo piccoli giochi d'azzardo. Era su una sedia vicino a uno dei tavoli coperti dal panno verde, aveva distanziato un po' le gambe e aveva messo le mani fra le ginocchia. Teneva la testa bassa. Aveva posato lo zucchetto sul tavolo.

Quando mi ha visto è balzato in piedi, ha preso una sedia e mi ha invitato a sedermi con gesti plateali. Tirando un sospiro di sollievo, ha mormorato:

«Che Dio ti benedica, sorella Kati».

«Aspetta, non ho ancora fatto niente. Non so neppure cosa vuoi da me».

«Mi hai concesso del tempo, lasciando tutto quello che avevi da fare...». Ha tirato fuori dalla tasca un enorme fazzoletto di stoffa e si è asciugato i capelli bianchi appiccicati alla testa per via dello zucchetto, e poi la fronte e la barba. «Con questo caldo...».

Aveva ragione. Faceva caldo, ed era anche umido e appiccicoso. Mettere un piede fuori di casa era da pazzi. Io volevo tornare nel mio negozio dotato di aria condizionata il prima possibile. Inoltre, Fofo aveva detto chiaramente che me l'avrebbe fatta pagare cara se fosse arrivato tardi al suo appuntamento con la «persona speciale».

«Di cosa volevi parlarmi?».

Si è incurvato ancora di più.

«Cara sorella, se ti raccontassi tutto quello che ci è successo, non mi crederesti... Ti ricordi di nostro figlio? Müslüm...».

Ho detto sì con la testa.

«Lo sai anche tu, Müslüm era un birbante da giovane. Si è immischiato con gente sbagliata. Dio mi perdoni, ma erano tutti mascalzoni... Alcol, scommesse di cavalli... tutto quello che ti può venire in mente. Abbiamo pensato: se parte per il servizio di leva, cambierà ambiente, se ne libererà e metterà la testa a posto. È andato... Quando è tornato, gli ho lasciato la mia attività, lo sai. Volevo ritirarmi e vedere mio figlio sistemato. Magari! Il nostro Müslüm non era per niente cambiato, era sempre lo stesso. Non è riuscito a mandare avanti l'attività. L'ha venduta».

A questo punto del discorso ha alzato la voce in modo che Ekrem lo sentisse: «Sarebbe stato magnifico, sorella, avere ancora quell'attività su questa strada, la gente si fa un sacco di soldi...».

«Cosa è successo a Müslüm?». Ero curiosa di sapere che fine avesse fatto.

«Infatti, sorella, torniamo a Müslüm, tanto l'attività... l'abbiamo persa... C'è stato un miracolo... Non si fanno domande sulla volontà di Dio, ma ci è successo un vero miracolo... Mia moglie ha trovato una ragazza del nostro stesso villaggio da dargli in sposa. All'inizio il birbante non l'ha voluta. Ha protestato con sua madre dicendo che non avrebbe mai sposato una ragazza di campagna, ma alla fine l'ha accettata e li abbiamo fatti sposare. Una bella e brava ragazza, osservante... Müslüm è cambiato da quando ha conosciuto Nafile. Si è legato a un maestro di islam ed è entrato in una confraternita. Ha cominciato a frequentare la moschea e a dire la preghiera cinque volte al giorno, senza saltarne mai una. Ha smesso di giocare d'azzardo, di bere alcolici, di bazzicare quegli ambienti. Grazie all'aiuto di un fratello della confraternita – che Dio lo benedica – ha trovato lavoro come autista in Comune...».

Ha levato le mani al cielo e ha bisbigliato silenziosamente una preghiera.

A dire il vero, questa storia non mi aveva affatto colpito. Negli ultimi anni se ne sentivano così tante su coloro che abbracciavano miracolosamente la fede islamica. Ragazze moderne che indossavano il velo dopo aver sognato un anziano signore con la barba che diceva loro «Copriti!», persone come Müslüm che smettevano di bere alcolici, di giocare d'azzardo e iniziavano a frequentare la moschea...

Cercando di non farmi vedere da Recai, ho sbirciato l'orologio. Avevo poco tempo.

«Va bene, taglio corto, cara sorella» ha replicato. «Proprio quando pensavamo che Müslüm fosse cambiato e avesse trovato la retta via, l'autobus che guidava... Uno di quelli che invece di essere rottamati continuano a circolare, cara sorella...». Aveva la voce rotta, tuttavia ha continuato: «Che Dio non faccia capitare questa disgrazia a nessuno... I freni dell'autobus non hanno funzionato. Sono morte sette persone, e nostro figlio da quel giorno è paralizzato dalla vita in giù, cara sorella».

«Non ne sapevo niente, Recai. Mi dispiace davvero molto». Gli ho messo una mano sulla spalla. «Coraggio».

«Ti ringrazio, cara sorella. Che Dio protegga anche i nemici da una sciagura così terribile. Vedi tuo figlio consumarsi...».

Ha tirato fuori il fazzoletto e si è asciugato le lacrime.

«Coraggio» ho mormorato di nuovo. Cos'altro potevo dirgli? «Quanti figli hai?».

«Tre. Due femmine. La più grande si chiama Sümeyye... Che Dio la benedica, fa tutto lei in casa. Ha avuto molti pretendenti che volevano sposarla, ne avrà ancora, ma dice: "Non mi sposerò, mi prenderò cura di voi". La situazione del fratello è quella che è... Non abbiamo nessuno che si possa prendere cura di lui. Mia moglie è malata, e io... Chi mi darebbe un lavoro alla mia età?».

Ho pensato che Recai avrebbe avuto problemi non per la sua età, ma per il suo abbigliamento. In ogni caso, non era sicuramente il tipo su cui i datori di lavoro avrebbero scommesso. «Sümeyye è responsabile delle registrazioni in una ditta di spedizioni. Ha solo la licenza media ma è una ragazza sveglia. Il suo principale è della nostra confraternita, che Dio lo benedica... Ma cara sorella...». Ha mosso la testa come se volesse cacciar via i pensieri. Frettolosamente, ha tirato fuori il fazzoletto e si è asciugato le lacrime che stavano per scendere. «Cara sorella, non sappiamo più che fare. Io e mia moglie eravamo già disperati per Müslüm, ma poi anche la nostra figlia piccola, Emine...». Gli tremavano le spalle. Ha mormorato, più per convincere se stesso che me: «Non si fanno domande sulla volontà di Dio, cara sorella... Dio mette alla prova la nostra pazienza, cara sorella... Mi sei venuta in mente tu. Abbiamo pensato di rivolgerci a te. Anche Sümeyye mi ha detto: "Va' da lei"...».

Forse eravamo arrivati finalmente al nocciolo della questione.

«Mi dispiace annoiarti con i nostri problemi...».

Era evidente che saremmo rimasti ancora per un po' al caffè di Ekrem. Ho alzato la mano per chiamare il cameriere.

«Cosa bevi, Recai?».
«Niente, grazie, sorella. Ma tu bevi pure».
«Dai, bevi qualcosa anche tu. Qualcosa di freddo».
«No, non bevo niente, sorella».
In quel momento mi sono ricordata che eravamo in pieno Ramadan. Certo, Recai faceva il digiuno. Inoltre, le giornate erano lunghe e quell'anno non si mangiava per quasi diciannove ore. Lasciamo perdere la fame, ma la sete, con questo caldo... Comunque non potevo bere del tè davanti a lui.

Recai ha continuato a raccontare.

«Emine, la nostra figlia più giovane. Tu non l'hai conosciuta. Allora aveva tre, quattro anni. Adesso ne ha dieci... L'anno scorso, quando ha finito le elementari, ha detto: "Papà, io voglio imparare la religione e non voglio frequentare questa scuola". Che puoi fare se la bambina la mette così...».

«Un attimo» ho detto. «C'è l'obbligo scolastico. Non puoi non farla studiare...».

«Certo, cara sorella. La scuola dell'obbligo dura quattro anni. Ha imparato a leggere, a scrivere e a far di conto. Adesso è uscita una nuova legge: se la famiglia vuole, dopo quattro anni può non mandare il figlio a scuola. Io ho chiesto consiglio ai fratelli della nostra confraternita... Nel nostro quartiere c'è una scuola femminile di Corano, l'abbiamo iscritta lì. Ed è un'interna, perché abbiamo pensato che con le amiche potesse studiare meglio».

Mi sono venute davanti agli occhi le foto delle ragazzine col velo che leggono il Corano.

«Grazie a Dio la bambina ha talento. Quest'anno, Emine è arrivata prima al concorso di lettura del Corano». Recai mi ha guardato forse aspettandosi da me una frase di apprezzamento. Cosa potevo dirgli? Ha fatto finta di niente e ha continuato: «Emine è una ragazza d'oro. Le abbiamo dato il nome di mia madre. È uguale a lei. Anche la buon'anima di mia madre era così... molto intelligente. Si può arrivare primi a Istanbul con la testa vuota? Non so se per un malocchio, cara sorella, o per altro, ma adesso questa ragazza studiosa, ammirata dagli insegnanti e dalle amiche, questa ragazza che ripeteva continuamente: "Io voglio conoscere tutto il Corano a memoria" e di cui noi eravamo orgogliosi...».

«Cosa le è successo?».

«Vedi, cara sorella... Venerdì scorso, prima della preghiera di mezzogiorno, durante la lezione, mentre leggeva il Corano, ha cominciato improvvisamente a tremare ed è caduta sul leggio. Ha battuto il naso, che ha iniziato a sanguinare...».

«Per quale motivo?».

«Non lo sappiamo, cara sorella». Si è asciugato le gocce di sudore sulla fronte. «Sono venuto a chiederti un consiglio proprio su questo».

«Non è meglio se andate da un medico?» ho detto con indifferenza. Mi era difficile capire il mondo dei conservatori. Mandavano i figli a strani corsi di Corano e quando si ammalavano chiedevano aiuto ai librai!

«Certo che siamo andati dal medico, cara sorella. Quel giorno, i suoi insegnanti hanno chiamato subito l'ambulanza. Dopo Emine, anche altre ragazze sono svenute... A vederle così, gli insegnanti – che Dio li benedica – hanno chiamato subito l'ambulanza. Nostra figlia è rimasta all'ospedale una notte intera. Sono state fatte tutte le analisi, ma non è venuto fuori niente. L'hanno dimessa. L'abbiamo portata a casa. Qui, dopo un paio d'ore, mentre parlava con le amiche al telefono, è svenuta di nuovo. È da sabato che è così... Ci diciamo, finalmente è guarita, ma poi sviene di nuovo. Stamattina l'abbiamo portata un'altra volta all'ospedale. Il medico ha detto che non aveva niente e l'ha mandata a casa. Non sappiamo più che fare».

«E le sue amiche, loro stanno bene?».

«Tre stanno ancora male, le altre invece sono guarite».

«Strano» ho replicato distrattamente.

Mi si è avvicinato con la sedia. «Forse le hanno dato del cibo scaduto?» ha bisbigliato. «Dio mi perdoni, ma ti viene in mente... Un fratello della nostra confraternita che lavora all'ufficio igiene ha detto che se fosse stato così, anche le altre si sarebbero ammalate, ma su quarantadue studentesse solo otto si sono ammalate. Invece, durante il pasto prima dell'alba, tutta la classe ha mangiato quel cibo, anche gli insegnanti, e due vie più giù c'è la scuola maschile di Corano, anche quegli studenti l'hanno mangiato...».

«È stato il loro ultimo pasto prima di stare male?».

«Sì, cara sorella. E prima della preghiera di mezzogiorno del venerdì, verso le dodici e trenta, nostra figlia è svenuta».

Sembrava un caso alla Sherlock Holmes, anzi alla Dr. House: un virus che minaccia la salute pubblica, batteri rari, malattie degne di entrare nella letteratura medica...

«Possono averlo patito soltanto coloro che hanno qualche predisposizione. Emine è affetta da qualche malattia cronica?». Ero orgogliosa di me stessa. Già, avevo seguito quasi dieci puntate di *Dr. House*. E avevo letto tutte le avventure di Sherlock Holmes e del dottor Watson.

«No, cara sorella, non è affetta da nessuna malattia. Grazie a Dio era sana nostra figlia. Era in perfetta salute, a Dio piacendo. Forse per un malocchio, che ne so... La mamma dice che sono i *gin* a non lasciarla in pace. Il nostro capo religioso ha pregato per lei, e anche mia moglie da giorni non fa altro che leggere il Corano. Pensa cosa ci è successo proprio in un giorno benedetto del Ramadan!». Ha aperto le mani come se volesse mettersi a pregare. «Ti viene in mente di tutto... Il dormitorio e le classi sono coperti da tappeti per il *namaz*. Questo fine settimana hanno completamente disinfestato la scuola. Domani riprendono le lezioni. Ma Emine e le sue tre amiche non sono ancora guarite».

Adesso si guardava fisso le mani che aveva incrociato sul grembo.

«Ti faccio i miei auguri, Recai» ho detto. «Ma non ho ancora capito cosa vuoi da me».

Ha avvicinato ancor di più la sedia e mi è venuto quasi sotto il naso. «Penso che ci sia qualcosa di strano sotto, sorella Kati» ha bisbigliato.

«Tipo?» ho chiesto, anch'io in un bisbiglio.

«Cara sorella, in quest'ultimo periodo il governo ha attaccato senza pietà la nostra confraternita. Stanno cercando di porre fine alla nostra esistenza. L'avrai letto sui giornali... Nessuno sa come andrà a finire questa cosa».

Ha guardato intorno per capire se c'era qualcuno che poteva sentirci. Aveva ragione. Da quando il partito islamico al potere, l'AKP, aveva rotto con il suo ex alleato Fethullah, nessuno voleva far sapere di appartenere a quella confraternita. Il governo, usando tutte le forze dello Stato, non dava loro scampo: si aprivano inchieste su magistrati e alti funzionari di polizia, c'era chi perdeva il posto, chi finiva in carcere. Era forte la pressione contro le scuole e i corsi privati della confraternita, costante la minaccia che fossero chiusi definitivamente da un momento all'altro.

«Stai forse parlando della confraternita di Fethullah?» ho urlato. In realtà lui non aveva nessuna colpa, ero io a essere stata ingenua. In questo paese, quando si parla di confraternite, la prima che ti viene in mente è quella di Fethullah.

Si dice che con i suoi milioni di seguaci – molti in posizioni di potere – è uno Stato nello Stato. Invece io ero così lontana da tutto questo che non potevo neanche immaginarmi di conoscere un suo seguace.

«Siamo i soldati al servizio del Maestro, sorella!». Il Maestro è il leader della confraternita, Fethullah Gülen, che vive in Pennsylvania. «Mi capisci, sorella? È in corso un attacco contro la confraternita... Pur non volendo, ti viene in mente di tutto...» ha bisbigliato.

«Che tipo di cose?».

«Per esempio...». Ha esitato come se si sforzasse di trovare le parole giuste. «Per esempio, una semplice domanda: se nelle scuole della confraternita i ragazzi cominciassero ad ammalarsi... la gente continuerebbe a mandare i figli in quelle scuole? Secondo te, sorella, non li ritirerebbe?».

Mi ha sempre entusiasmato la fantasia dei turchi nelle teorie di complotti. Sinceramente, mi aspetterei da loro qualche invenzione utile all'umanità, considerata la forza della loro creatività. Oppure qualche thriller hollywoodiano. Ho guardato Recai. Era seduto con la testa bassa e aveva un che d'ingenuo. Chi avrebbe mai creduto che avesse così tante diavolerie in testa? D'altronde, la politica turca si era ricoperta di fango ed erano venuti fuori un sacco di scandali inimmaginabili. Ormai niente ti pareva illogico. Poteva essere vero? Certo.

Quando Recai ha notato la mia indecisione a proseguire, ha continuato:

«Il governo vuole estirpare la nostra confraternita, cara sorella. Se gli istituti scolastici, i convitti, le università saranno chiusi, come farà la confraternita a raggiungere i cervelli giovani?». Tutti sapevano che il vero patrimonio di questa confraternita era costituito dalle più di duemila scuole e università in più di centosessanta paesi del mondo. Tramite queste, svolgeva una specie di missione in molte parti del mondo. In Turchia diffondeva le sue idee attraverso una rete di scuole.

In quel momento mi è suonato il cellulare. Ho guardato il nome sullo schermo con riconoscenza perché mi avrebbe salvato dallo scervellarmi su come la confraternita avrebbe potuto raggiungere i giovani cervelli. Era Fofo.

«Volevo dirti che non c'è bisogno che tu faccia in fretta. Il mio appuntamento è stato annullato» ha tagliato corto.

«Ho cercato di dirti tutto chiaro e tondo» ha proseguito Recai. «Tu sei una che legge un mucchio di libri, cara sorella. Sei informata, istruita, hai una certa esperienza. Se venissi a parlare con l'insegnante di Emine, magari ti accorgeresti di qualcosa che noi non abbiamo afferrato...».

«È meglio che io non m'intrometta» ho detto decisa. Ci mancava solo che prendessi parte alla guerra tra il governo e i sostenitori di Fethullah. Secondo me, erano uno peggio dell'altro.

«No, cara sorella, non ti dico di intrometterti. Ti chiedo di venire a trovare Emine come un'amica di famiglia. Passiamo anche dal nostro Maestro. Adesso sarà in moschea. Se ti accorgi di qualcosa d'importante... un indizio... se ti viene qualche dubbio...».

«Hai raccontato queste cose anche ai tuoi fratelli?».

«No, cara sorella! Come faccio a condividere cose così importanti con loro? Le ho dette a te e a Sümeyye. Le ho chiesto se riteneva giusto farmi consigliare da te. Quando lei mi ha detto di sì, ecco, sono venuto».

Il fatto di sapere che la mia fama di detective non fosse diffusa nella confraternita, mi aveva tranquillizzato. A dire il vero, la mia vena avventuriera cominciava a pulsare.

«Dov'è questa moschea di cui parli?».

«Proprio qui vicino. A Tarlabaşı. A piedi sono quindici minuti. Se vuoi prendiamo un taxi. La moschea, la casa, la scuola, sono tutte vicine. Non ci vuole molto, cara sorella».

Tarlabaşı? Questa era davvero una promessa di safari in città. Vivo a Beyoğlu da anni, ma non ho mai messo piede in quel quartiere situato tra viale Tarlabaşı e Kasımpaşa, che prende il nome dal viale stesso. Tra noi e gli abitanti di Tarlabaşı, che i sociologi definiscono «i ceti più svantaggiati della società», non c'era solo un viale, ma molto di più: immigrati conservatori di prima generazione arrivati da villaggi remoti dell'Anatolia per guadagnarsi il pane, rom, africani venuti con la speranza di approdare in Europa ma rimasti a Istanbul, gente che raccoglie carta nei bidoni dell'immondizia, spacciatori di ogni tipo di stupefacenti, scippatori... E adesso anche gli arabi e i curdi più poveri scappati dalla guerra in Siria e dagli attacchi dell'ISIS in Iraq.

Se non adesso, quando avrei avuto l'occasione di girare per le strade di Tarlabaşı con una guida e di parlare con i maestri religiosi? Inoltre, per via del progetto di riqualificazione urbana, la maggior parte del quartiere era cambiata e gli edifici storici disabitati adesso erano diventati residence di moda e grandi alberghi. Ma negli isolati dove il progetto non arrivava, continuava la «vivace» vecchia vita. Chissà fino a quando... Avevo anche il permesso di Fofo.

«Col taxi facciamo notte. Meglio andare a piedi» ho detto.

Recai camminava con una rapidità inaspettata per le sue gambe corte. Ho cominciato ad andare veloce anch'io per non perderlo. Viale Galip Dede era affollato anche a quell'ora della giornata. I negozi che vendevano souvenir, olio, spezie per turisti, occupavano una buona parte dello stretto marciapiede. Come gli altri passanti, anche noi eravamo stati costretti a scendere sulla via per procedere, e quando arrivava una macchina dovevamo riparare insieme agli altri sul marciapiede. La signora Nazlı, che vende libri usati su una piccolissima bancarella, era al suo solito posto. Ha guardato con stupore prima me e poi Recai. Dovevamo sembrare una coppia interessante.

Quando siamo arrivati a Tünel, avevo il fiato corto e non riuscivo più a star dietro a Recai. Gli ho proposto di passare da Asmalımescit. Così avremmo preso la scorciatoia. Con il caldo che c'era, meglio camminare di meno. Siamo arrivati ad Asmalımescit, lui davanti, io a pochi passi, le taverne avevano cominciato a preparare i tavoli per la sera ma durante il Ramadan lavoravano poco. La maggior parte della gente che per undici mesi beveva alcolici, in questo periodo diventava osservante e si teneva lontana dai liquori. Siamo passati davanti al consolato inglese e siamo giunti in viale Tarlabaşı. Mentre aspettavamo che le macchine si fermassero per attraversare, Recai mi ha dato una bella notizia. «Siamo quasi arrivati. Una volta presa la strada che costeggia l'albergo lì davanti...».

Anche da quelle parti era in atto una grande trasformazione. Non c'erano ancora boutique eleganti, caffè di note catene, ma nelle drogherie si vendevano alcolici e si cominciava a ristrutturare. Con l'aumento degli affitti a Cihangir e a Kuledibi, gli artisti squattrinati e gli studenti avevano preferito stabilirsi qui.

Il panorama cominciava a cambiare mentre scendevamo da viale Aynalıçeşme verso i «veri» quartieri di Tarlabaşı in fondo alla discesa. Vedendo il bucato steso sui fili nei balconi, non era difficile immaginare che qui vivevano famiglie numerose.

In queste strade non c'era neanche un pizzico di quell'allegria che invece si percepiva poco lontano, a Beyoğlu. Le case erano chiuse in se stesse e le vite impenetrabili. Non si sentiva nessun rumore, a parte lo stridio del ferro che si tagliava in una torneria lì vicino.

«Siamo arrivati» ha detto Recai. Si è fermato sotto l'arco che dava sul cortile e mi ha dato la precedenza. Sul portone c'era una targa con la data del 1570 e il nome Hasan Effendi – il responsabile della contabilità all'arsenale – che aveva fatto erigere la moschea. Era una piccola e gradevole costruzione. In realtà, un tempo doveva essere stata bella. L'incantevole edificio storico era scomparso tra ampliamenti prefabbricati simili ormai a catapecchie che, con un loro muro, si appoggiavano alla moschea.

Recai si è diretto verso una di queste. «Il nostro Maestro dovrebbe essere qui». Ha bussato alla porta aperta. Dopo aver salutato tutti con degli inchini, mi ha presentato.

«Lei, la sorella, l'ho conosciuta nel nostro vecchio quartiere: è venuta a trovare Emine per farle gli auguri. Ma prima abbiamo pensato di fare un salto qui...».

Ci siamo salutati con l'uomo barbuto seduto a capotavola con lo zucchetto. Due uomini con il completo, che stavano sulle sedie allineate vicino alla porta, ci hanno lasciato il posto. Erano gentili nonostante l'evidente malcontento dovuto alla mia presenza.

La puzza d'immondizia che proveniva dalla finestra della stanza del Maestro si mescolava al profumo di un cibo con abbondante cipolla, cotto in una cucina nei dintorni.

«Emine non è migliorata, Maestro. Sono passato a chiedere se ci sono buone notizie dalle altre ragazze». Recai si era tolto lo zucchetto e si asciugava la fronte.

«Visto il risultato delle analisi e la situazione attuale delle giovani, pensiamo che sia stata una reazione allergica». L'aveva detto non il Maestro, ma uno degli uomini che indossavano il completo nonostante il caldo, sbirciandomi con la coda dell'occhio.

«Il nostro fratello Baki... Il nostro fratello della regione... Lavora all'ufficio igiene».

La confraternita sembrava una struttura rigidamente gerarchica. Un sacco di titoli: fratelli regionali, fratelli, maestri, studenti...

Quando il Maestro ha sentito Recai che mi spiegava, l'ha interrotto: «Lei che lavoro fa?».

«Sono libraia. Ho un'attività a Kuledibi». Era meglio nascondergli che avevo una libreria che vendeva solo gialli. Sembravano irritabili.

Per un po' nessuno ha parlato.

«Il corso femminile di Corano si tiene in questa zona?» ho chiesto per interrompere il silenzio.

«È a pochi passi da qui» ha risposto il Maestro. «Il palazzo accanto, invece, è la scuola maschile di Corano. Fra poco finirà la lezione dei nostri piccoli». Si sono guardati sorridendo, contenti. Si comportavano come una grande famiglia felice e affettuosa.

«Dio ci mette alla prova attraverso le difficoltà» ha convenuto l'altro signore con il completo. Aveva baffi corti e radi, come il primo ministro, e capelli appiccicati sulla testa, pettinati da una parte. «Mette alla prova i sudditi che ama di più». Tutti hanno scosso la testa in segno di approvazione.

Quando la voce dei ragazzi che gridavano a squarciagola «Allahu Akbar!» ha interrotto il silenzio della stanza, sono trasalita.

Il Maestro ha spiegato: «È finita la giornata alla scuola maschile di Corano». Ha sorriso con una gioia che adesso mi sembrava più falsa di prima. Avevo voglia di chiedergli come mai non usassero la campanella per annunciare la fine della lezione. Gli urli di «Allahu Akbar» che echeggiavano ancora peggioravano l'atmosfera già pesante.

«Andiamo? Così faccio visita anche a Emine» ho detto a Recai.

Io e il fratello regionale che sembrava responsabile del congedo degli ospiti, camminavamo davanti. Quando siamo arrivati in cortile, mi sono accorta che Recai era rimasto a parlare con il Maestro. Ho colto l'occasione di avere Baki tutto per me e gli ho chiesto: «Che tipo di allergia possono aver avuto le ragazze?».

«A dire il vero, non lo sappiamo neanche noi, signora. Gliel'avrà detto il nostro amico Recai... Quel giorno, gli insegnanti hanno chiamato subito l'ambulanza e le ragazze svenute sono state visitate dai medici. In ospedale hanno fatto tutte le analisi e non hanno trovato niente...».

«Sì, sì, ho capito, però...» l'ho interrotto. «Le ho chiesto solo a cosa si riferiva poco fa, quando ha detto "reazione allergica"».

Mi ha guardato pensieroso negli occhi. Era indeciso se aprirsi o meno a una persona sconosciuta, non appartenente alla confraternita.

«Volevo dire che potrebbe essere un'allergia. I risultati delle analisi ci dicono che non c'è una causa fisiologica» ha risposto alla fine. Abbassando il tono della voce ha continuato: «Non vogliamo suscitare indignazione, signora. Ma ci sono alcuni dati di fatto. Lei sa che duecentomila siriani, scappati dalla guerra, si sono rifugiati in Turchia. Una parte di loro, probabilmente ne è al corrente anche lei, sono in una situazione tremenda. Vivono nei palazzi evacuati per via del progetto di riqualificazione urbana o addirittura in strada. Certo che ci fa male lo stato in cui vivono i nostri fratelli musulmani...».

Sapevo dove voleva andare a parare. «Naturalmente... prima di tutto sono i vostri correligionari» ho detto con evidente allusione. Ma lui non l'ha capita, o ha fatto finta di non capirla.

«Ho qualche sospetto su un virus portato dai siriani. Come ho detto, non è nostra intenzione suscitare indignazione. In diversi luoghi del paese ci sono aggressioni nei loro confronti. Non vorremmo che ce ne fossero anche qui».

Dare la colpa agli immigrati che rappresentano la classe più fragile della società è sempre e dovunque la soluzione più facile. Sono sempre gli immigrati a diffondere le malattie contagiose, ad aumentare le statistiche di criminalità, a rovinare la qualità dell'insegnamento nelle scuole.

Col soffio del vento ho sentito una forte puzza d'immondizia. Cominciavo ad avere la nausea.

Mi sono girata e mentre camminavo verso quel bell'arco ho detto: «Per favore, può dire a Recai che l'aspetto in strada?».

Quando Recai è uscito dalla moschea, c'era sempre un caldo afoso, ma si era alzato un forte vento a sollevare la polvere e il sole era rimasto dietro alle nuvole che ora si muovevano velocemente.

«Pioverà» ha detto Recai. «La nostra casa si trova qui a due passi. Ci arriviamo prima che cominci a piovere. Scusami, sorella, se ti ho fatto aspettare».

«Il Maestro ha chiesto di me?».

Si è fermato di colpo.

«L'hai capito, vero, sorella? Sì, mi ha chiesto chi fossi e per quale motivo eri venuta...».

«L'aveva già chiesto a me...».

«Gliel'ho detto. Gli ho ricordato che anche tu l'hai informato di essere una libraia. Mi ha risposto: "Basta che non sia una giornalista...". Non vogliono che si venga a sapere ciò che è successo, sorella. Non so se anche loro pensano quello che penso io, ma...».

Ci siamo infilati in una viuzza. I palazzi sembravano stare a fatica in piedi ed erano appoggiati uno sull'altro. Le finestre erano spalancate, per avere un po' di corrente e di fresco. Ma le donne prudenti che si erano accorte prima di tutti della pioggia in arrivo, avevano cominciato a ritirare il bucato dal balcone e a chiudere le finestre.

Recai si è tolto le scarpe davanti alla porta e le ha posate sul mucchio di calzature e pantofole sistemate su un foglio di giornale all'entrata.

«Ma papà, ti sei messo le scarpe di Beşir: povero bambino, le ha cercate dappertutto. Abbiamo pensato che le avesse lasciate fuori e gliele avessero rubate». La ragazza, a sentire il campanello, era arrivata dalla cucina. Sfregava le mani bagnate per non far gocciolare l'acqua a terra. Era minuta: in realtà pareva poco sviluppata. Il viso svelava la sua età ma il corpo sembrava quello di una bambina gracile.

«Benvenuti» ha detto.

«C'è sorella Kati» ha risposto Recai. Poi si è girato verso di me e mi ha chiesto se mi ricordavo di Sümeyye. Quella non era la ragazza sorridente che avevo conosciuto io. Quando ho incrociato il suo sguardo, ha abbassato gli occhi. «Non l'avrei riconosciuta. Allora era una bambina».

Sümeyye mi ha guardato come se stesse riandando alla sua infanzia, ai giorni in cui era allegra e spensierata.

«Non sei cambiata per niente, sorella Kati. Sei proprio come ti ricordavo. Mi regalavi dei libri da leggere in estate...».

Si udiva una monotona voce femminile che leggeva il Corano in una delle stanze sul retro. Recai è scomparso dietro la porta di quella stanza. Stavamo vicino al tavolo dell'ingresso. Le sedie erano capovolte sopra come si fa nei caffè e nei ristoranti quando si lava per terra.

Sümeyye mi ha invitato nella stanza che dava sulla strada. Su ognuno dei quattro muri era appoggiata una brandina pieghevole. Alla tv c'era un programma religioso. L'ho dedotto dall'abbigliamento degli ospiti e dall'atmosfera dello studio. Il dialogo non si capiva perché il volume era bassissimo.

Su una brandina era sdraiata Emine. La grande benda sul naso le copriva metà del volto. Doveva averlo battuto molto forte. Ha alzato la testa, e dopo avermi osservato con i suoi occhi verdi e le occhiaie viola si è girata verso il muro dandoci la schiena.

«Tu siediti. Vado solo a mettere la pentola sul fuoco e torno subito, sorella. Così sarà pronto per il pasto del tramonto. Per te cosa faccio, un caffè?».

Probabilmente aveva immaginato subito che non facevo il digiuno perché sono tedesca. Avevo sete ma le ho detto che non volevo bere niente. Sümeyye è scomparsa dietro la porta della cucina. Ero sola con la schiena di Emine nella stanza. Con la speranza di intavolare un discorso ho detto: «Auguri». Invece di rispondermi, si è tirata le gambe verso il grembo e si è fatta minuscola.

Sul tavolino vicino al letto c'erano confezioni di medicinali, un libro di preghiera e un quotidiano pubblicato dalla confraternita. Era piegato in quattro, ed era stata letta la pagina con i programmi televisivi. Sull'articolo della rubrica «Telecritica» si stigmatizzava la sospensione della serie *Il cuore non rinuncia all'amato*, a causa della scarsa audience. L'attore protagonista, Yurt Tepeli, era adorato dalle ragazze. C'era anche una foto della protesta dei suoi fan, davanti alla sede della televisione. L'articolo diceva:

Gli ammiratori di Il cuore non rinuncia all'amato *si sono mossi per far sentire la loro voce affinché la serie possa continuare. Anche su Twitter ci sono migliaia di proteste e l'hashtag di* Il cuore non rinuncia all'amato *ha raggiunto la vetta delle tendenze. L'intensità dei tweet scritti al minuto non è passata inosservata.*

Il resto dell'articolo era dedicato al giovane attore di bell'aspetto:

Yurt, con il suo comportamento deciso, rafforza la sua posizione di protagonista. Yurt, che abbiamo intervistato al telefono, ha dichiarato di non avere oggi come oggi all'orizzonte nessun progetto televisivo e di voler valutare le offerte con il suo manager. Facciamo i nostri migliori auguri a Yurt Tepeli per i suoi progetti futuri.

Quando Sümeyye è entrata nella stanza con la vecchia madre che faceva fatica a camminare, ho posato il giornale. L'anziana donna si è seduta in un angolo della brandina come se stesse per collassare.

«Che ne dice, signora Kati? Cos'è che ci è successo? Non si fanno domande sulla volontà di Dio, ma...».

«Non può essere stata intossicata dall'inquinamento?» si è intromessa Sümeyye. «Qui siamo in una zona infossata, per questo c'è smog». Quando ha visto la mia espressione, ha capito che la sua teoria era assurda e ha sorriso: «Invece mia madre ha dei dubbi su queste cose...». Ha aperto le braccia e ha fatto finta di sbattere le ali. Probabilmente voleva alludere ai *gin* di cui mi aveva già parlato Recai.

«Sono citati nel Corano. Anche loro sono stati creati da Dio». L'anziana donna ha iniziato a recitare una preghiera, quasi certamente per cacciare i *gin*.

Quando Recai è entrato nella stanza si è accorto della tv accesa e ha preso subito il telecomando. «La sciate accesa, così tutto il giorno consuma inutilmente corrente elettrica». Poi si è girato verso di me. «Hai parlato, sorella, con Emine?».

Ho scosso la testa. «Non disturbiamola senza motivo, non c'è niente che io possa fare, lo vedi anche tu. Comunque a lei s'interessano già i fratelli della confraternita». Avevo imparato in fretta la terminologia: fratelli, confraternite, *gin*... Volevo allontanarmi da questo ambiente che mi sembrava sempre più irreale e tornare alla mia quotidianità. Ho allungato la mano verso la mia borsa: «Con permesso».

Sümeyye ha scostato le tende.

«Dove vai, sorella, ha iniziato a piovere. Non si può uscire con questo tempo».

Ho guardato dalla finestra. Pioveva forte e il cielo era illuminato dai lampi. Quando piove, le strade di Istanbul diventano un inferno. Nemmeno un taxi alle fermate o per strada. Inoltre, anche se l'avessi per caso trovato, comunque il traffico si sarebbe fermato per intasamento delle condotte o per un allagamento. A ogni pioggia di una certa intensità qualcuno muore. In breve, su Istanbul non cade acqua, ma disgrazie.

«Sono bloccata qui».

«Rimani alla cena che faremo dopo il tramonto, sorella» ha detto Sümeyye. In quel momento mi sono accorta dei profumi che arrivavano dalla cucina. Niente affatto cattivi. Avevo anche cominciato ad avere fame. Lo stesso, ho sperato di non rimanere bloccata lì così tante ore.

«Ehi, ragazza, il bucato sul balcone?» ha chiesto l'anziana donna. Aveva smesso di leggere il Corano.

«Oddio! L'ho dimenticato!». Sümeyye ha preso a correre in casa. Si è messa uno spolverino lungo sul vestito a fiori. Al posto del foulard sottile, un velo di raso con motivi di rose: l'ha fissato in testa con delle forcine.

Quando ha chiuso la porta del balcone ed è entrata con un cesto enorme, sia lei sia i panni erano bagnati fradici. «Quanto piove! Speriamo che non duri molto».

«Sümeyye, fai alzare Emine che deve salutare la sorella Kati» ha detto Recai.

Sümeyye si è tolta il velo e ha buttato lo spolverino in un angolo della brandina. Adesso era di nuovo con il suo abito da casa. Si è seduta ai piedi del letto.

«Ehi! Ragazza! Guarda, sorella Kati è venuta a trovarti per farti gli auguri».

Emine, senza muoversi, ha emesso alcuni suoni per farci capire che non voleva alzarsi né dire nulla.

«Con papà è andata alla moschea e ha parlato con il Maestro Atıf».

L'anziana donna che vedeva sua figlia immobile sul letto mi ha guardato sperando in un aiuto: «È da giorni che se ne sta coricata». Aveva le lacrime agli occhi. Ha ripreso a leggere il Corano.

«Mia madre è molto dispiaciuta» ha detto Sümeyye, come se la povera donna non fosse lì. «Mio padre ti avrà detto di mio fratello. E quando è successo questo a Emine, lei si è disperata. Mio padre ha pensato di venire a cercarti». Si guardava le mani unite in grembo. «Io gli ho detto di non mandare Emine in quella scuola, però...».

«Cosa dovevamo fare, figlia mia?» è intervenuto Recai. «È la scuola della confraternita, è stata lei a volerci andare. Le hanno dato anche una borsa di studio».

«In famiglia lavoro solo io, sorella» ha detto Sümeyye. «Mio fratello, dopo l'incidente ha cominciato a percepire una piccola pensione. Emine era brava a scuola. Quando ha preso la borsa di studio...». Si capiva che, per avere una bocca in meno da sfamare, avevano mandato la ragazza alla scuola di Corano come interna.

Anche se non conoscevo bene la situazione, ho detto: «Se è brava, magari potevate trovare altre soluzioni».

Sümeyye era d'accordo con me.

«Io gliel'ho suggerito, ma non sono stata ascoltata. Voleva studiare, andare alla scuola di polizia. Ma poi non so cos'è successo...».

Emine si è drizzata nel letto.

«A quelle scuole vanno le ragazze che fanno shopping, si truccano e cercano di rimorchiare gli uomini mettendosi in mostra» ha detto. Il suo tono di voce era duro e ostile. «Vestiti e trucchi... non pensano ad altro. Tutti vogliono che le ragazze siano così, e se non lo sei...».

«Non credo che sia sempre vero» ho detto. «Ci sono altre vite e altri tipi di persone».

«Tu lo sei?». Era una ragazza che si atteggiava a persona vissuta.

Era seduta nel letto con un'espressione seria in faccia, nonostante la benda sul naso.

Ho riso. «Sì, penso di esserlo».

«Anch'io sarò diversa. Non sarò come le altre ragazze. Voglio diventare una lettrice di Corano».

Non ero sicura se conoscere il Corano a memoria costituiva un mestiere e non ho fatto nessun commento al riguardo.

«Io vendo libri. Se hai voglia di leggere, vieni da me. D'accordo?».

«La tua libreria non è dove una volta mio padre aveva l'attività?».

«Vedi, sai pure dov'è».

«Mmm... Forse vengo quando guarisco» ha detto in modo lezioso.

Speravo di essere entrata un po' in confidenza con lei.

«Chissà perché ti sei ammalata».
Ha stretto le labbra.
«Non lo sa nessuno... Neanche il medico».
«Com'è successo? Hai avuto le vertigini?».
Al posto suo ha risposto Sümeyye.
«La mattina avevano studiato il *Siyer*».
«Che cos'è?» ho chiesto. Non potevo sapere il programma dettagliato della scuola di Corano.
«La vita del nostro Profeta – sia lodato! –, dei personaggi importanti della nostra religione e dei califfi. Dopo la lezione, durante la preghiera prima del *namaz* del venerdì, avevano iniziato a leggere il Corano. Siccome Emine, quest'anno, è arrivata prima al concorso di lettura, l'insegnante l'ha fatto leggere a lei. Ecco, mentre leggeva è svenuta».
«Ho battuto il naso» ha detto Emine. Con una mano si teneva la benda in mezzo al viso.
«E poi cos'è successo?».
«Ha iniziato a sanguinarmi» ha risposto Emine.
«Sì» ho detto sorridendo. «Hanno chiamato l'ambulanza?».
«Io sono svenuta, e dopo di me sono svenute anche Hicran, Zahide e Lale».
«Non sono state in otto a svenire?» ho chiesto a Sümeyye.
«Sì, in otto, sorella. E queste tre che ha nominato sono le amiche più intime della nostra Emine».
«E sono sempre queste a non guarire? Le amiche più intime...».
Sümeyye ha detto sì con la testa.

«Hicran è la figlia dei nostri vicini del piano di sotto. Lei ed Emine sono amiche d'infanzia. E le altre due ragazze, le ha conosciute a scuola e sono diventate subito amiche perché sono tutte interne».

Aveva smesso di piovere a dirotto. Ho preso un ombrello in prestito da Sümeyye e sono uscita di corsa in strada. Morivo di sete. Eccetto Emine che era malata, tutta la famiglia faceva il digiuno. Non me l'ero sentita di chiedere dell'acqua e berla davanti a loro.

Sono entrata dal primo droghiere che ho trovato. Una ragazza col foulard rosa in testa stava parlando al telefono. Mentre prendevo dal frigo una bottiglia d'acqua, ho sentito di sfuggita la conversazione.

«Ci sentiamo tramite Twitter... La sede della tv è a Yenibosna, sì, sono andate tutte lì... Che ne so io come faranno a metterla di nuovo in onda... Ormai l'hanno fatta finire, come si può iniziare da capo? Io gliel'ho detto, vi sbattete inutilmente. Ma no, la serie è una scusa. Sono andate lì per Yurt Tepeli. Con la speranza di vederlo».

Ha messo l'apparecchio tra la spalla e il collo, ha preso i soldi e mi ha dato il resto, senza mai interrompere la conversazione.

Fofo, prima di uscire, aveva chiuso le finestre. A casa mi ha accolto un'aria calda, intensa e appiccicosa. Ho aperto le finestre e mi sono infilata subito sotto la doccia. In testa mi gironzolavano esseri del mondo spirituale: *gin* e angeli.

Quando sono uscita dal bagno, il cielo era diventato di nuovo nero e c'erano dei lampi. Fofo era in cucina a preparare la cena. Ha alzato la testa dal mazzo di aneto che stava tagliando.

«Di giorno pioggia e la sera si prevede tempesta».

«Sicuramente non è un tempo che ti invoglia ad andare in giro. Meno male che siamo a casa» ho detto per consolarlo del suo appuntamento annullato. Negli ultimi anni, tutti e due non avevamo una vita amorosa invidiabile. E ci confortavamo a vicenda. Magre consolazioni!

«Ah sì, sì!». Ha cominciato a mormorare una vecchia canzone: «Tutti gli amori... Delusioni... Sempre delusioni...».

L'ho baciato sulla spalla, attraverso la maglia.

«Faccio un piatto di zucchine che ho imparato da un cuoco alla tv. Se tu prepari la tavola... Magari beviamo anche del vino, che ne dici?».

«Cosa posso dire, sarebbe meraviglioso» ho risposto.

Durante la cena ho raccontato a Fofo dei *gin*, degli immigrati siriani e di Emine e Sümeyye.

«Mmm... I *gin* alla scuola di Corano. D'altronde la teoria che spiega meglio ciò che è successo è quella dei *gin*. Tu lo sapevi che il Corano li nomina?».

Ho scrollato le spalle: «Figurati, come potrei!».

È andato a prendere il suo iPad. Mentre passava da un sito all'altro mi spiegava ciò che stava leggendo.

«Secondo la sura *Ar-Rahman*, i *gin* sono stati creati dalla fiamma di un fuoco senza fumo. Invece secondo la sura *Al-A'raf*, vivono in un universo parallelo. Si sposano, formano famiglie come noi».

Ho riso. «Non si può dire che sono come noi. Noi non ci siamo né sposati né abbiamo formato una famiglia».

«Ecco, in un sito si dice che le malattie che la medicina non riesce a curare sono opera dei *gin*. Significa che quella donna ne sa qualcosa». Ha guardato l'orologio e si è alzato col bicchiere di vino in mano: «Ah, stasera c'è il finale della mia serie televisiva preferita. Ti dispiace sparecchiare?».

«Che serie è? *Il cuore non rinuncia all'amato*?».

«Figurati! Non ne guarderei mai una così tremenda! Ma tu com'è che la conosci?». Aveva ragione a farmi questa domanda. Non era mai successo che io sapessi il nome di una serie televisiva.

«L'ho sentita nominare dalle ragazze di Tarlabaşı. Tutto il quartiere è triste perché non la trasmettono più. Di che parla?».

«E che ne so io!» ha detto Fofo infastidito. Non era possibile che non sapesse. Lui è un esperto di telefilm.

Sogghignando ho replicato: «Se non conosci la trama, come fai a dire che è tremenda?».

Fofo aveva trovato il canale che cercava. Lo sguardo era rivolto allo schermo, ma aveva abbassato il volume per parlarmi. «Avevo seguito la prima puntata. Il protagonista è un ragazzo che è stato scelto perché adorato dalle ragazze, Yurt Tepeli. Allora ho guardato il film per vedere se era davvero così. Secondo me, quel ragazzo non vale niente. Un giovane grande e grosso. Interpreta un uomo ricco, carismatico e cattivo. S'innamora della cameriera del ristorante che frequenta. Anche se lei non ne vuol sapere niente, lui non la lascia in pace, perché crede nell'onestà della ragazza e vede la sua povertà come una luce straordinaria dell'anima».

«Come sei poetico! In breve, è la storia della lotta dei poveri contro i ricchi cattivi?».

«Non so poi come sia andata a finire» ha ammesso Fofo. Era seduto sulla poltrona nell'altro angolo della sala e aveva alzato il volume. «Replicheranno l'ultima puntata. Se vuoi, guardala».

«Forse sì. Ora sparecchio e poi vado a letto a leggere».

La mattina dopo, come avevo promesso, l'ho aperto io il negozio. Quando Fofo è finalmente arrivato, nel primo pomeriggio, ero presa dalla contabilità: mi sembrava di non riuscire a venirne a capo.

«Sai perché sono in ritardo?». Rideva malizioso.

«Se cominciassi a pensare ai motivi dei tuoi ritardi, non avrei più tempo per dedicarmi ad altro».

«Ho fatto una cosa per te».

«Che cosa?». Avevo accantonato tutte le questioni che avevo in testa e mi ero immersa nel lavoro.

«Stamattina hanno replicato l'ultima puntata di *Il cuore non rinuncia all'amato*: l'ho guardata». Ridacchiava. «Una bella scoperta».

«Cos'è successo?». Ho alzato la testa dai conti.

«Il protagonista, Yurt, ti ricordi che s'era innamorato della cameriera. A quanto pare alla fine ha convinto la ragazza e si sono messi insieme. Ma quando ha cominciato a far parte di quel mondo ricco e spettacolare, lei, dopo un attimo di disorientamento, è diventata come "loro". Così...». Per aumentare la suspense ha fatto una breve pausa.

«Allora la bella scoperta è che tutti, non appena diventano ricchi, diventano pure cattivi?».

Ha riso.

«Magari fosse solo quello. Quando la ragazza diventa una persona cattiva, incontra un signore anziano dalla barba bianca e la faccia buona. Grazie a lui trova la retta via e si dà alla religione. Abbraccia la fede. Ma proprio allora scopre di avere un tumore».

«Figurati».

«È una serie televisiva. Quando abbraccia la fede, si copre la testa e inizia a leggere il Corano. Le ultime scene sono davvero incredibili».

«Non dirmi che la ragazza muore mentre legge il Corano!».

Fofo ha emesso un piccolo urlo.

«Incredibile! Tu dovresti scrivere sceneggiature, cara. È successo proprio questo. Mentre legge il Corano sviene e cade sul leggio; le esce sangue dalla bocca».

Era un déjà vu. «Veramente?» ho chiesto alzando le sopracciglia. «Che tipo di tumore ha avuto? Non ho mai sentito parlare di un cancro che uccide facendo uscire improvvisamente sangue dalla bocca».

Mi ha guardato con evidente disprezzo.

«Ritiro tutto quello che ho detto. Non c'entri niente tu con le serie tv! Probabilmente, non hai mai sentito parlare di effetto drammatico».

«E tu non hai mai sentito parlare di controsenso. La protagonista non ha avuto la tisi, bensì il cancro».

«Non mi metterò certo a discutere di questo con te»

ha detto deciso. «Sei curiosa di sapere come va a finire oppure no?».

«L'hai già raccontato come finisce».

«No, no, non finisce qui» ha detto entusiasta. «Mentre la ragazza caduta sul leggio esala l'ultimo respiro, arriva Yurt Tepeli. Lei fino a quel giorno aveva cercato di portarlo sulla retta via, ma non ci era riuscita. Yurt, quando vede che la ragazza sta per morire, improvvisamente mette la testa a posto. Con grande pentimento, abbraccia il cadavere e comincia a piangere».

«Non mi dire che mentre piange a dirotto tira fuori la pistola e si uccide!».

Ha emesso un piccolo urlo.

«Proprio così!».

Mi sono alzata e ho preso la borsa appesa alla sedia.

«Dove vai?».

«Visto che sei arrivato tu, posso uscire, vero caro? Sarebbe meglio che guardassi anch'io questa serie. La trovo su internet?».

«Certo. Sarà senz'altro sul sito del canale. Subito dopo la trasmissione, la mettono su internet. Perché vuoi vedere quella stupidaggine?».

«Mi sembra che possa essere una fonte d'ispirazione per le ragazze che svengono e cadono come mosche».

«Cioè?».

«Immagina un gruppo di ragazze in un ambiente conservatore, con una vita isolata. La serie televisiva che adorano, la loro unica fonte di divertimento, finisce. La protagonista povera e conservatrice con cui s'identificano muore in un modo terribile. Il protagonista di cui sono innamorate si suicida. Le ragazze sono tristi. Fa caldo. Hanno fame perché fanno il digiuno. Sono povere e preoccupate per il loro futuro. Anche se non direttamente, subiscono la pressione della confraternita. Inoltre ognuna di loro ha problemi personali. Per esempio Emine ha un fratello malato. Voleva diventare poliziotta ma si è trovata in una scuola di Corano che non lascia intravedere nessun futuro. Tutte queste cose insieme...».

«Dici che le ragazze svengono per motivi psicologici?».

«Ecco, queste cose dipendono dalla forza della dinamica di gruppo. Hai mai sentito parlare della mania dei tulipani in Olanda? Oppure dei furti di pene nei paesi africani? Isteria di massa. La mente prende il controllo del corpo. Per esempio, anche se hanno il pene normale, non ne sono affatto convinti. Oppure, credono di avere la stessa malattia di una protagonista televisiva con cui s'identificano...».

«Allora è isteria di massa...» ha mormorato. Quando ho aperto la porta, ha preso il suo iPad e ha cominciato subito a informarsi sull'isteria di massa.

Dopo pochi passi sono tornata indietro e ho detto dalla porta:

«Di' la verità, avresti preferito che fossero stati i *gin*, vero?».

«Eh sì, sarebbe stato più emozionante».

Maurizio de Giovanni
Un telegramma da Settembre

La raffinata gentildonna agganciò con il lungo artiglio rosso fuoco un lembo del chewing-gum e lo allungò distrattamente nell'aria per poi reintrodurlo tra le labbra siliconate. Mina rilevò che la lunga unghia utilizzata per l'operazione era l'unica di quella sobria colorazione, visto che le altre erano policromatiche: dal verde bandiera brillantinato al giallo canarino, passando per il viola e il fucsia. Sull'altra mano, adagiata mollemente sul terzo anello del ventre, si intravedeva addirittura un'unghia decorata a mo' di bandiera statunitense, evidentemente per un tributo al nuovo gusto che avanzava.

I gioielli che la gentildonna indossava per decorare il sobrio vestito a strisce iridate che ricordava un arcobaleno obeso non erano da meno. Il bracciale a catena, il collanone a quattro giri, gli orecchini a sei pendenti che toccavano le spalle e che suonavano a ogni movimento come i campanacci di un intero gregge urlavano a ogni sguardo ferito opulenza e tamarragine.

«Dottore'» disse la virago, «io non capisco, spiegatemi un'altra volta: ma perché mi avete fatto venire fino a qua sopra? Che poi, per la verità, tutte queste scale se lo sapevo prima che l'ascensore era scassato, col cacchio che me le facevo. Ma ormai, siccome stavo qua, ho detto: leviamoci il pensiero e parliamoci, con questa. Allora?».

Mina sospirò. Col suo maglioncino grigio, l'assenza di trucco e gli occhiali si sentiva un personaggio di un vecchio film in bianco e nero, capitato per caso nel bel mezzo di un technicolor cafonissimo degli esecrabili anni Settanta.

«Signora, lo sapete bene perché vi abbiamo convocata. Il ragazzo, vediamo il nome...» si interruppe per consultare una lista e fece un altro sospiro, «Ammaturo Kevin, è vostro figlio, vero?».

La gentildonna fece nell'ordine un palloncino col chewing-gum, si grattò un'ascella e diede un cenno d'assenso.

«Sì, è il mio quinto figlio. E allora? Che ha fatto?».

«Niente ha fatto, signora. È questo, il punto. La scuola è cominciata, e lui pur iscritto regolarmente, e non potrebbe essere altrimenti perché ci deve andare per forza, non si è presentato. E siccome è passato un mese, noi...».

La dama di fronte a lei scosse il capo con un largo sorriso che mise in mostra un ulteriore baluginio d'oro.

«Ah, è questo! Uh Madonna, e mi avevate fatto spaventare! Chissà che mi credevo! Lo so, che Kevin a scuola non ci va. È naturale, con tutto quello che tiene da fare. Dovete avere un poco di pazienza, appena il fratello esce da dove sta e riprende il posto suo, il ragazzo a scuola ci torna. Non vi preoccupate».

Mina consultò di nuovo la lista.

«Scusate, signora, ci deve essere un equivoco. Qui risulta che... Kevin ha dieci anni, e...».

Di nuovo i campanacci segnalarono l'assenso dell'interlocutrice:

«Sì, esatto. Undici a febbraio. E allora?».

«E allora, come può essere che abbia altro da fare? E questo fratello, che fa? E dov'è?».

La donna scrollò le spalle, provocando un'ondulazione di mento, seno e ventre.

«Il fratello, Jonathan, tiene sedici anni e momentaneamente si trova, per un errore giudiziario, impedito a fare il suo mestiere, che è consegnare certi pacchetti. Una specie di... come si chiamano, pony express. E allora, fino a quando questo errore non si risolve, se ne occupa Kevin. Questo è tutto».

Mina osservava il volto impassibile della donna strabuzzando gli occhi, la penna a mezz'aria e la bocca spalancata.

«Ma vi rendete conto di quello che state dicendo? È un bambino di dieci anni! Quali consegne? E come le fa, queste consegne? E il padre che dice?».

La cosiddetta signora Ammaturo strinse gli occhi a fessura e indurì il tono.

«Qualsiasi età tiene, deve fare la sua parte come tutti quanti. Le consegne le fa con lo scooter del fratello, e io gli raccomando di mettersi sempre il casco, se no lo fermano e vedono che è *piccirillo*. Il padre non dice niente, perché sta a Poggioreale da cinque anni e ci deve stare per altri dieci. Va bene così, dottore'? Vi servono altre informazioni?».

Mina non sapeva nemmeno da dove cominciare. Provava questa frustrante sensazione ogni volta che, nel consultorio dove svolgeva quotidianamente la sua professione, si trovava di fronte a situazioni come questa. Come avere davanti una parete di sesto grado con una gamba ingessata.

«Ma non vi rendete conto che così gli rovinate il futuro, a vostro figlio? Che in questo modo sarà come il fratello e il padre? Che non uscirà mai da questo destino?».

Era solo uno sfogo, lo capiva. Non sarebbe servito a niente se non, probabilmente, a suscitare la bellicosa, violenta reazione del mostro che aveva davanti. Ma la donna la sorprese. Tacque per un lungo momento, senza nemmeno far esplodere il chewing-gum. Fece scorrere lo sguardo sul ripiano bucherellato della vecchia scrivania, sulle pareti scrostate dall'umidità, sulla lampadina nuda che pendeva dal soffitto. Alla fine prese tra gli artigli multicolor la targhetta ingiallita che stava davanti a Mina e la lesse, compitando le sillabe:

«Dottoressa Gelsomina Settembre, assistente sociale. Quanto ci avete messo, dottore'? Quanto avete dovuto studiare, per arrivare ad avere una targhetta così? Ventidue, ventiquattro anni? Per avere questo bell'ufficio, in mezzo ai Quartieri Spagnoli, in un palazzo che se ne sta cadendo, con l'ascensore rotto? E quanto vi danno, si può sapere? Un'amica mia mi ha detto che campate a casa di vostra madre, che siete separata. È così?».

Mina rispose, balbettando:

«Ma che c'entra questo, adesso? Stiamo parlando del futuro di vostro figlio, e non della mia situazione abitativa, che peraltro non vi permetto di...».

La Ammaturo sventolò gli anelli in aria, infastidita:

«E infatti del futuro di mio figlio, sto parlando. Che vorreste, che studiasse? Che si mettesse sui libri vostri per vent'anni, ammesso e non concesso che abbia voglia di farlo? E poi, magari, entrasse in una delle vostre graduatorie per una trentina d'anni per poi guadagnare, che so, duemila euro al mese come voi?».

Al pensiero del suo stipendio di milleduecento euro, peraltro arretrato da tre mesi, Mina sentì una stilettata al cuore. Raddrizzò la schiena, piccata:

«Un mestiere onesto, signora, viene pagato onestamente. E uno si può guardare allo specchio, la mattina, senza...».

«Ecco, brava, dottore'. Guardatevi un poco allo specchio, la mattina. Sareste pure bellina, tenete bei lineamenti, due occhi grandi, e pure col maglione sformato si capisce che tenete due belle zizze. Fate un poco la femmina, che così come state nessun maschio vi guarderà mai».

Mina provò un lieve senso di vertigine: stava ricevendo una lezione d'eleganza da un elefante marino vestito come un ciclista e addobbato come un albero di Natale.

«Non vi interessa che cosa guardo io, signora. Vi dovrebbe invece interessare di vostro figlio, che in questo momento, a vostra insaputa, potrebbe essere stato arrestato, e ha appena dieci anni!».

La donna rise, sguaiata:

«Nemmeno sapete i reati che prevedono l'arresto per un minore. Per fare il mestiere vostro in questo quartiere, dottore', sono cose che dovete imparare. Insomma, non mi fate perdere altro tempo. Kevin per ora a scuola non ci può andare. Dite che sta poco bene, che è partito, dite quello che volete: a me non mi interessa. Basta che non mi chiamate più a casa. A casa mia si lavora, non teniamo tempo da perdere. Buona giornata, dottore'. E fatemi una cortesia, compratevi un vestito: siete il ritratto della tristezza, così come state combinata».

Con quest'ultima frase a effetto si alzò e navigò verso la porta, in tutto uguale a un ritratto di Botero imitato da un pittore daltonico. Quando la aprì si trovò di fronte al medico del consultorio, il dottor Domenico Gammardella, che aveva la mano sulla maniglia.

La metamorfosi della Ammaturo fu immediata e per certi versi stupefacente. Inspirò aria con un risucchio, diminuendo la circonferenza del ventre da un metro e trenta a uno e dieci; si alzò sulle punte delle scarpe tacco dodici, approdando a un'altezza ancora inferiore al metro e sessanta ma considerevolmente maggiore; sorrise scoprendo otto denti in decenti condizioni, due d'oro e due sedi da tempo abbandonate da antichi molari; si portò una mano multicolore e plurianellata alla punta della già generosa scollatura, abbassandola repentinamente di altri quattro centimetri.

Mina scosse il capo, sfiduciata. Era l'effetto che faceva il dottore su ogni donna che, per un motivo o per l'altro, entrava nel consultorio. I capelli perennemente spettinati in un'onda biondo scuro, il velo di barba sui lineamenti perfetti, il fisico slanciato, gli occhi grandi e liquidi color nocciola; perfino la fossetta al centro del mento. Sembrava balzato dallo schermo durante una fiction pomeridiana, ambientata in un ospedale dove si intrecciano infinite relazioni d'amore e non si cura nessun paziente.

Il medico entrò continuando a guardare un foglietto che aveva in mano e rimbalzò sul comparto seno-ventre della Ammaturo, arretrando di una ventina di centimetri.

«Uh, scusi, signora, pensavo di aver aperto io, ero distratto».

La donna sbatté le ciglia vezzosa, e disse:

«Dotto', distraetevi pure quanto volete. A me mi piacciono assai, gli uomini distratti».

Aveva abbassato la voce di almeno un'ottava, conferendole un suono che nelle intenzioni doveva essere sensuale; credeva di evocare le ombre dell'alcova, e invece faceva immediatamente pensare a un baritono gay.

Si voltò verso Mina e disse, con intenzione:

«Avete ragione, dottore'. A lavorare onestamente, ci possono essere pure certi vantaggi. Buona giornata».

E imboccò il corridoio, ancheggiando con un movimento delle natiche, sicuramente rilevante per un sismografo.

Mina sospirò e disse:

«Dimmi, Domenico. Avevi bisogno di me?».

L'uomo la fissò con un po' di delusione.

«Ti prego, Mina, chiamami Mimmo, come mi chiamano tutti gli amici. Lavoriamo insieme, non ti pare che potremmo avere un po' più di confidenza?».

La Ammaturo non rinunciò a un'uscita di scena degna di lei, e mormorò dal fondo del corridoio in maniera udibile da almeno un chilometro:

«Cose da pazzi: lui che chiede un po' di confidenza a quella. Proprio vero, il pane a chi non tiene i denti».

E chiuse con delicatezza la porta, tanto da far staccare dalla parete di fronte un poster che invitava a denunciare gli atti di violenza. Mina sospirò, passandosi una mano sulla faccia.

«Volevi dirmi qualcosa, Domenico?».

Il dottore sospirò a sua volta, scostandosi una ciocca dalla fronte e incrementando così il suo fascino almeno del venti per cento. Mina gli avrebbe dato volentieri molta, molta confidenza; aveva già ammesso con se stessa da tempo che quell'uomo le piaceva, e pure assai. Ma era convinta che il lavoro non dovesse mescolarsi coi sentimenti e lottava per tenerlo a distanza, operazione nella quale la famosa fossetta sul mento giocava strenuamente contro di lei.

Adesso, per esempio, in perfetto pendant con gli occhi nocciola, tremolò e disse (la fossetta):

«Hanno chiamato al telefono, per te. Non volevo interrompere il colloquio, ma francamente mi sono spaventato: c'era una che urlava, non si capiva che voleva, continuava a dire signoramina, signoramina...».

Suo malgrado Mina sorrise: se il dottore le avesse detto che aveva chiamato una donna che sussurrava, o che piangeva, si sarebbe preoccupata; ma una donna urlante che diceva signoramina, signoramina era quanto di più normale la sua vita le potesse proporre.

«Tranquillo, grazie, ci penso io. Immagino che abbia interrotto all'improvviso, con una specie di singulto, vero?».

Il dottore fece una faccia sorpresa.

«Sì, come lo sai? E si sentiva un'altra voce, più bassa, forse era la radio...».

Mina scosse il capo. No, non era la radio. Si alzò, avviandosi verso il telefono che stava nell'ufficio del medico: all'interno del cadente appartamento che pomposamente chiamavano consultorio, un elemento innovativo come il segnale per i cellulari non era ancora arrivato.

Compose il numero, mentre Domenico si fermava sulla soglia guardandola preoccupato. Al primo squillo un «Pronto» le lacerò il timpano nonostante fosse preparata.

Sonia, la governante-badante-cameriera-scaricatrice-pensionata moldava che attendeva alle necessità di casa sua, era fermamente convinta che la cornetta non avesse altra funzione che indicare che si stava parlando con qualcuno molto, molto distante; riteneva perciò che fosse necessario farsi sentire direttamente, come se non esistesse altra amplificazione.

Mina, conoscendo il personaggio, disse subito:

«Ciao, Sonia. Passamela, subito».

Nel silenzio meraviglioso che seguì, distinse chiaramente le note dell'intro di «Rose rosse per te», fischiettata in maniera sempre più udibile man mano che la sedia a rotelle si avvicinava. Si chiedeva come fosse possibile regolare il cigolio delle ruote in modo da cambiare canzone ogni due o tre giorni, lasciando poi il malcapitato ascoltatore a domandarsi perché gli frullava in testa un fastidioso motivetto. D'amore non si muore, fischiettò la ruota fermandosi, seguita da un sibilo quasi indistinguibile.

Specularmente a Sonia, una voce sussurrò come se volesse eludere un'intercettazione ambientale.

«Sempre là sopra stai, eh? In quel cesso di posto, invece di pensare a farti una vita. Mentre il tempo passa, e tu diventi una vecchia cadente».

Mina, sentendosi addosso lo sguardo di Domenico, ridacchiò futile:

«Ciao, mamma. Sono contenta che tutto vada bene. Come mai mi avete chiamata?».

Il sibilo riprese:

«C'è gente davanti, eh? Una non può nemmeno parlare un attimo dei fatti suoi, in quel cesso di posto. E chi è, 'sto maleducato che si mette a sentire cose che non gli devono interessare?».

Mina fece un cenno tranquillizzante a Domenico, che sorrise abbagliandola e si allontanò. Sibilò a sua volta nel microfono:

«Mamma, ti prego, smettila. Si può sapere che succede? Te l'ho detto mille volte di non farmi chiamare qui, lo sai che Sonia urla e spaventa le persone».

«E che la tengo a fare, con tutti i soldi che si piglia, se non può fare nemmeno una telefonata? Lo sai che va dicendo in giro? Che lei qua fa l'assistente. Hai capito? L'assistente! Chissà a chi assiste, questa zoccola».

Mina scosse il capo: l'idea di Sonia, un cubo di centotrenta chili di un metro per lato, sei denti d'oro e nessuno naturale e un'età apparente collocabile in un range tra i settanta e i novantacinque anni, che dispensava servizi sessuali a pagamento le dava allo stomaco.

«Vabbè, vabbè, ho capito. Allora, che volevi?».

«Ha telefonato Marianna. La tua amica».

Mina rimase in silenzio. Marianna? E chi era, Marianna?

«Chi? Io non ho nessuna amica che si chiami Marianna».

La voce sussurrante all'altro capo del filo ridacchiò beffarda:

«Pure la memoria, stai perdendo. È il sintomo della vecchiaia. Prima si perde la memoria, poi si affiosciano le zizze, poi se ne scende il culo. E ti resta solo l'ospizio».

Mina scattò:

«Senti, prima di tutto sei mia madre e quindi, per forza di cose, sei più vecchia di me, perciò non stare a dirmi che mi si affiosciano le... le cose, perché a me non si affioscia proprio niente. Che poi questa dell'ospizio mi pare un'ottima idea, magari ti ci sbatto una volta per tutte così la finisci di infelicitarmi l'esistenza. Infine, chi accidenti è Marianna, si può sapere?».

La voce al telefono si fece compunta:

«Brava. Brava. Prenditela pure con me, che sono la sola che cerca di salvarti dalla rovina e dalla solitudine. Comunque, Marianna è la tua compagna di banco delle medie, e avete fatto pure il liceo insieme. Baracchi Marianna. Se sei rincoglionita e non te la ricordi, peggio per te».

Marianna. Incredibile.

«Non la sento né la vedo da cent'anni, me lo spieghi come potevo ricordarmela? E soprattutto, come te la ricordi tu?».

La voce vibrò di acido orgoglio:

«Perché io tengo la mente lucida e in esercizio, non la ottenebro ascoltando dalla mattina alla sera le assurde disgrazie di gente di merda. Tutto qui. Comunque ha detto che devi andare da lei, alla scuola Andronico di Monticello, oggi alle tre. E non devi tardare, perché deve venire fuori ad aprirti il cancello e non può stare tutto il pomeriggio ad aspettare a te».

Mina provò una leggera vertigine. Una compagna di scuola che non sentiva né vedeva da oltre vent'anni si faceva viva e le ingiungeva di andare a un appuntamento in uno dei quartieri peggiori della città, il tutto tramite sua madre.

«Ma io ho da fare! Sto lavorando, e...».

«Ma che lavoro e lavoro, che ti danno quattro soldi quando te li danno, ogni tre o quattro mesi, che se tuo padre non ci avesse lasciato qualcosa, con la pensione da fame che prendo io non potremmo nemmeno mangiare. Che poi ti eri perfino sistemata, con quell'idiota del tuo ex marito che proprio in quanto idiota ti aveva presa, e tu lo hai lasciato dimostrando di essere ancora più idiota».

«Mamma, adesso ti devo salutare. Mi piacerebbe tanto continuare questa piacevole e divertente chiacchierata, ma...».

«Quello che ti dovevo dire te l'ho detto. Alle tre alla scuola Andronico. Mo' se ci vuoi andare ci vai, se non ci vuoi andare non ci vai».

Dopo un attimo, e senza preavviso, la voce di Sonia rimbombò attraverso la cornetta in tutto il consultorio:

«Pronto? Prontooo?».

Prima di mettere giù rabbiosamente, Mina fece in tempo a sentire allontanarsi la sedia a rotelle. D'amore non si muore, cantò la ruota. Ecco, adesso avrebbe avuto quella canzone in testa per tutta la giornata.

Baracchi Marianna. Erano state amiche per la pelle, di quelle amicizie femminili adolescenziali che non hanno pause, che implicano un'assoluta condivisione. Una ragazza decisa, non particolarmente allegra ma determinata, molto brava a scuola. Il loro rapporto si era incrinato all'improvviso.

Settembre Gelsomina, Mina per tutti, era una donna piuttosto alta, dai lineamenti belli ma non tali da lasciare senza fiato; una massa di capelli neri ondulati e perennemente in disordine, poco trucco e occhiali da vista che, a detta della madre, avrebbero raffreddato anche il più arrapato degli stupratori. Avrebbe potuto passare inosservata, e le sarebbe anche piaciuto, se non fosse stato per il seno. Sul ventre piatto e tonico e sotto il collo lungo e senza rughe nonostante il capo dei quarant'anni doppiato da un po', si spandeva una quinta misura tendente alla sesta, florida e opulenta, che proponeva se stessa malgrado Mina la sopportasse malvolentieri: arrivava per prima, attirava l'attenzione dei maschi e l'invidia delle donne, catturava gli sguardi e li teneva stretti senza mollarli più.

Lo sviluppo del seno in una così esclamativa e improvvisa maniera rese Mina popolarissima tra i maschi della scuola, e ciò inevitabilmente rese livida la piallata Marianna che si allontanò dall'amica, la quale non ne comprese la freddezza ma che presto si abituò con la superficialità dei quindici anni. I rapporti si limitarono al formale, con quel sottile rimpianto che fa da sottofondo alla perduta complicità, e poi alla fine del liceo le loro strade si allontanarono definitivamente. Mina non ricordava quale comune amica le avesse raccontato che Marianna si era diplomata al conservatorio e che aveva intrapreso la difficile strada dell'insegnamento della musica. Che accidenti poteva volere da lei, dopo tutti quegli anni?

La mattinata passò senza ulteriori scossoni, la visita dell'Ammaturo fu replicata un altro paio di volte con soggetti simili e simili esiti; i mesi immediatamente successivi all'inizio delle scuole implicavano una serie di interventi per riempire i tanti banchi vuoti, ma purtroppo raramente si riusciva nell'intento. A volte a Mina sembrava di essere un don Chisciotte a cavallo di un ronzino contro i mulini a vento.

Mentre mangiava il solito panino frugale si chiese se avrebbe dovuto rispondere o meno alla convocazione della vecchia compagna di scuola. Da un lato le pareva così assurda la chiamata in sé, e anche la presunzione di cercarla dopo tanto tempo; dall'altro era curiosa, e pensava che per cercarla dopo tanti anni Marianna doveva davvero aver bisogno di lei.

Alle due e mezza d'impulso si alzò, e si avviò verso la porta. Domenico, chiamami Mimmo, la sentì e si appressò alla porta del suo studio.

«Che fai, esci? E ritorni?».

Mina lo squadrò, freddamente. Il fatto che le piacesse, e il conseguente riconoscimento della propria debolezza, la costringeva a comportarsi con lui malissimo, cosa della quale puntualmente si pentiva quando era troppo tardi:

«Sì, evidentemente esco, come si comprende dal fatto che ho preso la giacca e ho aperto la porta. E sì, evidentemente torno, giacché ho lasciato qui la borsa con le cartelle degli assistiti e l'ufficio aperto. Ci vediamo dopo».

Il medico assunse l'aria da cane bastonato che prendeva ogni volta che Mina ne rintuzzava la sollecitudine.

«Volevo solo... insomma, tutto bene, vero? Quella telefonata... perché se hai bisogno di me, lo sai, io sono qui».

Mina si sentì uno schifo.

«Certo, lo so. Scusami, è una vecchia amica che mi ha cercato a casa, non ho il suo numero e quindi non la posso chiamare a mia volta, allora vado dove lavora per sapere se le è successo qualcosa. Torno presto, se qualcuno mi cerca digli che tra un'ora al massimo sono di nuovo qui».

Domenico sorrise beato e si aggiustò la ciocca, creando un immediato movimento di liquidi nello stomaco di Mina, e disse con voce profonda:

«Va bene. Io ti aspetto».

Il tentativo di Mina di sgattaiolare fuori anonimamente fu frustrato, come sempre. Sulla sua strada si parò, uscito dall'ombra come un topo e altrettanto disgustoso, il portiere dello stabile.

Era un ometto untuoso, sottile e rugoso, di età indefinibile, annunciato da una nuvola di orribile profumo nel quale evidentemente si immergeva ogni mattina. Convinto di essere irresistibile, elevava la propria statura fino alla vetta del metro e sessanta attraverso un complicato sistema di finta suolatura delle calzature comprate in oscure televendite notturne; sperimentava continuamente nuove tinture per i capelli, che a volte gli davano l'inquietante aspetto di un pupazzo balzato fuori per un incantesimo dalla vetrina di un negozio di giocattoli.

Quella mattina il signor Giovanni Trapanese, detto Rudy da tutto il quartiere per rimarcare il suo atteggiamento nei confronti di ogni donna che gli passasse a tiro di sguardo, sfoggiava una tinta che si collocava tra il faggio e il ciliegio. Sembrava un comodino.

Sorrise a Mina, in un baluginio di premolari d'oro e di ponti d'argento.

«Dottore', ma quale piacevole incontro. Un altro poco, e vi urtavo».

La caratteristica dell'ometto che Mina trovava più snervante era che le si rivolgeva senza mai distogliere lo sguardo dal suo seno. Qualsiasi indumento lei indossasse, spesso diversi strati a protezione di quella calamita dell'attenzione maschile, gli occhietti inespressivi sembravano passare attraverso il tessuto e soffermarsi, felici, davanti al panorama. In questo, a dire il vero, era favorito dalla propria statura e da quella di lei che facevano sì che occhi e panorama si ponessero alla stessa altezza.

Mina sbuffò.

«Uè, signor Trapanese, buon pomeriggio. Mi scusi, vado un po' di fretta e...».

Rudy si spostò di lato, parando il suo tentativo di scavalcarlo. Lo sguardo fisso sul petto di Mina e il fatto che le si rivolgesse col voi davano la surreale sensazione che parlasse direttamente con le tette.

«Che piacere rivedervi. Come state? Non ci siamo visti per ben due giorni, come avete fatto senza di me?».

Mina cercò di nuovo di aggirare il sorridente ostacolo, ma quello si muoveva come un ballerino. Gli disse:

«Signor Trapanese, era domenica ieri. Per questo non ci siamo visti. Ora, se permette, come le dicevo vado un po' di fretta e...».

L'uomo sogghignò, senza distogliere lo sguardo dall'oggetto delle proprie attenzioni.

«Ma ogni volta che vi vedo m'incanto, però».

Mantenendo la spiacevole sensazione di essere di troppo nel dialogo tra Rudy e le proprie tette, Mina fece una finta a destra e lo dribblò sulla sinistra. Il portiere sospirò, sconfitto.

«Ma tornate, dopo?».

I seni non risposero, nessuno dei due. Mina se li era portati via.

L'utilitaria di Mina in qualche modo le assomigliava, o almeno assomigliava a come percepiva se stessa: ancora in buone condizioni, meccanica perfetta, carrozzeria tutto sommato decente, ma con l'interno assurdamente in disordine. Sui sedili giornali, documenti, involucri di merendine e biscotti consumati in fretta, pacchi di fazzoletti comprati ai semafori da bambini rom dall'irresistibile sorriso. E libri ingialliti dal sole, cominciati e mai finiti, due ombrelli rotti e perfino una scarpa spaiata, rimasta sola chissà quando e chissà perché. Si impose di non pensare alla faccia che avrebbe fatto l'addetto al lavaggio quando prima o poi, vincendo la vergogna e il pudore, avrebbe deciso di porre fine a quello sfacelo; una volta aveva dato un passaggio a una ragazza che aveva convinto a tornare a casa da dove era scappata, e quella le aveva detto: dottore', una volta ho dormito in una discarica che mi pareva più pulita della macchina vostra.

Quando era sposata, pensò guidando verso la periferia, di queste cose si occupava Claudio. Di ogni cosa, si occupava Claudio. Magistrato, ordinatissimo, maniaco del controllo, preciso, puntuale. E per di più ossessionato dal pensiero che lei potesse farsi del male o trovarsi nei casini. Era durata fin troppo, rifletté;

ed era finita anche bene con la separazione, visto che normalmente queste relazioni si chiudono con l'omicidio del marito da parte della moglie.

Il quartiere di Monticello era tra i più malfamati di una città malfamata. Lo conosceva bene, e sospettava lo conoscessero tutti gli assistenti sociali, che avevano studiato là perché ci andavano a fare tirocinio. I clan si contendevano le piazze di spaccio, la polizia si era rassegnata da tempo a intervenire solo quando era strettamente necessario e le istituzioni si vedevano solo quando qualche politico voleva mettersi in mostra in fase preelettorale. I casermoni popolari erano occupati in maniera abusiva, l'illuminazione stradale era assente e nelle vie c'erano buche così grandi e profonde che sembravano brevi discese e piccole salite dopo un percorso accidentato.

In mezzo al quartiere sopravvivevano piccoli avamposti di resistenza civile; uno di essi era l'attività di doposcuola pomeridiano dei volontari presso l'edificio della Andronico, che di giorno tentava tra mille difficoltà di portare avanti l'istruzione obbligatoria. Mina ci arrivò attraversando un cancello divelto, riscuotendo un distratto sguardo del custode che subito tornò al giornale sportivo che stava leggendo: una donna al volante di un'utilitaria rossa non costituiva un pericolo o il motivo per darsela a gambe per non ritrovarsi implicato in qualche imbroglio.

Fermò la macchina nei pressi di un muro decorato da generazioni di murales sovrapposti fino a creare un incomprensibile guazzabuglio di colori e parolacce. Salì

la breve scalinata e si ritrovò in un lungo corridoio sorprendentemente pulito; le venne incontro una donna arcigna piuttosto anziana con un camice addosso.
«Dite, signori', che volete?».
«Salve. Cercavo la signora Baracchi».
La donna strinse gli occhi in due fessure:
«E chi è? Qua ci sta solo quella della musica. È quella della musica?».
Mina annuì. Senza dirle nulla, la donna si girò e s'incamminò lungo il corridoio. In lontananza si percepiva un vociare vagamente melodico, e suoni scordati di vari strumenti. L'anziana si fermò nei pressi di una porta chiusa, fece un cenno col capo e proseguì. Mina si affacciò al vetro e intravide un gruppo di ragazze e ragazzi di età variabile tra i dodici e i venti anni, impegnati a chiacchierare stravaccati sulle sedie e sui banchi. Due ragazze cantavano ridendo una canzone in un inglese sgrammaticato e tre ragazzi suonavano due chitarre e un tamburello. Alla cattedra, il mento appoggiato sulle mani e un'espressione sfiduciata, c'era Marianna, la sua vecchia compagna di scuola.
Mina bussò alla porta e si affacciò.
«Permesso? Posso?».
Nessuno mostrò di averla sentita, tranne un ragazzino tra i più piccoli che diede di gomito a un compagno e fece un mezzo fischio in direzione del seno di Mina, soggiungendo:
«Uà, guarda che zizze che tiene la signora».
Marianna si alzò, raccomandando ai ragazzi di stare

buoni e non raccogliendo nemmeno un cenno di attenzione, e uscì nel corridoio raggiungendo Mina.

Le due antiche compagne si ritrovarono una di fronte all'altra. Marianna vestiva in modo piuttosto elegante, ma aveva il volto segnato dalle rughe e l'espressione dura; Mina pensò che dimostrava qualche anno in più di quelli che aveva, immaginando subito dopo e un po' dolorosamente che anche l'amica doveva pensarlo di lei. Si pentì di non essere passata da casa a mettere qualcosa di meglio addosso, o anche solo di non aver avuto tempo per il parrucchiere quella settimana.

Anche Marianna la osservava, le labbra strette e le braccia conserte. Poi disse:

«Mina Settembre. Proprio come immaginavo saresti diventata: non hai mai saputo vestirti».

Mina si sentì avvampare.

«Marianna, ciao. Anch'io ti trovo bene. E ora che ti ho vista, me ne posso anche tornare da dove sono venuta».

La donna sospirò:

«Scusa. Mi dispiace, ti ho chiesto io di venire e poi non trovo di meglio che accoglierti male. Grazie di essere venuta. Sono un po' stanca e preoccupata».

Mina sentì sciogliersi la tensione.

«Figurati. Il tempo passa per tutti, e lascia i suoi segni. Come stai?».

Marianna lanciò uno sguardo attorno e prese l'amica per il braccio.

«Devo parlarti, Mina. Urgentemente. Ma prima devi vedere una cosa».

Dal vetro della porta indicò uno degli ultimi banchi. Un adolescente di circa sedici anni se ne stava semidisteso, i piedi sul ripiano davanti a lui, intento a mangiarsi un'unghia della mano. Era simile in tutto e per tutto a quattro o cinque degli altri, cresta sulla testa e tatuaggi sugli avambracci.

«E allora?».

«Vieni con me».

Si avviò verso un'aula vuota, trascinandola con sé. Si guardò attorno per un'ultima volta, poi entrò e richiuse la porta.

Mina disse, impressionata:

«Ma che è, sei diventata un agente segreto? Mi stai facendo agitare».

Marianna sibilò:

«Mina, ascoltami. Ti ho cercata perché la situazione è grave, altrimenti lo sai che non ti avrei disturbata, dopo tanto tempo. Tu, a quanto mi risulta, fai l'assistente sociale, vero? E lavori coi ragazzi disagiati, con le situazioni difficili, immagino».

«Certo, sì. Ma che succede, si può sapere? Tu stai bene?».

La donna agitò la mano in aria:

«Sì, sì. Non riguarda me, la questione. O meglio, mi riguarda, ma solo professionalmente. Lo hai visto, il ragazzo?».

«Sì, e allora?».

Marianna sospirò, si alzò e andò alla finestra dell'aula voltando le spalle a Mina.

«Quello è il figlio di Crastone. Sai chi è, Crastone?».

«Chi, il capoclan? Quello che comanda da queste parti? Certo che lo so chi è Crastone».

Marianna scosse il capo:

«No, non quello. Il cugino. Insomma, appartiene a una parte un po' secondaria della famiglia, nelle loro gerarchie è più indietro. Il che non lo esime, ovviamente, dal far parte di certe logiche. Per cui rientra in pieno nelle affiliazioni e nella ritualità dell'iniziazione, proprio come i principali capi. Solo che non lo è. Insomma, lui probabilmente sarà un operativo, uno di quelli che debbono eseguire le azioni ordinate da qualcun altro. Dal cugino, per esempio».

Rimase in silenzio, il volto impenetrabile fisso sullo squallido panorama di cassonetti e grigiore che si vedeva dalla finestra. Mina si sentì a disagio.

«Mi dispiace, mi dispiace tanto. È un destino triste comune a tanti ragazzi da queste parti, un doloroso modo di vivere che risponde a un contesto...».

Marianna si girò all'improvviso rivolgendo a Mina uno sguardo velenoso, le labbra strette dalla rabbia:

«Non venirmi a dire queste cazzate sociologiche, Settembre. Lo so bene, come funziona. Io lavoro qua da anni, non te lo dimenticare: e provo a insegnare una cosa assurda come la bellezza, attraverso la musica, in un posto dove la bellezza non si è mai vista. Non venirmi a raccontare cazzate».

Mina tacque, sorpresa dall'attacco verbale. Poi disse:

«D'accordo, non vuoi che ti dica quello che penso. Allora si può sapere che vuoi da me?».

Marianna tornò a girarsi verso la finestra:

«È bravo, sai. Proprio bravo. Un talento naturale, come si dice. Sa suonare qualsiasi strumento, e canta come un usignolo. In vent'anni ho insegnato dovunque, qui e nei quartieri alti, me ne sono passati tanti per le mani, e mai, mai ho visto uno così. E pensa: se ne vergogna. Davanti agli amici, a quelli del suo contesto come dici tu, se ne sta zitto. Poi, una volta che gli ho chiesto per quale cazzo di motivo venisse qui al doposcuola musicale, si alza, mi prende per un braccio, mi porta fuori e guardandomi negli occhi mi canta una canzone di queste loro, una canzone neomelodica. Io le odio, quelle canzoni, ma in bocca a lui era splendida».

Dal corridoio venne una risata sguaiata. Gli alunni di Marianna si stavano divertendo. L'insegnante continuò:

«Allora io gli ho chiesto, quando mi sono ripresa, come fosse possibile che uno così bravo non cantasse in continuazione. Come fosse possibile che non avesse voglia di cantare in pubblico, di studiare, di affinarsi. Non gli mancano certo i mezzi, quella è gente che i soldi ce li ha eccome, anche se non voglio immaginare da dove gli arrivino, da quali attività».

Mina era attentissima.

«E lui, che ti ha risposto?».

«Si è messo a ridere, amaramente. E mi ha detto: professore', quelli come me non cantano. Quelli come me sparano».

Cadde il silenzio. Mina lo ruppe, mormorando:

«Continuo a non capire perché mi hai chiamata».

Marianna si voltò lentamente, le braccia strette sotto lo scarso seno, lo sguardo duro.

«Mina, noi eravamo amiche. Lo so chi sei, come sei fatta e come la pensi. Io non ho un buon carattere e il fatto che tu piacessi a tutti gli uomini, e nessuno mi guardasse nemmeno... eravamo ragazzine. La vita ci ha allontanate, e sai com'è, la devo chiamare, la chiamo domani, un giorno o l'altro la cercherò, e non lo si fa mai».

Mina annuì.

«Lascia perdere, lo so come funziona. E credimi, la mia vita è una testimonianza perfetta dell'esistenza della sfiga, soprattutto in ambito sentimentale, quindi avresti potuto tranquillamente frequentarmi senza alcuna frustrazione».

Marianna spalancò gli occhi, sorpresa:

«Davvero?».

«Vabbè, andiamo avanti. Allora, che posso fare io?».

L'insegnante di musica le abbrancò un braccio con insospettabile energia:

«Io lo so, che tu non sei come le altre che fanno il tuo mestiere. Tu lo capisci, se le procedure e le leggi non vanno bene per risolvere le situazioni. Lo sai che se è il caso, bisogna cercare il modo».

Mina si mosse, a disagio:

«Sì, certo. Lo so bene. Ma quando si sconfina nel penale, sai...».

Marianna continuò, febbrile, avvicinando il suo viso a quello dell'amica:

«Stasera, Mina. Stasera. La prima azione di Thomas, la prima volta che sarà coinvolto in un reato. Parteciperà a una rapina, un furto, non sappiamo a che cosa.

Lo andranno a prendere a casa, attorno a mezzanotte, e avrà la sua iniziazione, si completerà il suo destino».

Mina, colpita dagli spruzzi di saliva dell'insegnante, cercava di arretrare:

«Capisco, è terribile. Ma io che ci posso fare?».

Marianna non le diede tregua, avvicinandosi ulteriormente e continuando a innaffiarle il viso:

«Devi fare qualcosa, non capisci? Non possiamo consentire che un ragazzo con quel talento si perda, diventando un qualsiasi delinquente, che vada in un riformatorio e poi in carcere, ed esca e entri per tutta la vita. O che magari si faccia sparare, o accoltellare in un vicolo. È bravo, bravissimo, non ti rendi conto?».

Mina provava a divincolarsi dalla presa dell'amica, ma senza successo.

«Ma non è che gli altri, solo perché non sanno cantare, si meritino di diventare criminali, sai. Ci sono certi ragazzi che...».

«Non venire a dire a me che si deve combattere contro queste cose! Io lo faccio dalla mattina alla sera da vent'anni, proprio come te, venendo a insegnare musica in un posto dove l'unico strumento è la pistola. Ma proprio per questo, quando uno ha un'occasione di uscirne, quest'occasione dev'essere sfruttata. Deve, capisci?».

Mina smise di tentare di liberare il braccio dalla stretta, e sospirò.

«Va bene. Ho capito. E che hai in mente?».

Marianna la fissò, sorpresa:

«Io? Niente di niente. Credi che se avessi avuto una qualsiasi idea ti avrei cercata? Fatti venire in mente tu qualcosa. Bisognerà risolvere la questione entro stasera, a mezzanotte. Ti darò l'indirizzo del ragazzo, e nemmeno lui dovrà saperne nulla, altrimenti il suo codice d'onore gli impedirebbe di accordarsi con noi. E naturalmente niente polizia: servirebbe solo ad accelerare il processo. Lo sai tu come lo so io».

Mina sentì quasi fisicamente trasferirsi il peso della situazione sulle sue spalle, con la solita sensazione spiacevole di responsabilità schiacciante e di impotenza.

«Io... io non so, il tempo è troppo poco. Non ho idea di cosa fare, devo pensarci, fare mente locale. Posso parlarne con qualcuno, eventualmente, senza fare nomi».

Marianna rinforzò la stretta, provocandole un sussulto.

«Devi promettermi che non farai nomi, che non ti rivolgerai alla polizia e che non farai casini con la legge. Giuramelo!».

«Va bene, va bene, mo' lasciami 'sto braccio ché me lo stai staccando! Te lo giuro. Ma se non mi viene niente in mente, non prendertela con me».

Andando via non resistette alla tentazione di gettare un'occhiata attraverso il vetro dell'aula di musica. Il ragazzo, Thomas, se ne stava ancora in disparte guardando fuori dalla finestra, assorto, le braccia conserte. Se ne vedeva la nuca tatuata e la cresta. Mina guardò l'orologio, erano quasi le quattro.

All'improvviso le prese la frenesia.

Fece mente locale mentre guidava. Non aveva alcuna idea su come risolvere la questione: bisognava impedire che si compisse l'iniziazione al crimine del ragazzo, questo era certo; ma come, senza nemmeno poter contare sulla collaborazione dell'interessato? Non aveva intenzione di mancare alla promessa di non rivolgersi alla polizia, e d'altra parte concordava sul fatto che fermarlo o addirittura coglierlo sul fatto sarebbe servito a poco. Bisognava cercare una soluzione alla Mina, cioè fuori dagli schemi.

Ma quale soluzione? Ci fosse stato un po' di tempo in più, magari avrebbe potuto parlare col ragazzo, con la famiglia, cercare un approccio più tradizionale. Non sarebbe servito a molto, probabilmente, ma proponendo qualcosa di alternativo, una scuola di specializzazione altrove, Roma o Milano, allontanandolo dal suo ambiente, forse li avrebbe convinti che non era il clan l'unica via per una sopravvivenza migliore.

Non vedeva vie d'uscita. Aveva bisogno di parlare con qualcuno che avesse un altro punto di vista. E quando pensava a qualcuno che aveva un punto di vista radicalmente diverso dal suo, un solo nome le veniva in mente.

Continuando a guidare, ravanò nella enorme borsa sformata alla ricerca del cellulare.

Claudio l'aspettava al solito bar al Centro Direzionale, a pochi metri dal palazzo di cemento e vetro dove c'era il suo ufficio di magistrato penale. Al solito era perfettamente in ordine, come appena uscito di casa nonostante fosse al lavoro da dieci ore: il nodo della regimental della misura giusta, la camicia con le cifre del colore giusto, i capelli pettinati nel modo giusto. Perfino l'espressione era quella giusta, vagamente preoccupata, sollecita e concentrata.

Mina invece era trafelata, spettinata, disordinata e avvilita. Distrattamente pensò che solo Claudio, in tutto il mondo, aveva la capacità di farla sentire inadeguata con un solo movimento del sopracciglio. Se la madre, che del farla sentire inadeguata aveva fatto la missione di una vita, avesse avuto il sopracciglio di Claudio, lei, Mina, si sarebbe suicidata anni prima.

«Ciao. Come stai? Fatti guardare, sei pallida e affaticata. Ma perché non ti prendi qualche giorno di riposo? Secondo me dovresti andare in montagna. Qualche libro, un po' di musica classica, passeggiate: ti farebbe davvero bene».

Mina sbuffò:

«Cioè, mi consigli di morire prima del tempo. Lo sai che io ferma non so stare. Comunque, non ti ho chiamato per parlare del mio stato estetico, che fra parentesi trovi sempre in qualche modo deficitario e scadente».

L'ex marito protestò:

«Perché sono l'unico a preoccuparmi per te, ecco perché. Come se non lo sapessi, quanto mi sta a cuore che tu stia bene».

«Lasciamo perdere. Ho bisogno di chiederti un consiglio, ma mi serve che tu non faccia il magistrato per cinque minuti. Pensi di riuscirci?».

Claudio sorrise scuotendo il capo:

«Questa è la solita pessima premessa. Perché quando dici così poi viene fuori sempre che sei coinvolta, o hai intenzione di farti coinvolgere, in qualcosa di illegale. Credi che non sappia che è questo il motivo per cui mi fai scendere in questo orribile bar da impiegati, invece di raggiungermi nel mio ufficio?».

Mina cercò di controllare la rabbia, pensando che nessuno come Claudio era capace di far venire fuori il lato peggiore del suo carattere.

«Senti, vuoi aiutarmi o no? Uno se ha voglia di dare una mano a qualcun altro non deve farlo come vorrebbe lui, ma come gli viene richiesto di fare. Se non ne hai l'intenzione dimmelo e me ne vado, ché non ho nemmeno un minuto da perdere. Allora?».

Claudio sospirò, fissando un punto lontano nel triste panorama di grattacieli attorno.

«Niente. Non ce la fai proprio, a non vomitarmi veleno addosso. Che ti avrò mai fatto, si può sapere? Mi hai lasciato tu, sei stata con un altro e me lo sei venuta pure a dire, e mi tratti anche come se fossi il tuo peggior nemico. Io davvero non ti capisco».

Mina provò una stretta al cuore. Al solito, Claudio aveva ragione. Non poté fare a meno di notare che era la prima volta da tanto tempo che riusciva a dirle chiaro e tondo come erano andate le cose tra loro.

«Scusami, hai ragione. È che ho un problema che mi angoscia, e si gioca tutto sul filo di minuti. Non ho proprio il tempo di scandagliare questioni morali o legali, perciò ti dovrai fidare di quello che ti dico e consigliarmi su quello che si può fare, se vedi una soluzione. Tutto qui. Puoi? Lo faresti, per me?».

Gli occhi di Claudio, dietro alle lenti sobrie, si fecero liquidi.

«Lo sai, farei tutto per te. Dimmi pure».

Mina tirò un respiro profondo, e parlò. Cominciò con un «mettiamo che», al quale Claudio rispose con una smorfia; parlò poi dell'incontro con una vecchia amica, e Claudio sussurrò il nome di Marianna come fosse un suo ricordo; descrisse il talento musicale nascosto e quello criminale che si pretendeva genetico. Claudio, da un certo punto in poi e secondo la sua natura, tirò fuori la Montblanc dalla tasca e cominciò a prendere su un tovagliolino rapidi, incomprensibili appunti che poi andava cancellando metodicamente.

La donna continuava a esporre la situazione nel modo disordinato e infarcito di considerazioni e pareri che le era abituale, ma Claudio sembrava perfettamente in grado di seguirne il filo. Poi Mina tacque, e lui continuò ad annuire guardando nel vuoto, come ascoltando una voce che gli suggeriva qualcosa. Mina disse:

«Be'? Ti viene in mente qualcosa che si possa fare?».

Il magistrato sospirò lungamente.

«Saltiamo la parte in cui ti dico che sei un'incosciente, che si tratta di reati gravi e che dovrebbe intervenire la legge, che io sono un magistrato e non dovrei prendere in considerazione nulla che non sia un'azione di polizia, e che dovresti farmi nomi, cognomi e luoghi perché io possa intervenire. Saltiamola, questa parte».

Suo malgrado, Mina sorrise.

«Sì, saltiamola».

Claudio annuì. Poi accadde qualcosa di memorabile: all'improvviso arrossì. Mina aveva assistito al fenomeno non più di tre volte, in oltre vent'anni di conoscenza, e sempre in corrispondenza di eventi gravissimi. Si preoccupò:

«Stai bene, Claudio? Ci sono problemi?».

Lui spostò l'attenzione su di lei:

«Chi, io? No. Perché, dovrebbero esserci problemi? No. Piuttosto, ascoltami bene. Conosco una... una persona, che forse potrebbe aiutarci. Perlomeno, non mi viene in mente altro».

«E chi sarebbe, questa persona? Sai, io ho giurato che non avrei parlato di questa faccenda con nessuno che...».

Claudio alzò la mano:

«Non preoccuparti, non devi parlarne nemmeno con questa persona. Ci parlerò io. Tu dovrai solo utilizzarne l'aiuto».

«Se lo dici tu... E che dovrebbe fare, questa persona?».

Claudio si passò un dito nel colletto, come a voler allentare la stretta della camicia. Mina si accorse che un velo di sudore gli copriva la fronte.

«Dunque, io conosco... e sia chiaro che l'ho conosciuta professionalmente, nel corso di un'intervista fatta per una loro inchiesta sui casi sospesi del tribunale, altrimenti mai... lo sai, io sono piuttosto riservato. Insomma, ho avuto modo di conoscere questa signora, una giornalista. Sia chiaro, persona serissima e preparata, una professionista di valore... questa signora, ti dicevo, lavora presso una rete regionale, una delle poche valide e obiettive che abbiamo».

Mina non credeva alle proprie orecchie, e soprattutto ai propri occhi. Claudio era sulla difensiva, e in chiara difficoltà. Decise di attendere, e lui continuò:

«... Ora, tra i loro programmi di punta, che guarda caso conduce proprio la signora di cui ti dicevo, c'è questo show che forse ti potrebbe aiutare. Ovvio, mi sta venendo in mente adesso e magari non serve, ma... non mi pare ci siano altre possibilità».

«Un programma? Uno show? Ma di che stai parlando, Claudio? Io non ho tempo per mettermi a pianificare inchieste televisive, forse non ti rendi conto che qui è una questione di ore, forse di minuti, e...».

Di nuovo Claudio l'interruppe:

«Ti prego, stammi a sentire. Hai mai visto una puntata di *C'è un telegramma per te*?».

«No, che non l'ho vista! Che accidenti è?».

Il magistrato sospirò.

«È tra gli show più visti a livello regionale, una cosa di grandissimo successo. E Susy... la conduttrice che ti dicevo, è bravissima, una donna di enorme professionalità e...».

«Claudio, ho capito che stimi molto questa signora. Ora, mi dici come potrebbe un cacchio di inutile e becero show televisivo aiutare questo ragazzo?».

«Il programma si svolge così: una troupe arriva a casa di un soggetto, e gli consegna un telegramma inviato anonimamente, in cui gli si chiede una performance: cantare, recitare, ballare, disegnare. Lo si fa in diretta, così se quello si rifiuta fa una figuraccia di fronte a tutta la città. Ma davvero non l'hai mai visto? È seguitissimo, di gran successo, e viene trasmesso proprio il mercoledì, come oggi. Va in onda dalle dieci a mezzanotte e mezza, in seconda serata. La cosa divertente è che, a parte l'operatore, anche chi consegna il telegramma è un dilettante».

Mina trasecolava:

«Ma se tu non hai mai visto uno straccio di programma televisivo che non fosse istituzionalmente palloso, mi spieghi come le sai tutte queste cose?».

Claudio assunse un'aria offesa:

«Io mi aggiorno, sai. Cerco di stare al passo coi tempi. E poi, ti ripeto, questa mia am... questa signora che mi ha intervistato è davvero brava, e mi ha chiesto di assistere a una o due trasmissioni in studio, e...».

«Addirittura in studio, sei andato? Mamma mia, allora davvero sta per venire la fine del mondo come dicono! Poi mi farai capire meglio, quando avremo qualche minuto per chiacchierare un po'. Insomma, che si dovrebbe fare con questa trasmissione?».

«Pensavo, se all'appuntamento al quale devono presentarsi questi delinquenti per portare il ragazzo a fare questa cosa si presentasse anche la troupe della trasmissione? Certo non potrebbero dire in diretta che hanno altro da fare, no? E magari, una volta visto in televisione, il volto del ragazzo potrebbe essere bruciato per un po' ed essere inutilizzabile ai fini criminali».

Mina osservò a bocca spalancata l'ex marito. Le sembrava di vederlo per la prima volta.

«Sai, potrebbe funzionare. È una cosa così assurda che potrebbe funzionare. Dammi il numero di questa tizia, così ci parlo».

Claudio arrossì di nuovo, e disse:
«No, no, per carità. Ha un carattere particolare, rovineresti tutto. E poi mi deve un favore, a me non direbbe di no. La chiamo io. Piuttosto, saranno necessarie un paio di persone almeno, quello che consegna il telegramma e l'intervistatore, e devono essere maschi perché il format prevede così. Pensi di poterli trovare?».

Mina si passò una mano sulla faccia. Sì, pensava di poterli trovare. Quello era il problema.

Disse a Claudio:
«Va bene. È un'assurdità e sicuramente sarà un fallimento, ma va bene. Non abbiamo altro. Fammi il favore, verifica la fattibilità della cosa con la tua... con la tua amica, e dammi notizie. Io vado a parlare con i due attori da coinvolgere, e che Dio me la mandi buona. Chiamami appena sai».

Si alzò per andarsene, poi si fermò e si voltò di nuovo verso l'ex marito:
«Comunque, appena finita questa storia ci vediamo e parliamo. Mi sa che mi stai nascondendo particolari importanti».

Claudio balbettò qualcosa di incoerente e, rosso come un pomodoro, fissò il ripiano del tavolino come per cercare aiuto dal metallo. Mina maledisse la mancanza di tempo che le impediva di indagare ulteriormente, e scappò via.

Arrivò al consultorio che le ombre si andavano decisamente allungando, il che le diede ulteriore ansia. Una parte della sua mente non si decideva a mollare lo stranissimo comportamento di Claudio, che pareva aver qualcosa da nasconderle: la cosa le dava una curiosa sensazione, come una punta di fastidio ma anche di sollievo, e per un'assurda associazione di idee la faceva pensare a Domenico, chiamami Mimmo, Gammardella, mister fascino ginecologico, che teneva ostinatamente fuori la porta della sua confidenza.

Non avrebbe saputo dire perché, ma il rossore di Claudio richiamava la fossetta di Domenico. Interessante collegamento, ma non aveva intenzione di distrarsi per approfondire: aveva un ragazzino da salvare dal proprio destino.

Entrò nel palazzo dei Quartieri Spagnoli ad andatura sostenuta, rilevò la fila davanti allo studio di Domenico: l'ostetricia non era mai stata tanto di moda da quelle parti, e le gentildonne sfoggiavano improbabili vestiti da cerimonia acquistati per antichi matrimoni e ormai di misura largamente insufficiente. Si lasciò cadere alla scrivania, per una volta contenta di non avere colloqui da sostenere. Voleva aspettare concentrata notizie da Claudio; nella prospettiva piazzò il cellulare in bilico sul davanzale della finestra, unico luogo dell'intero ufficio che approdava a una tacca ondivaga di campo. Col telefono dell'ufficio chiamò casa per avvertire che probabilmente non sarebbe tornata a cena; Sonia le rispose col tono sommesso di un soprano nella scena madre dell'ultimo atto, e la speranza di dare solo una comunicazione e di eludere la sorveglianza della madre fu subito vanificata. Rose rosse per te ho comprato stasera, canticchiò la sedia a rotelle, precedendo di un attimo il ben noto malevolo sibilo:

«Quindi non ceni a casa, eh? Così buttiamo via un po' di roba cucinata apposta, come se avessimo soldi da gettare dalla finestra. E dove vai, se è lecito? Hai trovato qualcuno che ti porti fuori, finalmente?».

Mina sbuffò, seccata:

«No, si dà il caso che io sia impegnata per lavoro, un caso urgente da risolvere. Conservami quello che hai preparato, così lo mangio quando riesco a liberarmi. E, una volta per tutte, io non ho bisogno di un uomo che mi mantenga. Sono autosufficiente, io. Ho un lavoro, nel caso non te ne fossi accorta!».

Dalla cornetta venne una risata sarcastica:

«La volpe e l'uva, eh? Di' piuttosto che nessun uomo ti guarda più, perché stai diventando vecchia e fai di tutto per sembrarlo ancora di più, per come vai vestita. E autosufficiente un corno, se non fosse per i soldi che ti ha lasciato quel deficiente di tuo padre, vorrei proprio vedere...».

Esasperata, Mina stoppò la litania con un ciao deciso e mise giù. Contemporaneamente il cellulare squillò.

Per rispondere dovette sporgersi dalla finestra con tutto il busto. Tre piani più sotto comparve il volto felice di Rudy, Claudio andava di fretta, o forse, pensò lei, voleva evitare domande imbarazzanti:

«Allora, ti mando un sms con un nome e un numero di telefono. È quello della signora Susy, cioè Assunta, Rastelli, la giornalista di cui ti ho detto. Ci ho già parlato, è disposta a collaborare, devi solo prendere accordi sulle modalità. Mi aveva invitato a intervenire, ma ovviamente ho spiegato che non era il caso».

Mina si preoccupò:

«Non le avrai detto esattamente di cosa si tratta, vero?».

«Ovviamente no, e per diversi motivi: primo, io sono un magistrato anche se tu fingi di dimenticarlo, e non potrei mai chiedere collaborazioni esterne per prevenire un reato, quello è nostro esclusivo compito; secondo, potrei metterla nei guai e non voglio. Ora ti saluto, stai attenta e fammi sapere».

Questa cura per la giornalista infastidì irrazionalmente Mina, ma la sua eventuale sarcastica risposta fu resa pleonastica dalla chiusura della comunicazione. Andò allo scassatissimo computer che decorava pressoché inutilmente la scrivania e si mise a cercare un filmato con questa Rastelli. Assunta, detta Susy, pensò. Figuriamoci. Sarà una terribile tamarra.

Con tempi geologici di caricamento venne tuttavia fuori una serie incredibile di spezzoni di trasmissioni tv dalle quali emergeva una gran bella donna, spiritosa e spigliata, più o meno coetanea di Mina ma molto, molto elegante. I capelli biondi fluenti, le labbra piene e gli occhi azzurri, la figura sottile fasciata da abiti alla moda e tagliati evidentemente su misura, simpatica e sorridente, perfettamente in grado di fronteggiare anche la più spinosa delle situazioni in diretta.

Mina la odiò subito e inequivocabilmente.

Il cellulare cinguettò avvertendo dell'arrivo dell'atteso messaggio col contatto, e Mina compose il numero dal telefono fisso.

Rispose una voce morbida e impostata.

«Rastelli, pronto?».

Mina fece per parlare e le venne fuori un roco raspare. Si schiarì tossendo, e si presentò:

«Salve, signora, sono Gelsomina Settembre, dovrebbe averle preannunciato la mia chiamata il dottor De Carolis...».

La donna dall'altra parte del filo cambiò tono, manifestando sollecitudine e interesse:

«Ah, certo, molto piacere. Il caro Claudio mi ha avvisata, sì. Mi ha detto che ha bisogno di aiuto. Eccomi qui, mi dica, che posso fare per lei?».

Il caro Claudio. Lei aveva detto il dottor De Carolis, e la cara Assunta detta Susy parlava del caro Claudio. Tutto a posto.

«Sì, ecco, in effetti abbiamo una situazione... senta, signora, mi rendo conto della stranezza della richiesta, ma avremmo bisogno della sua trasmissione».

«Sì, il caro Claudio mi ha accennato e per noi va bene. In genere mandiamo un operatore e la famiglia o gli amici dell'intervistato, a sorpresa, gli tendono un tranello e lo costringono a fare qualcosa di speciale, cantare, ballare, cose così».

«Sì, ho sentito; in realtà non mi è mai capitato di guardare la trasmissione, ma il dottor De Carolis...».

La donna rise, e sembrò una cascata d'argento.

«Ah, ma davvero? Dev'essere l'unica in città, che non vede la trasmissione. In effetti Claudio me l'ha detto che lei non guarda la televisione. Lei legge, vero? Ognuno passa il tempo come meglio crede, del resto».

Mina sentì montare un'ondata di furia cieca che cercò di dominare. Dio, quanto odiava il fatto di aver bisogno di quella donna. Si costrinse a pensare al ragazzo Crastone, e a quello che il destino gli riservava se non si cercava di mettere riparo. Rivolse anche un malevolo pensiero a Claudio che si permetteva di parlare di lei con quella lì.

«Sì, be', i miei gusti in merito al tempo libero non contano molto adesso, le pare? Come dobbiamo organizzarci?».

«Ah, è molto semplice. Io vi ho riservato l'ultimo contatto della trasmissione, quello di mezzanotte. Verrà un operatore sul posto, qualche minuto prima, e due uomini, mi raccomando che siano uomini perché l'unica donna della trasmissione è la conduttrice cioè io, dovranno chiedere a questo ragazzo, è un ragazzo, no?, di fare la sua performance. Il caro Claudio mi dice che lui canta, vero? Perché prima abbiamo una ragazzina di dodici anni che balla sul cubo, sa, cerchiamo di alternare».

Mina provò un senso di nausea. Lei era quella retrograda, che preferiva leggere.

«Sì, lui canta. Speriamo che accetti di farlo in diretta, è un po' schivo».

«Guardi, tutto sta nella capacità di convinzione che hanno gli intervistatori. Io per esperienza posso dirle che raramente, quando ci si trova davanti a una telecamera, uno che sa fare qualcosa o pensa di saperla fare rinuncia a farla. Vedrà, andrà tutto bene. Senta, mi toglierebbe una curiosità? Lei è da molto che conosce

Claudio? Mi è sembrato davvero interessato ad aiutarla, mi ha detto che siete vecchi amici».

Mina ruggì, sorda:

«Sì, siamo vecchi amici. Ci conosciamo da tantissimo tempo».

«Ah. Io invece lo conosco da poco, sa, l'ho intervistato per una trasmissione. Però da allora ci vediamo spesso, molto spesso. È un uomo... interessante. Molto interessante. Non crede?».

Mina poteva quasi sentire il clangore delle spade delle due fazioni che combattevano dentro di lei, una per la salvezza del giovane Crastone e l'altra per l'immediata uccisione di Assunta, detta Susy, Rastelli.

Vinse la prima, almeno per il momento.

«Sì, è certamente un uomo molto, molto interessante. Ma avremo modo di riparlarne, spero. Ora mi scusi, devo cercare di organizzare questa... sorpresa per stasera. La saluto, e la ringrazio ancora tanto».

«Ma di nulla, siamo sempre alla ricerca di belle storie. Mi raccomando, però, risentiamoci: ho molte cose da chiederle sul...».

«... caro Claudio, certamente. A presto».

Il caro Claudio avrebbe dovuto spiegarle molte cose, pensò. Ora però doveva pensare a Thomas Crastone, e veniva la parte più difficile: preparare la troupe.

Quando ebbe finito, Domenico la guardò piuttosto inespressivo: la mascella pendula, la bocca semiaperta, i begli occhi un po' vacui. Per un lungo attimo Mina si chiese se non fosse il caso di ripetere tutto daccapo, magari corredando la spiegazione con qualche disegnino chiarificatore. Poi l'uomo si riscosse dal coma apparente, e chiese:

«E questo lo dovremmo fare oggi? Stasera stessa, fra quanto? Un paio d'ore?».

Mina diede una rapida occhiata all'orologio:

«No, non è così tragica la situazione. Mancano quasi sei ore, in realtà».

Il dottore sbatté le lunghe ciglia.

«Ah, ecco. Quindi in tutto questo tempo noi dovremmo inventarci un piano per intervenire a mezzanotte, nel quartiere peggiore della città dove i tassisti non entrano e ti lasciano ai margini e te la devi fare a piedi anche in pieno giorno, e bloccare un gruppo di delinquenti e assassini efferati che stanno per andare a compiere chissà quale nefandezza a mani nude, senza polizia? E come faremo? Facendogli cantare una canzone. È così, ho capito bene?».

Mina dovette ammettere con se stessa di essere stata troppo pessimista in merito alle capacità di comprensione e di intuito di Domenico, chiamami Mimmo, Gammardella. Ginecologo, sì, ma pensante.

«Più o meno è così, in effetti. Ma avremo con noi un operatore televisivo con tanto di telecamera, e saremo in diretta, quindi...».

«... quindi» la interruppe il dottore, «la nostra morte diventerà un video virale su YouTube, cliccato milioni di volte da brufolosi ragazzini americani assetati di sangue. Una bella soddisfazione».

«Senti, Domenico, io non ho tempo da perdere: se non te la senti, dillo subito e cerco altre persone che mi possano aiutare. Io devo salvare questo ragazzo da un infame destino, non ti rendi conto? Altrimenti tutto quello che faccio, che facciamo qui dentro è inutile. Allora?».

Imprevedibilmente l'uomo la gratificò col suo famoso sorriso cinematografico, rendendo inutile l'illuminazione pomeridiana al neon della stanza.

«E chi ha detto che non ti voglio aiutare? Stavo solo definendo i termini della questione, volevo che tutto fosse ben chiaro. Lo sai, da ragazzo recitavo e c'è stato un lungo periodo in cui sono stato incerto se tentare la carriera di attore, ma chissà perché erano interessati solo per ruoli in cui dovevo stare zitto».

Nella mente di Mina si presentò l'immagine del giovane Domenico che diventava una stella del cinema porno. Scacciò con decisione il pensiero.

«Quindi ci stai, bene. Ora dovremo trovare un secondo personaggio, il format prevede due amici che fanno questa sorpresa a una vittima ignara, mentre la tizia che presenta lo prende per il sedere in diretta. Hai qualche idea?».

Domenico le fece un incerto sorriso, e lei si sentì morire.

Durante tutto il tempo in cui tentarono di spiegargli l'operazione, Rudy non distolse gli occhi dalle sue interlocutrici preferite, cioè le tette di Mina: come se le piccole pupille fossero in grado di oltrepassare facilmente le braccia di lei conserte a protezione, il maglione sformato e il reggiseno fuori misura e rinforzato, rigorosamente nero. Un radiologo non avrebbe saputo far meglio, pensò l'assistente sociale.

«E che ci vuole, dottore'. Una via di mezzo tra lo sbarco in Normandia e un safari in mezzo ai leoni, insomma. Voi secondo me non vi rendete bene conto».

«Signor Trapanese, il dottor Gammardella qui ha pensato che fosse il caso di rivolgerci a lei, io ero contraria. La capisco: se non ha intenzione di collaborare, lasci perdere...».

Senza spostare lo sguardo di un millimetro Rudy sorrise:

«No, e come vi ci mando a voi due a Monticello? Senza di me vi divorano. Ci devo venire per forza».

Ora la squadra era al completo.

Passarono l'ora successiva ad abbozzare una specie di piano, sentendo anche la redazione del programma per accordarsi con l'operatore che li avrebbe raggiunti.

Appena ebbero concluso, il telefono squillò. Mina, che aveva ancora il cordless in mano, rispose.

«Pronto? Vorrei parlare con la dottoressa Settembre Gelsomina, per cortesia».

C'era una sola persona al mondo che l'avrebbe cercata in questo modo.

«Ciao, Claudio. Sono io. Che c'è?».

«Ah, sei tu. Ciao. Senti, ho chiamato per dirti... tutto bene, vero? Hai... ti sei organizzata? Ho saputo che vi siete... che hai parlato con la signora Rastelli».

Mina da un lato era divertita dall'insolita situazione di clamorosa difficoltà in cui si trovava Claudio nel parlare con lei, dall'altro sentiva crescere quella irrazionale, assurda irritazione che le faceva compagnia da qualche ora.

«Sì, ho parlato con la tua amica, è stata molto gentile. Abbiamo più o meno organizzato tutto, speriamo solo che funzioni».

«Certo. Ma mi raccomando, non fare uno dei tuoi soliti colpi di testa; per una volta comportati con prudenza».

«Sì, sì, stai tranquillo».

Ci doveva essere qualcos'altro, perché Claudio sembrava non voler mettere giù.

«Senti, Mina. Io... insomma, non è proprio il caso che tu faccia confidenze di natura personale a questa signora Rastelli. Sai, è pur sempre una giornalista, e io ho una funzione particolare. Non c'è bisogno, per esempio, che tu le dica che io e te... abbiamo avuto una relazione, ecco».

Una relazione?, pensò Mina. Cinque anni di fidanzamento, otto di matrimonio. Abbiamo avuto una relazione.

«Certo, certo. Non ti preoccupare. Con tutta probabilità io e questa signora non ci incontreremo mai più, quindi puoi stare tranquillo: di te saprà solo quello che tu vuoi che sappia. Almeno da parte mia».

La voce di Claudio fu udibilmente sollevata.

«Sai, preferisco mantenere la mia privacy, per quello che posso. Non che si tratti di una persona poco affidabile, intendiamoci, ma è pur sempre...».

«... una giornalista, lo so. Tranquillo. Piuttosto, se stanotte qualcuno dovesse spararmi, ti prego, non dire alla stampa che eravamo sposati: mi rovineresti la piazza con eventuali infermieri dell'ospedale».

«Mina, ma che dici? Sei impazzita? Nessuno ti sparerà, te lo garantisco io, e poi...».

«Scusa, Claudio, era una battuta mal riuscita. Ti saluto, ci risentiamo in questi giorni, così ti racconto com'è andata. A meno che tu non abbia il tempo di seguire la cosa in tv».

Terminata la conversazione, Mina guardò di nuovo l'orologio. Era quasi l'ora di chiusura dei negozi. Prese la borsa e scese a fare un po' di spese: aveva idea che le servisse un piano B.

Arrivarono a Monticello poco dopo le ventitré, utilizzando la macchina di Mina che, con grande disappunto della donna, fu giudicata senza dubbio quella più adatta a passare inosservata in mezzo al degrado. Alla guida si mise Rudy, il quale come in altre occasioni manifestò una vera e propria metamorfosi, diventando una via di mezzo tra un pilota di rally e uno scippatore in fuga.

«Dottore', non vi dovete preoccupare: io con le macchine e le femmine do il meglio di me stesso, state in mano all'arte, come si dice».

«Signor Trapanese, pensi a guidare, per cortesia. Se le donne le tratta come sta trattando la mia auto, mi meraviglio che non ci sia la fila, davanti alla porta del consultorio, di signore che la vogliono in galera. Piuttosto, come lo conosce così bene questo quartiere?».

Il portiere sogghignò, scansando per un millimetro uno scooter con quattro persone senza casco che risaliva contromano.

«Dottore', io in questo quartiere, molti anni fa, ci abitavo. Frequentavo una signora che ahimè era sposata, e per stare vicino a lei mi trasferii qui; poi sorsero incomprensioni col marito, che non era un tipo sportivo e non sapeva prendere con eleganza la sconfitta e l'aria si fece, diciamo, un poco pesante. Me ne dovetti andare. Ma ci ho lasciato il cuore, qua, non è un posto così terribile come sembra».

Domenico guardava dal finestrino la notte illuminata da alcuni roghi presso i quali si aggiravano strani esseri dall'indefinibile identità sessuale che esibivano gambe chilometriche e minigonne multicolori.

«Sarà. A me pare la Cambogia dopo la guerra. Ma l'operatore della tv lo sa, dove raggiungerci?».

Mina si resse per non essere espulsa dalla vettura dopo una sterzata di Rudy finalizzata a evitare una buca della quale non si vedeva il fondo.

«Sì, guarda, c'è il furgone posteggiato là. Mi avevano avvertito che sarebbe arrivato all'ultimo momento per evitare di essere smantellato e venduto all'estero in dieci minuti».

Appena si affiancarono all'automezzo, scese un ragazzo con una sigaretta spenta in bocca e un enorme ciuffo di capelli alla Presley.

«Salve. Siete quelli che devono fare il telegramma?».

Domenico fissò smarrito Mina, che restituì lo sguardo, altrettanto perplessa. Rudy intervenne, sicuro:

«E certo, che siamo noi. Dottore', non ve lo ricordate il programma?».

«Ah, sì» disse Mina, «siamo noi. L'indirizzo è proprio questo, quel portone là davanti».

A pochi metri c'era infatti uno stabile fatiscente con un portone chiuso di alluminio e vetro. Si intravedeva un citofono divelto e all'interno un neon lampeggiava morente.

Il ragazzo col ciuffo annuì.

«Allora, facciamo così: io microfono i due che devono parlare col tizio, e accendo all'ultimo secondo il faretto della camera, meglio non fare prove che attiriamo l'attenzione e in un secondo sparisce tutto, lo abbiamo già avuto questo problema da queste parti. Appena si accende il faretto, siete in collegamento».

Domenico, dimostrando maggiore esperienza scenica, chiese:

«Ma non siamo in collegamento con lo studio? Un auricolare, qualcosa...».

Il ragazzo scosse il capo, spostando la sigaretta spenta lungo tutto l'arco delle labbra.

«No, no. Non c'è bisogno, sono in collegamento io e comunque non si interviene mai durante la performance, la trasmissione funziona così».

Rudy annuì:

«È vero, io la vedo sempre: la signora bona, dallo studio, prima introduce e poi commenta l'eventuale figura di merda. Mi piace assai».

Mina disse, sarcastica:

«Dei commenti sulla signora bona ce ne possiamo pure fregare. L'importante è che interveniamo appena il ragazzo esce dal portone, prima che se ne vada con quelli che lo vengono a prendere. Ci siamo capiti? Nel furgone c'è qualcuno?».

Il ragazzo, impegnato a regolare la camera, scosse la testa:

«No, no. Costa il personale, sapete. Io faccio l'autista, il regista, l'operatore e il fonico. All'occorrenza pure il montatore e l'attrezzista».

Mina si guardò attorno, fregandosi le mani.

«Allora, se permettete, io mi metto dentro e vi aspetto. Mi sa che una donna in mezzo alla strada di notte attirerebbe troppo l'attenzione».

Domenico rivolse lo sguardo verso i fuochi a pochi metri.

«Dici? Forse no, ma in effetti è meglio che non ti faccia vedere. Guarda, sta arrivando una macchina».

Con un rombo dovuto a una pleonastica accelerazione, una potente macchina tedesca si fermò nei pressi del portone dal neon lampeggiante. Ne uscirono tre uomini, uno magrissimo, uno basso e uno enorme. Il Magrissimo fece un cenno del capo al Basso, che emise un lungo fischio verso uno dei balconi del palazzo. Una delle signore dei falò rispose con un grido gutturale che non aveva alcunché di femminile e le altre risero sguaiate.

Il ragazzo con la telecamera fece scorrere la sigaretta da destra a sinistra e chiese:

«Devo cominciare a riprendere?».

Mina, stringendo a sé la borsa sformata, era il ritratto della tensione. Fece cenno di no con la testa, e il ragazzo strinse le spalle con l'aria di chi ne aveva viste talmente tante da non poter essere sorpreso da nulla al mondo. Passò un minuto circa, e dal portone fece capolino Thomas Crastone, vestito e tatuato come Mina l'aveva visto a scuola. A quel punto la donna annuì, e la squadretta formata da Domenico detto Mimmo, da Rudy e dall'operatore si avvicinò silenziosa alle spalle del commando che era venuto a prelevare il ragazzo.

Il Magrissimo, il Basso e l'Enorme stavano esprimendo a schiaffoni e calci il loro entusiasmo per l'iniziazione di Thomas, corredando l'espansiva accoglienza con simpatici epiteti a sfondo sessuale. Mina, mentre riparava velocemente nel furgone per preparare il piano B che sperava di non dover mettere in pratica, incoerentemente ricordò un documentario sui gorilla che mostrava scene simili ma molto più raffinate e sensibili. Domenico e Rudy esitarono intimiditi: nella fattispecie il dottore si chiese, essendo quelli i saluti, come sarebbero state le percosse.

Proprio in quel momento, nel surreale paesaggio le cui uniche luci sin lì erano il neon intermittente e il riverbero dei falò delle signorine al lavoro, l'operatore ritenne, su indicazione auricolare da studio, che fosse venuto il momento di avviare la ripresa; per cui attivò il potentissimo faro della telecamera, illuminando l'allegro incontro dei quattro compari come fosse mezzogiorno.

L'effetto fu spettacolare: reagendo per com'erano geneticamente programmati, i tre della macchina tedesca proposero l'intero spettro della casistica del perfetto camorrista in caso di arrivo della polizia. Il Magrissimo alzò le mani protestando aulico la propria innocenza da qualsivoglia reato o anche peccato; il Basso si produsse in un tuffo carpiato dal notevole coefficiente di difficoltà col quale arrivò dietro l'automobile, coprendosi il volto con un foglio di giornale raccattato da terra; l'Enorme rimase a battere le palpebre come un gatto in autostrada, con la mano che inquietantemente andava all'inguine come se avesse visto qualcosa che portava molto male.

Thomas, dal canto suo, si guardò attorno sbattendo le palpebre e mettendo a posto la cresta, disordinata irreparabilmente dalle effusioni degli amici.

La luce però produsse effetti anche su Domenico e Rudy, che come risvegliandosi dal letargo balzarono in avanti verso Thomas, il quale li guardò con blanda curiosità, come fossero strani ma inoffensivi animali. Domenico tentò uno stentoreo ehilà che però, per un'improvvisa raucedine, uscì in falsetto.

L'Enorme guardò il Magrissimo e chiese:

«Ma che è, 'nu poliziotto ricchione?».

Domenico lo fissò offeso e commise l'errore fatale:

«Né ricchione né poliziotto, sono!».

Ci fu un attimo di imbarazzo. Le signorine ai falò si erano fermate dal passeggiare e fissavano affascinate la scena, come un pubblico pagante. Una di loro allontanò perfino, in malo modo, un aspirante cliente, per non perdersi lo spettacolo.

Il Magrissimo lanciò un urlo belluino con intonazione interrogativa, che doveva avere un significato di richiamo perché il Basso uscì dal provvisorio rifugio dietro la vettura e si avvicinò minaccioso, estraendo un oggetto dalla tasca. Anche l'Enorme andava rendendosi conto della situazione, e la mano lasciò l'inguine per recarsi sotto il giubbotto sul retro della cintura. Domenico si guardò attorno smarrito, e una delle signorine del pubblico disse:

«Lasciatelo stare, è troppo bellino!».

Tuttavia l'Enorme, che era quello più vicino al dottore, non sembrava sensibile al fascino dei bei lineamenti del dottore: lo abbrancò infatti per la collottola, alzandolo dal suolo di una decina di centimetri. Domenico emise un suono strozzato. L'operatore, fedele alla consegna e ignorato da tutti, continuò imperterrito a filmare.

Rudy cercò di prendere la situazione in pugno. Con una specie di capriola da ballerino balzò in scena, brandendo il microfono wireless e guardando in camera come una vecchia zoccola da palcoscenico televisivo.

Con voce da mezzosoprano, sorridendo da un orecchio all'altro e col lodevole intento di salvare il dottore, esclamò:

«Eccoci, si va in scena! Niente violenza, facciamo vedere che anche qui c'è pace, amore, fratellanza e solidarie...».

Fu interrotto brutalmente dal Magrissimo che ne fermò il volo a mezz'aria con un pugno velocissimo e violento che lo fece stramazzare al suolo intontito. Il Basso entrò nel cono di luce del faro e stringendo gli occhi a fessura disse all'operatore:

«Oh, spegni quella cosa ché se no te la faccio mangiare».

Ancorché minacciosa, la frase era peraltro costruita in un decente italiano per cui l'operatore tentò di trattare.

«Eh, bello, noi stiamo facendo il nostro lavoro, se la regia non ci dice di interrompere non possiamo, ci vuoi far perdere il posto?».

I tre camorristi si guardarono perplessi: la poca dimestichezza che avevano col plurale majestatis gli fece immaginare che al di là della luce ci fossero altri addetti alle riprese. Ma la spending review aveva purtroppo abituato l'operatore a immaginare se stesso nei diversi ruoli e non si poteva contare su nessun altro. Perciò con Domenico tenuto a mezz'aria come un fantoccio dall'Enorme, Rudy che scuoteva il capo cercando di riguadagnare la coscienza sufficiente per darsela a gambe e l'operatore tradito nel tremore della mano dall'ondeggiare del cono di luce, l'operazione poteva dirsi conclusa con un nulla di fatto.

Proprio mentre Susy in studio si preparava a commentare la cruda violenza delle periferie, segretamente soddisfatta per l'alternanza perfetta con la squallida festa di compleanno del servizio precedente, irruppe in scena Mina col suo piano B.

Quando nel pomeriggio era scesa dal consultorio per arrivare ai negozi della via grande si era sentita un po' stupida, e se non avesse avuto la conversazione che aveva avuto con Claudio, e se soprattutto non avesse guardato i filmati con la famosa giornalista presentatrice, non avrebbe mai ceduto a quell'impulso. Ma ora, percorrendo a grandi falcate i pochi metri che la separavano dal cono di luce della camera, ringraziava il cielo di aver pensato per una volta secondo una logica diversa da quella che l'animava di solito.

Quando arrivò sul posto tutti ammutolirono, raggelati in una scena presepiale: l'Enorme con Domenico in mano, entrambi a bocca aperta verso di lei come un manichino a due teste; il Basso mentre puntava il coltello a serramanico verso l'operatore, e l'operatore mentre si guardava attorno alla ricerca di una via di fuga; il Magrissimo mentre si preparava a scagliarsi su Rudy, e Rudy mentre assumeva un'espressione supplichevole per salvare la pelle; Thomas che osservava la scena con l'acida indifferenza tipica della sua età, come se passasse per caso di là.

Mina era spettacolarmente diversa dal solito. Scarpe con tacco dodici che la portavano sopra il metro e ottanta, sulle quali riusciva a camminare solo per la forza della disperazione; calze a rete a maglie larghe; gonna stretta con spacco posteriore, a fasciarle i fianchi evidenziandone la morbidezza; soprattutto un'attillatissima e scollatissima camicetta col colletto rialzato, e i capelli sciolti e morbidi che le ricadevano sulle spalle.

Avrebbe potuto tuttavia vestirsi da Paperina, perché non ci fu occhio che colse questi particolari che pure erano stati preparati con cura. L'attenzione di tutti era infatti stata immediatamente catturata dallo spettacolo florido e opulento offerto dal torace, perché Mina non indossava il reggiseno.

Ci aveva combattuto contro per gran parte della vita; si era sentita sempre inadeguata, eccessiva, esagerata; l'esistenza mai completamente celabile di quella caratteristica fisica le aveva rovinato i rapporti con le amiche e deviato quelli con gli amici. Ma ora, ed esclusivamente a fin di bene, Mina aveva deciso di fare del proprio seno un'arma.

Il pubblico femminile o quasi che si assiepava attorno ai falò, come in una chitarrata da spiaggia estiva, sibilò di sorpresa invidiosa. L'operatore, fiutando lo scoop secondo la logica che un particolare del genere non può che imprimere un notevole raddrizzamento dell'audience, smise di tremare e allargò l'angolo di ripresa. Rudy fu il primo a riprendersi e, con gli occhi pieni di lacrime per la commozione di un incontro tanto a lungo agognato, salutò le tette di Mina sussurrando:

«Lo sapevo. L'ho sempre saputo. Grazie, Dio, grazie».

Mina gli si accostò, creando uno sbalzo pressorio che quasi lo uccise, e gli prese il microfono dalle mani.

Fissando la telecamera senza lo schermo degli occhiali che aveva sacrificato all'effetto complessivo, e di conseguenza vedendo solo confusi contorni, esclamò:

«Signore e signori, buonasera. Chi di voi pensa che in un quartiere come questo non possa esserci talento, bellezza, emozione, sta per essere terribilmente deluso. È con immenso piacere che vi presento la voce che cambierà per sempre i vostri gusti musicali, il cantante che è destinato a un futuro lastricato di successi. Ecco a voi Thomas Crastone!».

Seguì un silenzio agghiacciato. Da uno dei falò venne un timido applauso che si spense subito. Mina passò il microfono a Thomas, che lo guardò come se fosse un oggetto misterioso: adesso dipendeva tutto da lui. Doveva scegliere tra un destino e un altro. Se avesse scelto quello che sangue, famiglia, quartiere si aspettavano da lui non ci sarebbe stato scampo per Mina e per i suoi amici. E Thomas cantò.

Gli occhi socchiusi, la mano col microfono alla giusta distanza dalla bocca, l'altra sospesa nell'aria davanti a sé come centomila volte aveva immaginato. Cantò una canzone neomelodica che mai Mina e Domenico avevano sentito, il cui testo ragionava di tradimenti e carcerazioni preventive, di inseguimenti e vendette; ma tale era la bellezza della sua voce che avrebbe potuto anche cantare il menù di una pizzeria, e l'effetto sarebbe stato lo stesso.

Thomas cantò, e finì di cantare. E Mina, sotto l'effetto di una scarica di adrenalina di cui per tutta la vita si sarebbe chiesta l'origine, lo intervistò, e lui rispose come un divo, ringraziando con noncuranza il pubblico di fans che non aveva, ma che presto avrebbe avuto. Addirittura Domenico tentò di intervistare l'Enorme, ricevendone un imbarazzato sconosciuto fonema dall'origine misteriosa e dal significato semanticamente inesistente; e Rudy, si sollevò da terra e strinse la mano del Magrissimo che osservava la scena inebetito.

Il pubblico dei falò, inutile dirlo, si produsse in una vera e propria ovazione, alla quale parteciparono tutti i balconi dei dintorni.

L'operatore non perse un solo frammento di scena, continuando a far passare la sigaretta spenta da destra a sinistra e da sinistra a destra.

Però sorridendo.

Un paio di settimane dopo Mina andò da Claudio, al solito bar del Centro Direzionale.

L'uomo era seduto al tavolino e sfogliava il giornale. Appena lei arrivò si alzò galante e le scostò la sedia.

«Allora, è stato un trionfo, no? Ho sentito che il ragazzo è stato scritturato da un talent show nazionale, e che è favoritissimo per la vittoria finale. Si parla di un disco, addirittura ho visto un paio di ragazzine con la sua faccia sulla maglietta. Ma da quand'è che ti sei messa a fare scouting di cantanti?».

Mina scosse il capo:

«Figurati, io ho solo cercato di toglierlo dai guai. Di' piuttosto che è orribile una società che si dice civile e che non dà speranze ai propri giovani solo perché hanno la sventura di nascere in certi posti. E se Thomas non avesse saputo cantare? Adesso lo staresti mettendo dentro, senza pietà».

Claudio sorrise:

«La solita Mina, sempre pronta a prendersela col mondo intero per le ingiustizie sociali. Stavolta ti è andata bene, invece. Goditi il successo, e basta. E magari ringraziami per averti suggerito il contatto giusto. Io ero in studio e posso garantirti che c'era una tensione che si tagliava col coltello».

«Eri in studio, eh? Ci avrei giurato. Tu non me la conti giusta, Claudio. Che rapporto c'è tra te e la signora Susy? A me lo puoi dire, in fondo, come le hai detto, siamo vecchissimi amici».

L'uomo arrossì e guardò altrove.

«Vecchissimo sono io. Mi ci hai sempre fatto sentire, anche quando eravamo ragazzi. E quando ti ho vista entrare in scena, quella sera... Dio, Mina, eri bellissima. Davvero, non ti avevo mai vista così. Bellissima e determinata, pronta a tutto. Una tigre. Susy... la signora Rastelli perfino, è ammutolita. E mi ha detto, però, la tua amica è notevole. Così ha detto: notevole. Molto notevole, ho risposto io».

Mina si alzò e gli sorrise:

«Adesso devo andare, Claudio. Non sono pronta, a sentirti parlare di questa signora. Forse tra un po', quando diventeremo davvero vecchi amici; e quando anch'io riuscirò a concedermi qualcosa di diverso con qualcun altro».

Si girò per andare via. Claudio mormorò, in maniera quasi non udibile:

«Difficile toglierti dalla mia vita, Settembre Gelsomina. Difficile, dimenticarti».

E Mina, continuando a camminare, sussurrò a se stessa:

«E tu non dimenticarmi, allora».

Si alzò il vento, e al Centro Direzionale cominciò a far freddo.

Indice

La scuola in giallo

Alicia Giménez-Bartlett Tempi difficili	9
Gian Mauro Costa Un colpo in canna	69
Alan Bradley Lo strano caso del cadavere di rame	113
Nicola Fantini Laura Pariani Il rasoio di Asimov	143
Francesco Recami Il mostro del Casoretto	191
Esmahan Aykol Alla scuola femminile di Corano…	253
Maurizio de Giovanni Un telegramma da Settembre	295

Questo volume è stato stampato
su carta Palatina
delle Cartiere di Fabriano
nel mese di novembre 2014
presso la Leva Printing srl - Sesto S. Giovanni (MI)
e confezionato
presso IGF s.p.a. - Aldeno (TN)

La memoria

Ultimi volumi pubblicati

601 Augusto De Angelis. La barchetta di cristallo
602 Manuel Puig. Scende la notte tropicale
603 Gian Carlo Fusco. La lunga marcia
604 Ugo Cornia. Roma
605 Lisa Foa. È andata così
606 Vittorio Nisticò. L'Ora dei ricordi
607 Pablo De Santis. Il calligrafo di Voltaire
608 Anthony Trollope. Le torri di Barchester
609 Mario Soldati. La verità sul caso Motta
610 Jorge Ibargüengoitia. Le morte
611 Alicia Giménez-Bartlett. Un bastimento carico di riso
612 Luciano Folgore. La trappola colorata
613 Giorgio Scerbanenco. Rossa
614 Luciano Anselmi. Il palazzaccio
615 Guillaume Prévost. L'assassino e il profeta
616 John Ball. La calda notte dell'ispettore Tibbs
617 Michele Perriera. Finirà questa malìa?
618 Alexandre Dumas. I Cenci
619 Alexandre Dumas. I Borgia
620 Mario Specchio. Morte di un medico
621 Giorgio Frasca Polara. Cose di Sicilia e di siciliani
622 Sergej Dovlatov. Il Parco di Puškin
623 Andrea Camilleri. La pazienza del ragno
624 Pietro Pancrazi. Della tolleranza
625 Edith de la Héronnière. La ballata dei pellegrini
626 Roberto Bassi. Scaramucce sul lago Ladoga
627 Alexandre Dumas. Il grande dizionario di cucina
628 Eduardo Rebulla. Stati di sospensione
629 Roberto Bolaño. La pista di ghiaccio
630 Domenico Seminerio. Senza re né regno

631 Penelope Fitzgerald. Innocenza
632 Margaret Doody. Aristotele e i veleni di Atene
633 Salvo Licata. Il mondo è degli sconosciuti
634 Mario Soldati. Fuga in Italia
635 Alessandra Lavagnino. Via dei Serpenti
636 Roberto Bolaño. Un romanzetto canaglia
637 Emanuele Levi. Il giornale di Emanuele
638 Maj Sjöwall, Per Wahlöö. Roseanna
639 Anthony Trollope. Il Dottor Thorne
640 Studs Terkel. I giganti del jazz
641 Manuel Puig. Il tradimento di Rita Hayworth
642 Andrea Camilleri. Privo di titolo
643 Anonimo. Romanzo di Alessandro
644 Gian Carlo Fusco. A Roma con Bubù
645 Mario Soldati. La giacca verde
646 Luciano Canfora. La sentenza
647 Annie Vivanti. Racconti americani
648 Piero Calamandrei. Ada con gli occhi stellanti. Lettere 1908-1915
649 Budd Schulberg. Perché corre Sammy?
650 Alberto Vigevani. Lettera al signor Alzheryan
651 Isabelle de Charrière. Lettere da Losanna
652 Alexandre Dumas. La marchesa di Ganges
653 Alexandre Dumas. Murat
654 Constantin Photiadès. Le vite del conte di Cagliostro
655 Augusto De Angelis. Il candeliere a sette fiamme
656 Andrea Camilleri. La luna di carta
657 Alicia Giménez-Bartlett. Il caso del lituano
658 Jorge Ibargüengoitia. Ammazzate il leone
659 Thomas Hardy. Una romantica avventura
660 Paul Scarron. Romanzo buffo
661 Mario Soldati. La finestra
662 Roberto Bolaño. Monsieur Pain
663 Louis-Alexandre Andrault de Langeron. La battaglia di Austerlitz
664 William Riley Burnett. Giungla d'asfalto
665 Maj Sjöwall, Per Wahlöö. Un assassino di troppo
666 Guillaume Prévost. Jules Verne e il mistero della camera oscura
667 Honoré de Balzac. Massime e pensieri di Napoleone
668 Jules Michelet, Athénaïs Mialaret. Lettere d'amore
669 Gian Carlo Fusco. Mussolini e le donne
670 Pier Luigi Celli. Un anno nella vita
671 Margaret Doody. Aristotele e i Misteri di Eleusi
672 Mario Soldati. Il padre degli orfani
673 Alessandra Lavagnino. Un inverno. 1943-1944

674 Anthony Trollope. La Canonica di Framley
675 Domenico Seminerio. Il cammello e la corda
676 Annie Vivanti. Marion artista di caffè-concerto
677 Giuseppe Bonaviri. L'incredibile storia di un cranio
678 Andrea Camilleri. La vampa d'agosto
679 Mario Soldati. Cinematografo
680 Pierre Boileau, Thomas Narcejac. I vedovi
681 Honoré de Balzac. Il parroco di Tours
682 Béatrix Saule. La giornata di Luigi XIV. 16 novembre 1700
683 Roberto Bolaño. Il gaucho insostenibile
684 Giorgio Scerbanenco. Uomini ragno
685 William Riley Burnett. Piccolo Cesare
686 Maj Sjöwall, Per Wahlöö. L'uomo al balcone
687 Davide Camarrone. Lorenza e il commissario
688 Sergej Dovlatov. La marcia dei solitari
689 Mario Soldati. Un viaggio a Lourdes
690 Gianrico Carofiglio. Ragionevoli dubbi
691 Tullio Kezich. Una notte terribile e confusa
692 Alexandre Dumas. Maria Stuarda
693 Clemente Manenti. Ungheria 1956. Il cardinale e il suo custode
694 Andrea Camilleri. Le ali della sfinge
695 Gaetano Savatteri. Gli uomini che non si voltano
696 Giuseppe Bonaviri. Il sarto della stradalunga
697 Constant Wairy. Il valletto di Napoleone
698 Gian Carlo Fusco. Papa Giovanni
699 Luigi Capuana. Il Raccontafiabe
700
701 Angelo Morino. Rosso taranta
702 Michele Perriera. La casa
703 Ugo Cornia. Le pratiche del disgusto
704 Luigi Filippo d'Amico. L'uomo delle contraddizioni. Pirandello visto da vicino
705 Giuseppe Scaraffia. Dizionario del dandy
706 Enrico Micheli. Italo
707 Andrea Camilleri. Le pecore e il pastore
708 Maria Attanasio. Il falsario di Caltagirone
709 Roberto Bolaño. Anversa
710 John Mortimer. Nuovi casi per l'avvocato Rumpole
711 Alicia Giménez-Bartlett. Nido vuoto
712 Toni Maraini. La lettera da Benares
713 Maj Sjöwall, Per Wahlöö. Il poliziotto che ride
714 Budd Schulberg. I disincantati
715 Alda Bruno. Germani in bellavista

716 Marco Malvaldi. La briscola in cinque
717 Andrea Camilleri. La pista di sabbia
718 Stefano Vilardo. Tutti dicono Germania Germania
719 Marcello Venturi. L'ultimo veliero
720 Augusto De Angelis. L'impronta del gatto
721 Giorgio Scerbanenco. Annalisa e il passaggio a livello
722 Anthony Trollope. La Casetta ad Allington
723 Marco Santagata. Il salto degli Orlandi
724 Ruggero Cappuccio. La notte dei due silenzi
725 Sergej Dovlatov. Il libro invisibile
726 Giorgio Bassani. I Promessi Sposi. Un esperimento
727 Andrea Camilleri. Maruzza Musumeci
728 Furio Bordon. Il canto dell'orco
729 Francesco Laudadio. Scrivano Ingannamorte
730 Louise de Vilmorin. Coco Chanel
731 Alberto Vigevani. All'ombra di mio padre
732 Alexandre Dumas. Il cavaliere di Sainte-Hermine
733 Adriano Sofri. Chi è il mio prossimo
734 Gianrico Carofiglio. L'arte del dubbio
735 Jacques Boulenger. Il romanzo di Merlino
736 Annie Vivanti. I divoratori
737 Mario Soldati. L'amico gesuita
738 Umberto Domina. La moglie che ha sbagliato cugino
739 Maj Sjöwall, Per Wahlöö. L'autopompa fantasma
740 Alexandre Dumas. Il tulipano nero
741 Giorgio Scerbanenco. Sei giorni di preavviso
742 Domenico Seminerio. Il manoscritto di Shakespeare
743 André Gorz. Lettera a D. Storia di un amore
744 Andrea Camilleri. Il campo del vasaio
745 Adriano Sofri. Contro Giuliano. Noi uomini, le donne e l'aborto
746 Luisa Adorno. Tutti qui con me
747 Carlo Flamigni. Un tranquillo paese di Romagna
748 Teresa Solana. Delitto imperfetto
749 Penelope Fitzgerald. Strategie di fuga
750 Andrea Camilleri. Il casellante
751 Mario Soldati. ah! il Mundial!
752 Giuseppe Bonarivi. La divina foresta
753 Maria Savi-Lopez. Leggende del mare
754 Francisco García Pavón. Il regno di Witiza
755 Augusto De Angelis. Giobbe Tuama & C.
756 Eduardo Rebulla. La misura delle cose
757 Maj Sjöwall, Per Wahlöö. Omicidio al Savoy
758 Gaetano Savatteri. Uno per tutti

759 Eugenio Baroncelli. Libro di candele
760 Bill James. Protezione
761 Marco Malvaldi. Il gioco delle tre carte
762 Giorgio Scerbanenco. La bambola cieca
763 Danilo Dolci. Racconti siciliani
764 Andrea Camilleri. L'età del dubbio
765 Carmelo Samonà. Fratelli
766 Jacques Boulenger. Lancillotto del Lago
767 Hans Fallada. E adesso, pover'uomo?
768 Alda Bruno. Tacchino farcito
769 Gian Carlo Fusco. La Legione straniera
770 Piero Calamandrei. Per la scuola
771 Michèle Lesbre. Il canapé rosso
772 Adriano Sofri. La notte che Pinelli
773 Sergej Dovlatov. Il giornale invisibile
774 Tullio Kezich. Noi che abbiamo fatto La dolce vita
775 Mario Soldati. Corrispondenti di guerra
776 Maj Sjöwall, Per Wahlöö. L'uomo che andò in fumo
777 Andrea Camilleri. Il sonaglio
778 Michele Perriera. I nostri tempi
779 Alberto Vigevani. Il battello per Kew
780 Alicia Giménez-Bartlett. Il silenzio dei chiostri
781 Angelo Morino. Quando internet non c'era
782 Augusto De Angelis. Il banchiere assassinato
783 Michel Maffesoli. Icone d'oggi
784 Mehmet Murat Somer. Scandaloso omicidio a Istanbul
785 Francesco Recami. Il ragazzo che leggeva Maigret
786 Bill James. Confessione
787 Roberto Bolaño. I detective selvaggi
788 Giorgio Scerbanenco. Nessuno è colpevole
789 Andrea Camilleri. La danza del gabbiano
790 Giuseppe Bonaviri. Notti sull'altura
791 Giuseppe Tornatore. Baarìa
792 Alicia Giménez-Bartlett. Una stanza tutta per gli altri
793 Furio Bordon. A gentile richiesta
794 Davide Camarrone. Questo è un uomo
795 Andrea Camilleri. La rizzagliata
796 Jacques Bonnet. I fantasmi delle biblioteche
797 Marek Edelman. C'era l'amore nel ghetto
798 Danilo Dolci. Banditi a Partinico
799 Vicki Baum. Grand Hotel
800
801 Anthony Trollope. Le ultime cronache del Barset

802 Arnoldo Foà. Autobiografia di un artista burbero
803 Herta Müller. Lo sguardo estraneo
804 Gianrico Carofiglio. Le perfezioni provvisorie
805 Gian Mauro Costa. Il libro di legno
806 Carlo Flamigni. Circostanze casuali
807 Maj Sjöwall, Per Wahlöö. L'uomo sul tetto
808 Herta Müller. Cristina e il suo doppio
809 Martin Suter. L'ultimo dei Weynfeldt
810 Andrea Camilleri. Il nipote del Negus
811 Teresa Solana. Scorciatoia per il paradiso
812 Francesco M. Cataluccio. Vado a vedere se di là è meglio
813 Allen S. Weiss. Baudelaire cerca gloria
814 Thornton Wilder. Idi di marzo
815 Esmahan Aykol. Hotel Bosforo
816 Davide Enia. Italia-Brasile 3 a 2
817 Giorgio Scerbanenco. L'antro dei filosofi
818 Pietro Grossi. Martini
819 Budd Schulberg. Fronte del porto
820 Andrea Camilleri. La caccia al tesoro
821 Marco Malvaldi. Il re dei giochi
822 Francisco García Pavón. Le sorelle scarlatte
823 Colin Dexter. L'ultima corsa per Woodstock
824 Augusto De Angelis. Sei donne e un libro
825 Giuseppe Bonaviri. L'enorme tempo
826 Bill James. Club
827 Alicia Giménez-Bartlett. Vita sentimentale di un camionista
828 Maj Sjöwall, Per Wahlöö. La camera chiusa
829 Andrea Molesini. Non tutti i bastardi sono di Vienna
830 Michèle Lesbre. Nina per caso
831 Herta Müller. In trappola
832 Hans Fallada. Ognuno muore solo
833 Andrea Camilleri. Il sorriso di Angelica
834 Eugenio Baroncelli. Mosche d'inverno
835 Margaret Doody. Aristotele e i delitti d'Egitto
836 Sergej Dovlatov. La filiale
837 Anthony Trollope. La vita oggi
838 Martin Suter. Com'è piccolo il mondo!
839 Marco Malvaldi. Odore di chiuso
840 Giorgio Scerbanenco. Il cane che parla
841 Festa per Elsa
842 Paul Léautaud. Amori
843 Claudio Coletta. Viale del Policlinico
844 Luigi Pirandello. Racconti per una sera a teatro

845 Andrea Camilleri. Gran Circo Taddei e altre storie di Vigàta
846 Paolo Di Stefano. La catastròfa. Marcinelle 8 agosto 1956
847 Carlo Flamigni. Senso comune
848 Antonio Tabucchi. Racconti con figure
849 Esmahan Aykol. Appartamento a Istanbul
850 Francesco M. Cataluccio. Chernobyl
851 Colin Dexter. Al momento della scomparsa la ragazza indossava
852 Simonetta Agnello Hornby. Un filo d'olio
853 Lawrence Block. L'Ottavo Passo
854 Carlos María Domínguez. La casa di carta
855 Luciano Canfora. La meravigliosa storia del falso Artemidoro
856 Ben Pastor. Il Signore delle cento ossa
857 Francesco Recami. La casa di ringhiera
858 Andrea Camilleri. Il gioco degli specchi
859 Giorgio Scerbanenco. Lo scandalo dell'osservatorio astronomico
860 Carla Melazzini. Insegnare al principe di Danimarca
861 Bill James. Rose, rose
862 Roberto Bolaño, A. G. Porta. Consigli di un discepolo di Jim Morrison a un fanatico di Joyce
863 Stefano Benni. La traccia dell'angelo
864 Martin Suter. Allmen e le libellule
865 Giorgio Scerbanenco. Nebbia sul Naviglio e altri racconti gialli e neri
866 Danilo Dolci. Processo all'articolo 4
867 Maj Sjöwall, Per Wahlöö. Terroristi
868 Ricardo Romero. La sindrome di Rasputin
869 Alicia Giménez-Bartlett. Giorni d'amore e inganno
870 Andrea Camilleri. La setta degli angeli
871 Guglielmo Petroni. Il nome delle parole
872 Giorgio Fontana. Per legge superiore
873 Anthony Trollope. Lady Anna
874 Gian Mauro Costa, Carlo Flamigni, Alicia Giménez-Bartlett, Marco Malvaldi, Ben Pastor, Santo Piazzese, Francesco Recami. Un Natale in giallo
875 Marco Malvaldi. La carta più alta
876 Franz Zeise. L'Armada
877 Colin Dexter. Il mondo silenzioso di Nicholas Quinn
878 Salvatore Silvano Nigro. Il Principe fulvo
879 Ben Pastor. Lumen
880 Dante Troisi. Diario di un giudice
881 Ginevra Bompiani. La stazione termale
882 Andrea Camilleri. La Regina di Pomerania e altre storie di Vigàta
883 Tom Stoppard. La sponda dell'utopia

884 Bill James. Il detective è morto
885 Margaret Doody. Aristotele e la favola dei due corvi bianchi
886 Hans Fallada. Nel mio paese straniero
887 Esmahan Aykol. Divorzio alla turca
888 Angelo Morino. Il film della sua vita
889 Eugenio Baroncelli. Falene. 237 vite quasi perfette
890 Francesco Recami. Gli scheletri nell'armadio
891 Teresa Solana. Sette casi di sangue e una storia d'amore
892 Daria Galateria. Scritti galeotti
893 Andrea Camilleri. Una lama di luce
894 Martin Suter. Allmen e il diamante rosa
895 Carlo Flamigni. Giallo uovo
896 Maj Sjöwall, Per Wahlöö. Il milionario
897 Gian Mauro Costa. Festa di piazza
898 Gianni Bonina. I sette giorni di Allah
899 Carlo María Domínguez. La costa cieca
900
901 Colin Dexter. Niente vacanze per l'ispettore Morse
902 Francesco M. Cataluccio. L'ambaradan delle quisquiglie
903 Giuseppe Barbera. Conca d'oro
904 Andrea Camilleri. Una voce di notte
905 Giuseppe Scaraffia. I piaceri dei grandi
906 Sergio Valzania. La Bolla d'oro
907 Héctor Abad Faciolince. Trattato di culinaria per donne tristi
908 Mario Giorgianni. La forma della sorte
909 Marco Malvaldi. Milioni di milioni
910 Bill James. Il mattatore
911 Esmahan Aykol, Andrea Camilleri, Gian Mauro Costa, Marco Malvaldi, Antonio Manzini, Francesco Recami. Capodanno in giallo
912 Alicia Giménez-Bartlett. Gli onori di casa
913 Giuseppe Tornatore. La migliore offerta
914 Vincenzo Consolo. Esercizi di cronaca
915 Stanisław Lem. Solaris
916 Antonio Manzini. Pista nera
917 Xiao Bai. Intrigo a Shanghai
918 Ben Pastor. Il cielo di stagno
919 Andrea Camilleri. La rivoluzione della luna
920 Colin Dexter. L'ispettore Morse e le morti di Jericho
921 Paolo Di Stefano. Giallo d'Avola
922 Francesco M. Cataluccio. La memoria degli Uffizi
923 Alan Bradley. Aringhe rosse senza mostarda
924 Davide Enia. maggio '43
925 Andrea Molesini. La primavera del lupo

926 Eugenio Baroncelli. Pagine bianche. 55 libri che non ho scritto
927 Roberto Mazzucco. I sicari di Trastevere
928 Ignazio Buttitta. La peddi nova
929 Andrea Camilleri. Un covo di vipere
930 Lawrence Block. Un'altra notte a Brooklyn
931 Francesco Recami. Il segreto di Angela
932 Andrea Camilleri, Gian Mauro Costa, Alicia Giménez-Bartlett, Marco Malvaldi, Antonio Manzini, Francesco Recami. Ferragosto in giallo
933 Alicia Giménez-Bartlett. Segreta Penelope
934 Bill James. Tip Top
935 Davide Camarrone. L'ultima indagine del Commissario
936 Storie della Resistenza
937 John Glassco. Memorie di Montparnasse
938 Marco Malvaldi. Argento vivo
939 Andrea Camilleri. La banda Sacco
940 Ben Pastor. Luna bugiarda
941 Santo Piazzese. Blues di mezz'autunno
942 Alan Bradley. Il Natale di Flavia de Luce
943 Margaret Doody. Aristotele nel regno di Alessandro
944 Maurizio de Giovanni, Alicia Giménez-Bartlett, Bill James, Marco Malvaldi, Antonio Manzini, Francesco Recami. Regalo di Natale
945 Anthony Trollope. Orley Farm
946 Adriano Sofri. Machiavelli, Tupac e la Principessa
947 Antonio Manzini. La costola di Adamo
948 Lorenza Mazzetti. Diario londinese
949 Gian Mauro Costa, Alicia Giménez-Bartlett, Marco Malvaldi, Antonio Manzini, Francesco Recami. Carnevale in giallo
950 Marco Steiner. Il corvo di pietra
951 Colin Dexter. Il mistero del terzo miglio
952 Jennifer Worth. Chiamate la levatrice
953 Andrea Camilleri. Inseguendo un'ombra
954 Nicola Fantini, Laura Pariani. Nostra Signora degli scorpioni
955 Davide Camarrone. Lampaduza
956 José Roman. Chez Maxim's. Ricordi di un fattorino
957 Luciano Canfora. 1914
958 Alessandro Robecchi. Questa non è una canzone d'amore
959 Gian Mauro Costa. L'ultima scommessa
960 Giorgio Fontana. Morte di un uomo felice
961 Andrea Molesini. Presagio
962 La partita di pallone. Storie di calcio
963 Andrea Camilleri. La piramide di fango

964 Beda Romano. Il ragazzo di Erfurt
965 Anthony Trollope. Il Primo Ministro
966 Francesco Recami. Il caso Kakoiannis-Sforza
967 Alan Bradley. A spasso tra le tombe
968 Claudio Coletta. Amstel blues
969 Alicia Giménez-Bartlett, Marco Malvaldi, Antonio Manzini, Francesco Recami, Alessandro Robecchi, Gaetano Savatteri. Vacanze in giallo
970 Carlo Flamigni. La compagnia di Ramazzotto
971 Alicia Giménez-Bartlett. Dove nessuno ti troverà
972 Colin Dexter. Il segreto della camera 3
973 Adriano Sofri. Reagì Mauro Rostagno sorridendo
974 Augusto De Angelis. Il canotto insanguinato
975 Esmahan Aykol. Tango a Istanbul
976 Josefina Aldecoa. Storia di una maestra
977 Marco Malvaldi. Il telefono senza fili
978 Franco Lorenzoni. I bambini pensano grande
979 Eugenio Baroncelli. Gli incantevoli scarti. Cento romanzi di cento parole
980 Andrea Camilleri. Morte in mare aperto e altre indagini del giovane Montalbano
981 Ben Pastor. La strada per Itaca